中国古典文学名

廿载繁华梦

[清] 黄小配 著

华夏出版社
HUAXIA PUBLISHING HOUSE

图书在版编目（CIP）数据

廿载繁华梦／（清）黄小配著. —北京：华夏出版
社，2013.01（2024.09重印）
　（中国古典文学名著丛书）
　ISBN 978 – 7 – 5080 – 6331 – 7

　Ⅰ．①廿… Ⅱ．①黄… Ⅲ．①章回小说 – 中国 – 清代
Ⅳ．①I242.4

中国版本图书馆 CIP 数据核字（2011）第 074741 号

出版发行：华夏出版社
　　　　　（北京市东直门外香河园北里 4 号　邮编 100028）
经　　销：新华书店
印　　制：永清县晔盛亚胶印有限公司
版　　次：2013 年 01 月北京第 1 版
　　　　　2024 年 09 月北京第 2 次印刷
开　　本：670×970　1/16 开
印　　张：14.5
字　　数：264.3 千字
定　　价：28.00 元

本版图书凡印制、装订错误，可及时向我社发行部调换

前　　言

《廿载繁华梦》又名《粤东繁华梦》，清末谴责小说，共四十回。

《廿载繁华梦》的作者黄小配（1872～1912），名世仲，号棣荪，广东番禺人。1901 年参加兴中会的外围组织中和堂；1905 年参加同盟会；1903年担任《中国日报》记者，先后参与创办《世界公益报》、《广东日报》、《有所谓报》、《香港少年报》等。其小说著作，除《廿载繁华梦》外，还有《洪秀全演义》、《大马扁》、《宦海升沉录》、《黄粱梦》、《五日风声》、《党人碑》等，内容大多揭露清末社会腐败，抨击保皇党人物，鼓吹民族民主革命，艺术手段亦多种多样，堪称近代小说史上成就卓著的作家之一。

《廿载繁华梦》以广东海关库书周庸祐 20 年间从发迹到败逃的遭遇为题材，是一部描写真人真事之作。作品围绕对主人公二十载繁华终成一梦的叙写，展开了对清王朝末期上自朝廷、下至民间广阔的社会生活的描绘，把以贪赃枉法、卖官鬻爵、寻花问柳、携妓纳妾为全部生活内容的整个官场的龌龊腐朽和盘托至读者面前，使人看到清王朝的不可救药，尖锐地批判了晚清的现实社会。

《廿载繁华梦》的作者对清末官场的腐败有深刻的认识，认为"挽腐败而使之昌明"，或者"在行政的体系中造成一个根本的改变，局部的和逐步的改革都是无望的"，所以就在小说中，通过人物的命运的变化，尽情地揭露了当时官场之黑暗腐败，以警醒世人。小说中的周庸祐，本是个吏员，没读过书，却照样做大官，真是"官场当比商场弄，利路都从仕路谋"，做官与做生意已别无二致！而且为了使官爵之获取，显得名正言顺，有钱人还会用钱直接购买科举功名。周庸祐就用二万两银子，为自己才十二三岁的儿子捐了一个举人回来。小说还描写了两广总督为筹备赔款款项，而对广东人民、广东乡宦大绅进行了惊心动魄的敲诈勒索。如第一回写张总督查办广东海关库书，"敲诈富户，帮助军粮"，使得傅成弃家而逃；第十回写"张大帅因中法在谅山的战事，自讲和之后，这赔款六百万由广东交出,此事虽隔数年,为因当日挪移这笔款,故今日广东的财政,十分支绌,专凭敲诈富户"。这可以看出中法战争的灾难之深重。小说作者的思想意图,就是为了表达对国势衰败、外族入侵的悲愤,以唤醒国民的爱国主义情感。

在艺术描写上,《廿载繁华梦》不像一般谴责小说那样,掇拾官场话柄以联缀成篇,而是抓住周庸祐廿载繁华由盛而衰的全过程,历叙其如何发迹,如何骄奢淫佚,如何谋取高官,如何被参抄家、流落异国,从而使作品成为传记式的长篇小说,在晚清小说众多的人物画廊中平添了一个恶棍的艺术形象。

此次再版,我们对原书中的笔误、缺漏和难解字词进行了更正、校勘和释义,对原书原来缺字的地方用□表示了出来,以方便读者阅读。由于时间仓促,水平有限,其中难免有所疏失,望专家和读者予以指正。

编 者
2011 年 4 月

序 一

　　沧桑大陆，依稀留劫外之棋；混沌众生，仿佛入邯郸之道。香迷蝴蝶，痴梦难醒；悟到木犀，灵魂已散。看几许英雄儿女，滚滚风尘；都付与衰草夕阳，茫茫今古。此金圣叹所谓"大地梦国，古今梦影，荣乐梦事，众生梦魂"者也。然沉醉仙乡，陈希夷①千年睡足；迷离枯冢，丁令威②今日归来。人间为短命之花，桃开千岁；天上是长生之树，昙现刹那。从未有衣冠王谢，转瞬都非；宫阙邮亭，当场即幻。就令平波往复，天道自有循环；无如世路崎岖，人心日形叵测。虽水莲泡影，达观久付虚空；然飞絮沾濡，诚者能无感喟？此《廿载繁华梦》之所由作也。黄君小配，挟子胥吹箫之技，具太冲作赋之才。每拔剑以唾壶，因人抱忿；或废书面陨涕，为古担忧。自昔墨客词人，慷慨每征于歌咏；忧时志士，感愤即寄于文章。况往事未陈，情焉能已？伊人宛在，未如之何。对三秋萧瑟之悲，纪廿载繁华之梦。盖以宋艳班香，赏雅而弗能赏俗；南华东野，信耳而未必信心。于是拾一代之蜗闻，作千秋之龟鉴。或写庸夫俗子，弹指而佩玉带金鱼；或叙约素横波，转眼而做囚奴灶婢。长乐院之珠帘画栋，回首何堪？未央宫之绿鬓朱颜，伤心莫问。乌衣旧巷，燕去堂空；白鹭荒洲，鱼潜水静。今日重经故垒，能不感慨系之乎？更有根骈兰艾，薰莸之气味虽殊；谊属葭莩，瓜蔓之灾殃亦到。休计冤衔于围马，已连祸及乎池鱼。可怜宦海风潮，鲸鲵未息；试看官场攫噬，鹰虎弗如。嗟乎嗟乎！二十年幻梦，如此收场；万里故乡，罔知所适。若论祸福，塞翁之马难知；语到死生，庄子之龟未卜。叹浮生其若梦，为欢几

---

　①　陈希夷——陈希夷（872—989年），名抟，字国南，自号扶摇子，安徽亳州人，宋初著名道家隐士，后人称其为"陈抟老祖、睡仙"等。

　②　丁令威——道教崇奉的古代仙人，《消遥墟经》中记载，他为辽东人，学道于灵墟山，成仙后化为仙鹤。

何？抚结局以如斯，前尘已矣。二十载繁华往事，付与茶余酒后之谈；数千言锦绣文章，都是水月镜花之影。丁未重阳后十日华亭过客学吕谨序。

序　二

　　吾粤溯殷富者,道咸间,曰卢,曰潘,曰叶。其豪奢煊赫勿具论,但论潘氏有《海山仙馆丛书》,及所摹刻古帖,识者宝之。叶氏《风满楼帖》,亦为士林所珍贵。卢氏于搜罗文献,寂无所闻,顾尝刻《鉴史提纲》,便于初学。文锦亲为作序,则卢氏殆亦知尊儒重学者。虽皆不免于猎名乎,其文采风流,亦足尚矣。越近时有所谓南海周氏者,以海关库书起其家。初寓粤城东横街,门户乍恢宏,意气骄侈。而周实不通翰墨,通人亦不乐与之相接近。彼所居固去万寿宫弗远也,周以此意示某,嘱为撰门联。某乃愚弄之,其词曰:"宫阙近螭头。"是以周之室比诸王宫也。且句法实不可解,而周遂烂然雕刻,悬诸门首。越数日,某友晓之曰:"此联岂惟欠通,且欲控君僭拟宫阙,而勒索多金也。"周乃怵然惧,命家人立斫①之以为薪,然人多寓目矣。以周比潘、卢、叶,则潘、卢、叶近文,而周鄙野也。东横街家屋被烬后,迁寓西关宝华正中约。该屋本郭氏物,而顺德黎氏拆数屋以成一大屋。黎以宦闽也,售诸周氏,周又稍扩充之。虽阔八间过,然平板无曲折,入其门,一览可尽。且深不逾十二丈,以视潘、卢、叶,又何如也?河南安海,所谓伍榜三大屋者,即卢氏故址。近年来虽拆为通衢,顾改建二三间过之屋,弥望皆是,则其地之恢广殆可知。潘氏除宅子不计,海山仙馆宽逾数亩,老圃犹能道及。叶氏宅与祠连,有叶家祠之称。第十甫而外,自十六甫以至旋源桥下,皆叶氏故址也。是以房屋一端而论,又潘、卢、叶广而周隘矣。呜呼!周之繁华,岂吾粤之巨擘哉?但以官论,则周差胜。盖潘得简运司,以为殊荣;而卢、叶则不过部郎而已,未若周之由四品京堂而三品京堂也。虽然,其为南柯一梦,则彼此皆同。潘以欠饷被查抄,卢、叶亦日就零落,甚至弃其木主于社坛,放而不祀。迄今故老道其遗事,有不欷歔感喟,叹人生若梦,为欢几何者乎?彼周氏者,旋放钦差大

---

　　① 斫(zhuó)——用刀斧砍。

臣,旋被参籍没。引富人覆没之历史,又有不以潘、卢、叶为比例者乎?顾潘、卢所享,约计各有五十年,潘、卢则及身而败,与周相同;叶则及其子孙,繁华乃消歇,与周小异。而计享用之久暂,则周甚暂,而潘、卢、叶差久,盖彰然明矣。此所以适成其为二十载繁华梦,而作书者于以有词也。曩①有伍氏者,亦以富称,然持以与周较,则文采宫室,皆视周为胜,享用亦稍久。至今衰零者虽过半,而园囿尚有存者。唯伍氏官爵不逾布政司衔,逊于周之京卿。顾今尚可以此傲庸人也,则胜于周之参革矣。嗟夫!地球一梦境耳,人类傀儡耳,何有于中国?何有于中国广东之潘、卢、伍、叶及周氏?然梦中说梦,亦人所乐闻,其有于酒后,或做英雄梦,或做儿女梦,或做人间必无是事之梦,而梦境才醒之际,执此卷向昏灯读之,当有悲喜交集,而歌哭无端者。光绪丁未中秋节曼殊庵主叙。

诗曰:

世途多幻境,因果话前缘。别梦三千里,繁华二十年。人间原地狱,沧海又桑田。最怜罗绮地,回首已荒烟!

---

① 曩(nǎng)——以往,从前,过去的。

目　录

第 一 回
就关书负担访姻亲　买职吏匿金欺舅父

喂！近来的世界，可不是富贵的世界吗？你来看那富贵的人家，住不尽的高堂大厦，爱不尽的美妾娇妻，享不尽的膏粱文绣①，快乐的笙歌达旦，趋附的车马盈门。自世俗眼儿里看来，倒是一宗快事。只俗语说得好，道是："富无三代享。"这个是怎么缘故呢？自古道："世族之家，鲜克由礼。"那纨绔子弟，骄奢淫逸，享得几时？甚致欺瞒盗骗，暴发家财，尽有个悖出②的时候。不转眼间，华屋山丘，势败运衰，便如山倒，回头一梦。百年来闻的见的，却是不少了。

而今单说一位姓周的唤做庸佑，别号栋臣。这个人说来，倒是广东一段佳话。若问这个人生在何时何代？说书的人倒忘却了。犹记得这人本贯是浙江人氏，生平不甚念书，问起爱国安民的事业，他却分毫不懂。唯是弄功名、取富贵，他还是有些手段。常说道："富贵利达，是人生紧要的去处，怎可不竭力经营？"以故他数十年来，都从这里造工夫的。他当祖父在时，本有些家当，到广东贸易多年，就寄籍南海那一县。奈自从父母没后，正是一朝权在手，财产由他挥霍，因此上不多时，就把家财弄得八九了。还亏他父兄在时，交游的还自不少，多半又是富贵中人，都有些照应。就中一人唤做傅成，排行第二，与那姓周的，本有个甥舅的情分，向在广东关部衙门里，当一个职分③，唤做库书④。论起这个库书的名色，本来不甚光荣，唯是得任这个席位，年中进项，却很过得去。因海关从前是一个著名的优缺，年中措办金叶进京，不下数万两，所以库书就凭这一件事经手，串抬金价，随手开销。或暗移公款，发放收利。其余种种瞒漏，哪有不

---

① 膏粱文绣——锦衣玉食的奢华生活。
② 悖(bèi)出——把钱胡乱花掉。
③ 职分——职物。
④ 库书——旧时官府仓库中掌管造册登记等事的吏员。

自饱私囊的道理？故傅成就从这里起家,年积一年,差不多已有数十万的家当。那一日,猛听得姐丈没了,单留下外甥周庸佑,赌荡花销,终没有个了期。看着他的父亲面上,倒是周旋他一二,才不愧一场姻戚的情分。况且库书里横竖要用人的,倒不如栽培自己亲朋较好。想罢,便修书一封,着周庸佑到省来,可寻一个席位。

这时,周庸佑接了舅父的一封书,暗忖在家里料然没什么好处,今有舅父这一条路,好歹借一帆风,再见个花天锦地的世界,也未可定。便拿定了主意,把家产变些银子傍身,草草打叠些细软,往日欠过亲友长短的,都不敢声张,只暗地里起程。一路上登山涉水,望省城进发。还喜他的村乡唤做大坑,离城不远。不消一日,早到了羊城①。但见负山含海,比屋连云,果然好一座城池,熙来攘往,商场辐辏,端的名不虚传！周庸佑便离舟登岸,雇了一名挑夫,肩着行李,由新基码头转过南关,直望傅成的府上来。到时,只见一间大宅子,横过三面,头门外大书"傅寓"两个字。周庸佑便向守门的通个姓名,称是大坑村来的周某,敢烦通传去。那守门的听罢,把周庸佑上下估量一番,料他携行李到来,不是东主的亲朋,定是戚友。便上前答应着,一面着挑夫卸下行李,然后通传到里面。

当下傅成闻报,知道是外甥到了,忙即先到厅上坐定,随令守门的引他进来。周庸佑便随着先进头门,过了一度屏风,由台阶直登正厅上,早见着傅成,连忙打躬请一个安,立在一旁。傅成便让他坐下,寒暄过几句,又把他的家事与乡关风景,问了一会,周庸佑都糊混答过了。傅成随带他进后堂里,和他的妗娘②及中表兄弟姐妹一一相见已毕,然后安置他到书房里面。看他行李不甚齐备,又带他添置多少衣物。一连两天,都是张筵把盏,姻谊相逢,好不热闹。

过了数天,傅成便带他到关部衙里,把自己经手的事件,一一交托过他,当他是个管家一样。自己却在外面照应,就把一个席丰履厚③的库书,竟交他一人做起来了。只是关部的库书里,所有办事的人员,都见周

---

① 羊城——广州的别称。
② 妗(jìn)娘——舅母。
③ 席丰履厚——生活舒适,家庭阔绰豪华。

庸佑是居停①的亲眷,哪个不来巴结巴结? 这时只识得一个周庸佑,哪里还知得有个傅成? 那周庸佑偏又有一种手段,却善于笼络,因此库书里的人员,同心协谋,年中进项,反较傅成当事时加多一倍。

　　光阴似箭,不觉数年。自古道:"盛极必衰。"库书不过一个书吏,若不是靠着侵吞渔蚀②,试问年中如许进项,从哪里得来? 不提防来了一位姓张的总督,本是顺天直隶的人氏,由翰林院出身,为人却工于心计,筹款的手段,好生了得。早听得关部里百般舞弊,叵耐从前金价很平,关部入息甚丰,是以得任广东关部的,都是皇亲国戚,势力大得很,若要查究,毕竟无从下手。不如舍重就轻,因此立心要把一个库书查办起来。当下傅成听得这个风声,一惊非小! 自念从前的蓄积,半供挥霍去了,所余的都置了产业,急切间变动却也不易。又见查办拿人的风声,一天紧似一天,计不如走为上计。便把名下的产业,都糊混写过别人,换了名字,好歹规避一时。间或欠人款项的,就拨些产业作抵,好清首尾。果然一二天之内,已打点得停停当当。其余家事,自然寻个平日的心腹交托去了。正待行时,猛然醒起:关部里一个库书,自委任周庸佑以来,每年的进项,不下二十万金,这一个邓氏铜山③,倒要打点打点。虽有外甥在里面照应将来,但防人心不如其面。况且自己去后,一双眼儿看不到那里,这般天大的财路,好容易靠得住,这样是断不能托他的了。只左思右想,总没一个计儿想出来。

　　那日挨到夜分④,便着人邀周庸佑到府里商酌。周庸佑听得傅成相请,料然为着张总督要查办库书的事情了,肚子里暗忖道:此时傅成断留不得广东,难道带得一个库书回去不成? 他若去时,乘这个机会,或有些好处。若是不然,哪里看得甥舅的情面? 倒要想条计儿,弄到自己的手上才是。想罢,便穿过衣履,离了关部衙门,直望傅成的宅子去。

　　这时,傅成的家眷,早已迁避它处,只留十数使唤的人在内。周庸佑是常常来往的,已不用通传,直进府门到密室那里,见着傅成,先自请了一

────────────

①　居停——寄居之处的主人。
②　渔蚀——侵夺财物。
③　铜山——金钱;钱库。
④　夜分——夜半。

个安,然后坐下。随说道:"愚甥正在关部库书里,听得舅父相招,不知有什么事情指示?"傅成见问,不觉叹一口气道:"甥儿,难道舅父今儿的事情,你还不知道么?"周庸佑道:"是了,想就是为着张大人要查办的事。只还有愚甥在这里,料然不妨。"傅成道:"正为这一件事,某断留不得在这里。只各事都发付①停妥,单为这一个库书,是愚舅父身家性命所关系,虽有贤甥关照数目,只怕张大人怒责下来,怕只怕有些变动,究竟怎生发付才好?"周庸佑听罢,料傅成有把这个库书转卖的意思。暗忖张总督这番举动,不过是敲诈富户,帮助军糈②。若是傅成去了,他碍着关部大臣的情面,恐有牵涉,料然不敢动弹。且自己到了数年,已积余数万家资,若把来转过别人,实在可惜。倘若是自己与他承受,一来难以开言,二来又没有许多资本。不如催他早离省城,哪怕一个库书不到我的手里?就是日后张督已去,他复回来,我这时所得的,料已不少。想罢,便故作说道:"此时若待发付,恐是不及了。实在说,愚甥今天到总督衙里打听事情,听得明天便要发差拿人的了,似此如何是好?"傅成听到这里,心里更自惊慌,随答道:"既是如此,也没得可说,某明早便要出城,搭轮船往香港去。此后库书的事务,就烦贤甥关照关照罢了。"说罢,周庸佑都一一领诺,仍复假意安慰了一会。是夜就不回关里去,糊混在这宅子里,陪傅成睡了一夜。一宿无话。

越早③起来,还未梳洗,便催傅成起程,立令家人准备了一顶轿子,预把帘子垂下,随拥傅成到轿里。自己随后唤一顶轿子,跟着傅成,直送出城外而去。那汽船的办房,是傅成向来认得的,就托他找一间房子,匿在那里。再和周庸佑谈了一会儿,把一切事务,再复叮咛一番,然后洒泪而别。

慢表周庸佑回城里去。且说傅成到了船上,忽听得钟鸣八句,汽笛响动,不多时船已离岸,鼓浪扬轮,直望香港进发。将近夕阳西下,已是到了。这时香港已属英人管辖,两国所定的条约,凡捉人拿犯,却不似今日的容易,所以傅成到了这个所在,倒觉安心,便寻着亲朋好住些时,只念着

---

① 发付——打发,对付。

② 军糈(xǔ)——军粮。

③ 越早——很早。

一个库书,年中有许多进项,虽然是逃走出来,还不知何日才回得广东城里去,心上委放不下。况且自己随行的银子,却是不多,便立意将这个库书,要寻人承受

偏是事有凑巧,那一日,正在酒楼上独自酌酒,忽迎面来了一个汉子,生得气象①堂堂,衣裳楚楚。大声唤道:"傅二哥,几时来的?"傅成举头一望,见不是别人,正是商人李德观。急急地上前相见,寒暄几句,李德观便问傅成到香港什么缘故?傅成见是多年朋友,便把上项事情,一五一十地对李德观说来。德观道:"老兄既不幸有了这宗事故,这个张总督见钱不眨眼的,若放下这个库书,倚靠别人,恐不易得力,老兄试且想来。"傅成道:"现小弟交托外甥周庸佑,在内里打点。只行程忙速,设法已是不及了。据老兄看来,怎么样才好?"李德观道:"足下虽然逃出,名字还在库书里,首尾算不得清楚。古人说,'一不做,二不休'。不如把个库书让过别人,得回银子,另图别业,较为上策。未审尊意若何?"傅成道:"是便是了,只眼前没承受之人,也是枉言。"德观道:"足下既有此意,但不知要多少银子?小弟这里,准可将就。"傅成道:"彼此不须多说,若是老兄要的,就请赏回十二万两便是。"德观道:"这没打紧。但小弟是外行的,必须贵外甥蝉联那里,靠他熟手②,小弟方敢领受。"傅成道:"这样容易,小弟的外甥更望足下栽培。待弟修书转致便是。"德观听了,不胜之喜。两人又说了些闲话,然后握手而别。

不想傅成回到寓里,一连修了两封书,总不见周庸佑有半句回复,倒见得奇异。暗忖甥舅情分,哪有不妥?且又再留他在那里当事,更自没有不从。难道两封书总失落了不成?一连又候了两天,都是杳无消息。李德观又来催了几次,觉得没言可答。没奈何,只得暗地再跑回省城里,冒死见周庸佑一面,看他怎么缘故?谁想周庸佑见了傅成,心里反吃一惊。暗忖他如何有这般胆子,敢再进城里来?便起迎让傅成坐下,反问他回省作甚。傅成愕然道:"某自从到了香港,整整修了几封书,贤甥这里,却没一个字回复,因此回来问问。"周庸佑道:"这又奇了,愚甥这里,却连书信的影儿也不见一个,不知书里还说甚事?可不是泄漏了不成?"傅成见他

---

① 气象——气概,气派。
② 熟手——熟悉某项工作的人。

如此说，便把上项事情，说了一遍。周庸佑道："这样愚甥便当告退。"傅成听罢大惊道："贤甥因何说这话？想贤甥到这里来，年中所得不少，却不辱没了你。今某在患难之际，正靠着这一副本钱逃走，若没有经手人留在这里，他人是断不承办得了。"周庸佑道："实在说，愚甥若不看舅父面上，早往别处去。恐年中进项，较这里还多呢。"傅成听到这语，像一盘冷水从头顶浇下来，便负气说道："某亦知贤甥有许大本领，只可惜屈在这里来。今儿但求赏脸，看甥舅的面上就是了。"周庸佑道："既是这样，横竖把个库书让人，不如让过外甥也好。"傅成道："也好，贤甥既有这个念头，倒是易事，只总求照数交回十二万两银子才好。"周庸佑道："愚甥这里哪能筹得许多，只不过六万金上下可以办得来。依舅父说，放着甥舅的情分，顺些儿罢。"傅成听罢，见他如此，料然说多也不得，只得说了一回好话，才添至七万金。说妥，傅成便问他兑付银子。周庸佑道："时限太速，筹措却是不易，现在仅有银子四万两上下，舅父若要用时，只管拿去，就从今日换名立券。余外三万两，准两天内汇到香港去便是。愚甥不是有意留难的，只银两比不得石子，好容易筹得？统求原谅原谅，愚甥就感激的了。"当下傅成低头一想，见他这样手段，后来的三万两，还恐靠他不住。只是目前正自紧急，若待不允，又不知从哪里筹得款项回去，实在没法可施，勉强又说些好话。奈周庸佑说称目前难以措办，没奈何，傅成只得应允，并嘱道："彼此甥舅，哪有方便不得。只目下不比前时，手上紧得很，此外三万两，休再缓了时日才好。"周庸佑听罢，自然允诺，便把四万两银子，给了汇票，就将库书的名字，改作周耀熊，立过一张合同。各事都已停妥，傅成便回香港去。正是：

　　资财一入奸雄手，姻娅①都藏鬼蜮②心。

　　要知后事如何，且听下回分解。

---

①　姻娅——亲家和连襟，泛指婚姻和姻亲。
②　鬼蜮（yù）——害人的鬼和怪物，比喻阴险的人。

第 二 回

领年庚①演说书吏　论妆奁②义谏豪商

　　话说周庸佑交妥四万两银子,请傅成立了一张书券,换过周耀熊的名字,其余三万两银子,就应允一二天汇到香港那里。傅成到了此时,见手头紧得很,恨不得银子早到手上,没奈何只得允了,立刻跑回香港,把上项情节,对李德观说了一遍。德观道:"既是这个库书把来卖过别人,贵外甥不肯留在那里,这也难怪。只老兄这会短收了五万两,实差得远。俗语说得好。'肥水不过别人田'。彼此甥舅情分,将来老兄案情妥了,再回广东,还有个好处,也未可定。"傅成道:"足下休说这话,他若是看甥舅的情面,依我说,再留在库书里,把来让过足下,小弟还多五万两呢,他偏要弄到自己手上。目前受小弟栽培,尚且如此,后来还哪里靠得住?"说罢,叹息了一番,然后辞回寓里。

　　不提防过了三天,那三万两银子总不见汇到,傅成着了急,只得修书催问几次,还不见有消息。又过了两天,才接得周庸佑一封书到来,傅成心上,犹望里面夹着一张汇票,急急的拆开一看,却是空空如也,仅有一张八行信笺,写了几行字,倒是说些糊里糊涂的话,傅成仔细一看,写道:

　　舅父大人尊前:愚外甥周庸佑顿首,曩③蒙不弃,力为栽培,不胜铭感。及舅父不幸遭变,复蒙舅父赏脸,看姻谊情分,情愿减收五万两,将库书让过愚甥,仰怀高厚,惭感莫名。所欠三万两,本该如期奉上。奈张制帅稽察甚严,刻难移动。且声言如购拿舅父不得,必将移罪库书里当事之人,似此则愚甥前途得失,尚在可危可惧也。香港非

---

① 年庚——年龄;指出生的年、月、日、时。
② 妆奁(lián)——嫁妆。
③ 曩(nǎng)——过去;以前。

宜久居之地，望舅父速返申江，该款容后筹寄。忝①在姻谊，又荷②殊恩，断不食言，以负大德。因恐舅父过稽时日，致误前程，特贡片言，伏惟荃鉴。并颂旅安。

傅成看罢，气得目定口呆，摇首叹一口气，随说道："他图赖这三万银子，倒还罢了，还拿这些话来吓我，如何忍得他过？只眼前却不能和他合气，权忍些时，好歹多两岁年纪，看他后来怎地结果。"正恨着，只见李德观进来，忙让他坐下。德观便问省城有什么信息？傅成一句话没说，即把那一封书叫德观一看，德观看了，亦为之不平，不免代为叹息，随安慰道："这样人在此候他，也是没用，枉从前不识好歹，误抬举了他。不如及早离了香港，再行打算罢。且此人有这样心肝，老兄若是回省和他理论，反恐不便。"说罢，傅成点头答一声"是"，李德观便自辞出。傅成立刻挥了一函，把周庸佑骂了一顿，然后打叠行程，离了寓所，别过李德观，附轮望上海而去。按下慢表。

且说周庸佑自从计算傅成之后，好一个关里库书，就自己做起来。果然张总督查得傅成已自逃走，恐真个查办出来，碍着海关大臣的情面，若有牵涉，觉得不好看，就把这事寝息③不提。周庸佑这时，好生安稳，已非一日，手头上越加充足了。因思少年落拓，还未娶有妻室，却要托媒择配才是。暗忖在乡时一贫似洗，受尽邻里的多少揶揄④，这回局面不同，不如回乡择聘，多花几块钱，好夸耀村愚，显得自己的气象。想罢，便修书一封，寄回族中兄弟唤做周有成的，托他办这一件事。

自那一点消息传出，那些做媒的，就纷纷到来，说某家的女儿好容貌，某家的好贤德，来来往往，不能胜数。就中单表一个惯做媒的唤做刘婆，为人口角春风，便是《水浒传》中那个王婆，还恐比她不上。那日找着周有成，说称："附近乐安墟的一条村落，有所姓邓的人家。这女子生得才貌双全，她的老子排行第三，家道小康，在佛山开一间店子，做纸料数部的生意。那个招牌，改作回盛字号，他在店子里司事，为人忠厚至诚，却是一

---

① 忝(tiǎn)——谦辞。表示辱没别人，自己有愧。
② 荷——承受恩惠。
③ 寝息——停止；平息。
④ 揶揄(yéyú)——嘲笑。

个市廛①班首。因此教女有方，养成一个如珠似玉的女儿，不仅好才貌，还缠得一双小足儿，现年十七岁，待字深闺。周老爷这般门户，配他却是不错。周有成听得答道：“这姓邓的，我也认得他，他的女儿，也听说很好。就烦妈妈寻一纸年庚过来，待到庙堂里上一炷香，祈一道灵签，凭神做主。至于门户，自然登对②，倒不消说了。”刘婆听了，欢喜不尽地辞去，忙跑到姓邓的家里来。见着邓家娘子，说一声：“三娘有礼。”那邓家三娘子认得是做媒的刘婆，便问她来意。刘婆道：“无事不登三宝殿，有句话要对三娘说。”三娘早已省得，碍着女儿在旁，不便说话，便带她到厅上来。

分坐后，刘婆道：“因有一头好亲事，特来对娘子说一声。这个人家，纵横黄鼎神安两司，再不能寻得第二个。贵府上的千金姐姐，若不配这等人家，还配谁人？”三娘道：“休要夸奖，妈妈说得究是哪一家，还请明白说。”刘婆道：“恐娘子梦想不到这个人家要来求亲，你试且猜来，猜着时，老身不姓刘了。”三娘道：“可不是大沥姓钟的绅户不成？”刘婆道：“不是。”三娘道：“若不然，恐是佛山王、梁、李、蔡的富户。”刘婆道：“令爱千金贵体，自不劳远嫁，娘子猜差了。”三娘道：“难道是松柏姓黄的，敦厚姓陈的吗？”刘婆笑道：“唉！三娘越差了，那两处有什么人家，老身怎敢妄地赞他一句？”三娘道：“果然是真个猜不着了。”刘婆道：“此人来往的是绝大官绅，同事的是当朝二品，万岁爷爷的库房都由他手上管去，说来只怕唬坏娘子，娘子且壮着胆儿听听，就是大坑村姓周唤做庸佑的便是。”邓家三娘听得，登时皱起蛾眉，睁开凤眼，骂一声道：“哎哟！妈妈哪里说？这周庸佑我听得是个少年无赖，你如何瞒我？”刘婆道：“三娘又错了，俗语说：‘宁欺白须公，莫欺少年穷。’他自从舅父抬举他到库书里办事，因张制台要拿他舅父查办，他舅父逃去，就把一个库书让过他。转眼二三年，已自不同，娘子却把一篇书读到老来，岂不可笑？”三娘道：“原来这样。但不知这个库书有什么好处？”刘婆道：“老身听人说，海关里有两个册房，填注出进的款项，一个是造真册的，一个是造假册的。真册的自然是海关大臣和库书知见；假册的就拿来虚报皇上。看来一个天字第一

---

① 市廛（chán）——店铺集中的市区。

② 登对——门当户对。

号优缺的海关,都要凭着库书舞弄。年中进项,准由库书经手,就是一二百万,任他拿来拿去,不是放人生息,即挪移经商买卖,海关大员,却不敢多管。还有一宗紧要的,每年海关兑金进京,那库书就预早高抬金价,或串通几家大大的金铺子,瞒却价钱,加高一两换不等。因这一点缘故,那库书年中进项不下二十万两银子了,再上几年,怕王公还赛他不住。三娘试想,这个门户,可不是一头好亲事吗?"邓家三娘听罢,究竟妇人家带着几分势利,已有些愿意,还不免有一点狐疑,遂又说道:"这样果然不错。只怕男家的有了几岁年纪,岂不辱没了我的女儿?"刘婆道:"娘子忒呆了! 现在库书爷爷,不过二十来岁,俗语说:'男人三十一枝花。'如何便说他上了年纪? 难道娘子疯了不成?"邓家三娘听到这里,经过刘婆一番唇舌,更没有思疑,当即允了,拿过一纸年庚,给刘婆领去。

那周有成自没有不妥,一面报知周庸佑,说明门户怎么清白,女子怎么才德,已经说合的话。周庸佑好不欢喜,立即令人回乡,先建一所大宅子,然后迎亲。先择日定了年庚,跟手又行过文定①。不两月间,那所宅子又早已落成,登即回乡行进伙礼。当下亲朋致贺,纷纷不绝。有送台椅的,有送灯色的,有送喜联帐轴的,不能胜数。乡人哪不叹羡,都说他时来运到,转眼不同。过了这个时候,就商量娶亲的事。先向邓家借过女子的真时日,随后择定了日子。那乡人见着这般豪富的人家,哪个不来讨殷勤,帮办事? 不多时,都办得停停妥妥。统计所办女子的头面,如金镯子、钗、环、簪、饵、珍珠、钻石、玉器等等,不下三四千两银子。那日行大聘礼,扛抬礼物的,何止二三百人! 到了完娶的时候,省佛亲朋往贺的,横楼花舫,填塞村边河道。周庸佑先派知客十来名招待,雇定堂倌二三十人往来奔走,就用周有成作纪纲②,办理一切事宜。先定下佛山五福吉祥两家的头号仪仗,文马二十顶、飘色十余座、鼓乐马务大小十余副,其余牌伞执事,自不消说了,预日俟候妆奁进来。

不想邓家虽然家道小康,却是清俭不过的,与姓周的穷奢极侈,却有天渊之别。那妆奁到时,周有成打开闺仪录一看,不过是香案高照、台椅半副、马胡两张、八仙桌子一面、火笀大柜、五七个杠箱。其余的就是进房

---

① 文定——定婚。

② 纪纲——主事。

台椅，通通是寻常奁具而已。周家看了，好生不悦！那阿谀奉承的，更说大大门户，如何配这个清俭人家？这话刺到周庸佑耳朵里，更自不安，就怨周有成办事不妥，以为失了面子。周有成看得情景，便说道："某说得是门户清白，女子很好，哪有说到妆奁？你也如何怨我？"周庸佑听了，也没话可答。只那些护送妆奁的男男女女，少不免把姓周的议论妆奁之处，回去对邓家一五一十地说来。邓家这时好生愤怒，暗忖他手上有了几块钱，就说这些豪气话，其实一个衙门役吏，还敢来欺负人。心上本十分不满，只横竖结了姻家，怎好多说话，只得由他罢了。

且说周家到了是日，分头打点起轿。第一度是金锣十三响，震动远近，堂倌骑马，拿着拜帖，拥着执事牌伞先行，跟手一匹飞报马，一副大乐，随后就是仪仗。每两座彩亭子，隔两座飘色，硬彩软彩各两度，每隔两匹文马，第二度安排倒是一样，中间迎亲器具，如龙香三星钱狮子，都不消说。其余马务鼓乐，排匀队伍，都有十数名堂倌随着。最后八名人夫，扛着一顶彩红大轿，炮响喧天，锣鸣震地。做媒的乘了轿子，宅子里人声喧做一团，无非是说奉承吉祥的话。起程后，在村边四面行一个圆场，浩浩荡荡，直望邓家进发。且喜路途相隔不远，不多时，早已到了。这时哄动附近村乡，扶老携幼，到来观看，哪个不齐声赞羡？一连两三天，自然是把盏延宾，好不热闹！

那夜邓家打发女儿上了轿子，送到周家那里，自然交拜天地，然后送入洞房。那周庸佑一团盛气，只道自己这般豪富，哪怕新娘子不喜欢？正要卖些架子，好待新娘子奉承。谁想那新娘子是一个幽闲贞静的女流，素性不喜奢华的。昨儿听得姓周的人，把他妆奁谈长说短，早知他是个骤富忘贫的行货子，正要拿些话来拨醒他。便待周庸佑向他下礼时，乘机说道："怎敢劳官人多礼？自以穷措大的女儿，攀不上富户，好愧煞人！"周庸佑道："这是天缘注定，娘子如何说这话？"邓新娘子道："妆奁不备，落得旁人说笑，哪能不识羞耻？只是满而必溢，势尽则倾，古来多少豪门，转眼田园易主,阀阅①非人。你来看富如石崇②,贵若严嵩③,到头来少不免沿途乞丐,岂不可叹? 今官人藉姻亲关照,手头上有了钱,自应保泰持盈,廉俭持家,慈祥种福,即子子孙孙,或能久享。若是不然,是大失奴家的所望了。"周庸佑听了这一席话,好似一盘冷水从头顶浇下来。呆了半晌,说不出一句话。暗忖她的说话,本是正经道理,只自己方要摆个架子,拿来让她看看。谁想她反要教导自己,如何不气? 正是:

　　　　良缘未订闺房乐,苦口先陈药石言。

　　要知后事如何,且听下回分解。

---

① 阀阅——功勋。
② 石崇——249～300年,西晋文学家,字季伦,很是富有。
③ 严嵩——1480～1565年,明朝重要权臣,字惟中,家产极富。

第 三 回

返京城榷使殒中途　闹闺房邓娘归地府

却说周庸佑洞房那一夜，志在拿些奢华的架子，在邓娘跟前闹腔，谁想邓氏不瞅不睬，反把那些大道理责他一番。周庸佑虽然心中不快，只觉得哑口无言，胡混过了。

那一宿无话，巴不等到天明，就起来梳洗，心中自去埋怨周有成。唯碍着许多宾朋在座，外面却不敢弄得不好看。一面打点庙见①，款待宾朋，整整闹了三五天。一月之后，就把邓氏迁往省城居住。早在东横街买定一所一连五面过的大宅子，装饰过门户，添上十来名梳佣②丫环，又是一番气象。怎奈与邓氏琴瑟③不和，这不是邓氏有些意见，只那周庸佑被邓氏抢白几句，不免怀恨在心里。自到省城住后，不到两月，就凭媒买得河南姓伍的大户一口婢女，做个偏房，差不多拿她作正室一般看待，反把邓氏撇在脑背后了。

不觉光阴似箭，又是一年，这时正任粤海关监督正是晋祥，与恭王殿下本有些瓜葛，恭王正在独揽朝纲，因此那晋祥在京里倒有些势力。周庸佑本是个眼光四射的人，不免就要巴结巴结，好从这里讨一个好处。那晋祥又是个没头脑的人，见周庸佑这般奉承，好不欢喜，所以就看上了他，拿他当一个心腹人员看待了。及到了满任之期，便对周庸佑说道："本部院自到任以来，只见得兄弟很好，奈目下满任，要回京里去，说起交情两个字，还舍不得兄弟。想兄弟在这库书里，手头上虽过得去，不如图个出身，还可封妻荫子，光宗耀祖。就请纳资捐个官儿，随本部院回京，在王爷府里讨个人情，好歹谋得一官半职，也不辱没一世，未审兄弟意下如何？"周庸佑听罢，暗忖这番说话，是很有道理。凑巧自己和他有这般交情，他回

---

① 庙见——古代婚礼。指女子嫁至夫家，拜见公婆，谒见祖庙。

② 梳佣——为女主人梳妆的女佣。

③ 琴瑟——以琴瑟声音的应和比喻夫妻感情好坏。

京又有这般势力,出身原是不难。人生机会,不可多得,这时节怎好错过?想罢,便答道:"大人这话,是有意抬举小人,哪有不喜欢的道理? 只怕小人一介愚夫,懂不得为官做宦,也是枉然。"晋祥听得,不觉笑道:"兄弟忒①呆了! 试想做官有什么种子? 有什么法门? 但求幕里请得两位好手的老夫子帮着办事,便算是一个能员。你来看本部院初到这时,懂得关里甚事? 只凭着兄弟们指点指点,就能够做了两任。现在却有点好处。这样看来,兄弟何必过虑?"周庸佑听到这里,不觉大喜,随答道:"既是这样,小人就跟随大人回去便是。统望大人抬举,小人就感激的了。"晋祥听得,自然允诺,便打点回京,一面令真假两册房,做定数目册子,好待交卸。

从来关里做册,都有个例数的,容易填注停妥。晋祥又拜会新任监督,说明这回进京,恐没人情孝敬各王公大臣,要在公款里挪移数十万。这都是上传下例,新任的自然没有不允。一而又令周庸佑办金,在各大金子店分头购办,所有实价若干换,花开若干换,通通由周庸佑经手。其余进贡皇宫花粉的费项,及一切预备孝敬王大臣的礼物,都办得停停妥妥。周庸佑随把这个库书的席位,交托心腹人代管,凡经手事件,都明白说过,自由新任监督,择定某日某时接印,送到过来。

那日晋祥就把皇命旗牌,及册子数目,并一个关防交卸了,随打叠行李,带齐家眷,偕同周庸佑先出了衙门,在公馆再住一两月,然后附搭汽船,沿香港过上海,由水道直望北京进发。

原来前任监督晋祥,自从做了两任粤海关监督,盈余的却三十万有余。从前衙里二三百万公款,都由库书管理,这时三十来万,自然要托周庸佑代管。不想晋祥素有一宗毛病,是个痰喘的症候,春夏本不甚觉得,唯到隆冬时候,就要发作起来。往常在衙里,当周庸佑是个心腹人看待,所有延医合药,都托周庸佑办去。若是贴身服侍的,自有一个随任的侍妾,唤做香屏,是从京里带来的,却有个沉鱼落雁之容。虽然上了三十上下的年纪,那姿首还过得去。且又性情风骚,口角伶俐,晋祥就当她如珠如玉,爱不释手。只是那周庸佑既和晋祥有这般交谊,自上房里至后堂内,也是穿插熟了,来来往往,已非一次,因此周庸佑却认得香屏。自古

---

① 忒(tuī)——太。

道："十个女流,九个水性杨花。"香屏什等人出身? 嫁了一个二品大员,自世人眼底看来,原属十分体面。唯见晋祥上了两岁年纪,又有这个病长过命的痰喘症候,却不免日久生嫌,是个自然的道理。那日自省城起程,仅行了两天,晋祥因在船上中了感冒,身体不大舒服,那痰喘的症候,就乘势复发起来。周庸佑和香屏,倒知他平日惯了,初还不甚介意。惟是一来两病夹杂,二来在船上延医合药,比不得在衙时的方便,香屏早自慌了。只望挨到上海,然后登岸,寻问旅店,便好调医。不提防一刻紧要一刻,病势愈加沉重。俗语说:"阎王注定三更死,断不留人到五更。"差不多还有一天水程才到上海,已一命呜呼,竟是殁①了。香屏见了,更自手足无措。这时随从人等,不过五七人,急和周庸佑商议怎么处置才好? 周庸佑道:"现在船上,自不宜声张,须在船主那里花多少,说过妥当,待到上海时,运尸登岸,才好打点发丧。只有一件难处,熬费②商量。"香屏便问有什么难处? 周庸佑想了一想,才说道:"历来监督回京,在王公跟前,费许多孝敬。这回晋大人虽有十来万银子回京,大夫人是一个寡妇,到京时,左一个,右一个,哪里能够供应? 恐还说夫人有了歹心,晋大人死得不明不白。膝下又没有儿子知见,夫人这时节,从哪里办得来?"香屏听罢一想,便答道:"大人生时,曾说过有三十来万带回京去,如何你也又说十来万? 却是什么缘故?"周庸佑听得,暗忖她早已知道,料瞒不得数目,便转一计道:"夫人又呆了。三十来万原是不错,只有一半由西号汇到京里,挽王爷处代收的。怕到京时王爷不认,故这银子差不多落空。夫人试想:哪有偌大宗的银子把来交还一个寡妇的道理? 故随带的连预办的礼物,通通算来,不过二十万上下。历来京中王大臣,当一个关督进京,像个老天掷下来的财路一般,所以这些银子,就不够供张的了。"香屏道:"你说很是。只若不进京,这些办金的差使及皇宫花粉一项,怎地消缴才好?"周庸佑道:"这却容易。到上海时,到地方官里报丧,先把金子和花粉两项,托转致地方大员代奏消缴,说称开丧吊孝,恐碍解京的时刻,地方大员,断没有不从。然后过了三两月,夫人一发回广东去,寻一间大宅子居住,买个儿子承继,也不辱没夫人,反胜过回京受那些王公闹过不了。"香屏听到这

---

①　殁(mò)——死。

②　熬费——熬心费力。

一席话，不由得心上不信，就依着办理。一头在船主那里打点妥当，传语下人，秘密风声不提。

过了一天，已是上海地面，周庸佑先发人登岸，寻定旅馆，然后运尸进去。一切行李，都搬进旅馆来。把措办金子和花粉金两项，在地方官里报明，恳请转呈奏缴。随即打点开丧成殓。出殡之后，在上海逗留两月，正是孤男寡女，同在一处，干柴烈火，未免生烟。那周庸佑又有一种灵敏手段，因此香屏就和他同上一路去了。所有随带三十来万的银子，与珍珠、钻石、玩器，及一切载回预备进京孝敬王大臣的礼物，通通不下四十来万，都归到周庸佑的手上。其余随从返京的下人，各分赏五七千银子不等，嘱他们慎勿声张，分遣回籍去。那些下人横竖见大人殁了，各人又骤然得这些银子，哪里还管许多，只得向香屏夫人前夫人后的谢了几声，各自回去。

这时周庸佑见各人都发付妥了，自当神不知，鬼不觉，安然得了这副家资，又添上一个美貌姨太太，好不安乐！便要搬齐家具，离了上海，速回广东去。所有相随回来的，都是自己的心腹，到了粤城之后，即一发回到大屋里。那家人婢仆等，还不管他三七二十一，只有邓氏自接得周庸佑由上海发回家信，早知道关监督晋大人在中途殁了，看丈夫这次回来，增了无数金银财物，又添了一个旗装美妾。这时正是十二月天气，寒风逼人，那香屏自从嫁了周庸佑，早卸了孝服，换得浑身如花似锦：头上一个抹额，那颗美珠，光亮照人；双耳金环，嵌着钻石，刺着邓娘眼里；梳着双凤朝阳宝髻，髻旁插着两朵海棠；钗饰镯子，是数不尽的了；身穿一件箭袖京酱宁绸金貂短袄，外罩一件荷兰缎子银鼠大褂，下穿一条顾绣八褶裙，足蹬一双藕灰缎花旗装鞋。生得眉如偃月，眼似流星，朱唇皓齿，脸儿粉白似的，微露嫣红①，仿佛只有二十上下年纪。两个丫头伴随左右，直到厅上，先向邓娘一揖。周庸佑随令家人炷香点烛，拜过先人，随拥进左间正房里。

邓氏看得分晓，自忖这般人物，平常人家，无此仪容；花柳场中，又无此举止。素听得晋大人有一个姨太太，从京里带来，生得有闭月羞花之貌，难道就是此人？想了一会，觉有八九。那一日，乘间对周庸佑说道："晋大人中途殁了，老爷在上海转回，不知晋大人的家眷，还安置在哪里？"周庸佑听得这话，便疑随从人等泄漏，故邓氏知了风声，便作气答

———————
① 嫣(yān)红——鲜艳的红色。

道:"丈夫干的事,休要来管!管时我却不依!"邓氏听他说,已知自己所料,没有分毫差错了,便说道:"妾有多大本领,敢来多管?只晋大人生时,待老爷何等恩厚,试且想来。"周庸佑道:"关里的事,谋两块银子,我靠他,他还靠我,算什么厚恩?"邓氏道:"携带回京去寻个出身之路,这却如何?"周庸佑此时,实没得可答,便愤然道:"你休要多说话!不过肚子里怀着妒忌,便拿这些话来胡混,哦!难道丈夫干的事,你敢来生气不成?"邓氏作色道:"当初你买伍婢做妾,奴没一句话阻挡,妒在哪里?特以受晋大人厚恩,本该患难相扶,若利其死而夺其资、据其妾,天理安在?"这话周庸佑不听犹自可,听了,不觉满面通红,随骂道:"古人说得好:'宁教我负天下人,莫教天下人负我。'你看得过,只管在这里唭饭;看不过时,由得你做去?"说罢,悻悻然转出来,把邓氏气得七窍生烟,觉得脑中一涌,喉里作动,旋吐出鲜血来。可巧丫环①宝蝉端茶来到房子里,看得这个模样,急跑出来,到香屏房里,对周庸佑说知。周庸佑道:"这样人死了也休来对我说!"宝蝉没奈何,跑过二姨太太房里,说称邓奶奶如此如此。二姨太太听得一惊非小,忙跑过来看看。不一时,多少丫环,齐到邓氏房里,看见鲜血满地,邓氏脸上七青八黄,都手忙脚乱。奈周庸佑置之不理,二姨太太急急的命丫环瑞香寻个医士到来诊脉,一面扶邓氏到厅里来,躺在炕上。已见瑞香进来回道:"那医士是姓李的,唤做子良,少时就到了。"二姨太太急令丫环伺候。半晌,只见李子良带着玳瑁②眼镜,身穿半新不旧的花绉长夹袍,差不多有七分烟气,摇摇摆摆到厅上。先看过邓氏的神色,随问过病源,知道是吐血的了,先诊了左手,又诊右手,一双近视眼子,认定尺关寸,诊了一会,又令吐出舌头看过,随说道:"这病不打紧,妇人本是血旺的,不过是一时妄行,一服药管全愈了。"二姨太太听了,颇觉心安。唯那医士说她妄行,显又不对症了,这样反狐疑不定。李子良随开了方子,都是丹皮、香附、归身、炙芪之类,不伦不类。二姨太太打了谢步,送医士去后,急令丫环合药,随扶邓氏回房。少时煎药端到,叫邓氏服了,扶她睡下。那夜二姨太太和宝蝉瑞香,都在邓氏房里陪睡。

　　挨到半夜光景,不想那药没些功效,又复呕吐起来,这回更自厉害。

---

①　丫环——亦作"丫鬟"。下同

②　玳瑁——形状像龟的爬行动物,其甲壳光润,可做装饰品。

二姨太太即令宝蝉换转漱盂进来，又令瑞香打水漱口。两人到厨下，瑞香悄悄说道："奶奶这病，究竟什么缘故呢？"宝蝉道："我也不知，大约见了新姨太太回来，吃着醋头，也未可定。"瑞香啐一口道："小丫头有多大年纪，懂什么吃醋不吃醋！"宝蝉顿时红了脸儿。只听唤声甚紧，急同跑回来，见邓氏又复吐个不住。二姨太太手脚慌了，夜深又没处设法，只得唤几声"救苦救难慈悲大士"，随问奶奶有什么嘱咐？邓氏道："没儿没女，嘱咐甚事？只望妹妹休学愚姐的性子，忍耐忍耐，还易多长两岁年纪。早晚愚姐的外家使人来，烦转至愚姐父母，说声不孝也罢了。"说罢，眼儿翻白，喉里一响，已没点气息了。正是：

　　　　恼煞顽夫行不义，顿叫贤妇丧残生。

　　要知后事如何，且看下回分解。

第 四 回

续琴弦马氏嫁豪商　谋差使联元宴书吏

　　话说邓奶奶因愤恨周庸佑埋没了晋祥家资，又占了他的侍妾，因此染了个咯血的症候，延医无效，竟是殁了。当下伍姨太太和丫环等，早哭得死去活来。周庸佑在香屏房里，听得一阵哀声，料然是邓氏有些不妙，因想起邓氏生平，没有失德，心上也不觉感伤起来。正独自寻思，只见伍姨太太的丫环巧桃过来说道："老爷不好了！奶奶敢是仙去了！"周庸佑还未答言，香屏接着说道："是个什么病？死得这样容易？"巧桃道："是咯血呢，也请医士瞧过的，奈何没有功效。伍姨太太和瑞香姐姐们，整整忙了一夜，喊多少大士菩萨，也是救不及的了。"周庸佑才向香屏道："这样怎么才好？"香屏道："俗语说：'已死不能复生。'伤感作甚？打点丧事吧。"周庸佑便转过来，只见伍姨太太和丫环几人，守着只是哭。周庸佑把邓氏一看，觉得已没点气，还睁着眼儿，看了心上好过不去。即转出厅前，唤管家黄润生说道："奶奶今是死了，她虽是个少年丧，只看她死得这样，倒要厚些葬她才是。就多花几块钱，也没打紧。"黄管家道："这个自然是本该的，小人知道了。"说过，忙即退下，即唤齐家人，把邓氏尸身迁出正厅上。一面寻个祈福道士喃①经开道，在堂前供着牌位。可巧半年前，周庸佑在新海防例捐了一个知府职衔，那牌位写的是诰封恭人邓氏之灵位。还惜邓氏生前，没有一男半女，就用瑞香守着灵前。伍姨太太和香屏倒出来穿孝，其余丫环就不消说了。

　　次日，就由管家寻得一副吉祥板，是柳州来的，价银八百元。周庸佑一看，确是底面坚厚，色泽光莹，端的是罕有的长生木。庸佑一面着人找个谈星命的择个好日元，准于明日辰时含殓，午时出殡。所有仪仗人夫一切丧具，都办得停妥。

　　到了次日，亲朋戚友，及关里一切人员，哪个不来送殡？果然初交午

---

　　① 喃——小声地念。

时，即打点发引。那时家人一起举哀，号哭之声，震动邻里。金锣执事仪仗，一概先行。次由周庸佑亲自护灵而出，随后送殡的大小轿子，何止数百顶，都送到庄子上寄顿停妥而散。是晚即准备斋筵，款待送殡的，自不消说了。

回后，伍姨太太暗忖邓奶奶死得好冤枉，便欲延请僧尼道三坛，给邓奶奶打斋超度，要建七七四十九天天罗大醮①，随把这个意思，对周庸佑说知。周庸佑道："这个是本该要的，奈现在是岁暮了，横竖奶奶还未下葬，待等到明春，过了七旬，再行办这件事便是。"伍姨太太听得，便不再说。

果然不多时，过了残冬，又是新春时候。这时周府里，因放着丧事，只怕旁人议论，度岁时却不甚张皇，倒是随便过了。已非一日，周庸佑暗忖邓氏殁了，已没有正妻，伍姨太太和邓氏生前本十分亲爱，心上早不喜欢；若是抬起香屏，又怕刺人耳目，倒要寻个继室，才是个正当的人家。那日正到关里查看各事，就把这件心头事说起来。就中一人是关里的门上，唤作佘道生的，说道："关里一个同事，姓马的唤做子良号竹宾，现当关里巡河值日，查察走私。他的父母，早经亡过，留下一个妹子，芳名唤做秀兰，年已二九，生得明眸皓齿，玉貌娉婷，若要订婚，这样人实是不错。"周庸佑听得，暗忖自己心里，本欲与个高门华胄订亲，又怕这等人家，不和书吏做亲串；且这等女儿，又未必愿做继室，因此踌躇未答。佘道生是个乖巧的人，早知周庸佑的意思，又说道："老哥想是疑他门户不对了，只是求娶的是这个女子，要他门户作甚？"周庸佑觉得这话有理，便答道："他的妹子端的好么？足下可有说谎？"佘道生道："怎敢相欺？老哥若不信时，他家只在清水濠那一条街，可假作同小弟往探马竹宾的，乘势看看他的妹子怎样，然后定夺未迟。"周庸佑道："这样很好，就今前往便是。"

二人便一起出了关衙，到清水濠马竹宾的宅子来。周庸佑看看马竹宾的宅子，不甚宽广，又没有守门的。二人志在看他妹子，更不用通传，到时直进里面。可巧马秀兰正在堂前坐地，佘道生问一声："子良兄可在家么？"周庸佑一双眼睛早抓住马秀兰，原来马秀兰生得秀骨珊珊②，因此行

———————————

① 天罗大醮——道教斋醮名词。又称黄篆罗天大醮。

② 珊珊——轻盈、舒缓的样子；美好的样子。

动更觉娇娆。样子虽是平常,惟面色却是粉儿似的洁白。且裙下双钩,纤不盈握,大抵清秀的人,裹足几更易瘦小,也不足为怪。当下马秀兰见有两人到来,就一溜烟转进房里去了。周庸佑还看不清楚,只见得秀兰头上梳着一条光亮亮的辫子,身上穿的是坭金缎花夹袄儿,元青捆缎花绉裤子,出落得别样风流。早令周庸佑当她是天上人了。

少时马竹宾转出,迎周、佘二人到小厅上坐定。茶罢,马竹宾见周庸佑忽然到来,实在奇异,便道:"什么好东南风,送两位到这里?周庸佑道:"没什么事,特来探足下一遭。"不免寒暄几句,佘道生是个晓事的,就扯马竹宾到僻静处,把如此如此,这般这般,一一说知。马竹宾好生欢喜。正要巴结周庸佑,巴不得早些成了亲事,自然没有不允。复转进厅上来。佘道生道:"周老哥,方才我们说的,竹宾兄早是允了。"马竹宾又道:"这件事很好,只怕小弟这个门户,攀不上老哥,却又怎好?"周庸佑道:"这话不用多说,只求令妹子心允才是。"佘道生道:"周老兄忒呆了!如此富贵人家,哪个不愿匹配?"周庸佑道:"虽是这样,倒要向令妹问问也好。"马竹宾无奈,就转出来一会子,复转进说道:"也曾问过舍妹,她却是半羞半笑的没话说,想是心许了。"其实马子良并未曾向妹子问过,只周庸佑听得如此,好不欢喜!

登时三人说合,就是佘道生为媒,听候择日过聘。周庸佑又道:"小弟下月要进京去,娶亲之期,当是不久了。只是妻丧未久,遽行续娶,小弟忝属缙绅①,似有不合,故这回亲事,小弟不欲张扬,两位以为然否?"马竹宾听得,暗忖妹子嫁得周庸佑,实望他娶时多花几块钱,增些体面,只他如此说,原属有理,若要坚执时,恐事情中变,反为不妙。想罢,便说道:"这没大紧,全仗老哥就是。"周庸佑大喜,便说了一会,即同佘道生辞出来,回到宅子,对香屏及伍姨太太说知。伍姨太太还没什么话,只香屏颇有不悦之色,周庸佑只得百般开解而罢。

果然过了十来天,就密地令人打点亲事,娶时致贺的,都是二三知己,并没有张扬,早娶了马氏过门。原来那一个马氏,骄奢挥霍,还胜周庸佑几倍。生性又是刻薄,与邓氏大不相同。拿香屏和伍姨太太总看不在眼里。待丫环等,更不消说了。她更有种手段,连丈夫倒要看她脸面,因此

---

　　①　缙绅——旧时官宦的代称。

各人无可奈何。唯诟谇①之声，时所不免。没奈何，周庸佑只得把香屏另放在一处居住，留伍姨太太和马氏同居。因当时伍姨太太已有了身孕，将近两月，妇人家的意见，恐动了胎神，就不愿搬迁，搬时恐有些不便，所以马氏心里就怀忌起来。恐伍姨太太若生了一个男儿，便是长子，自己实在不安：第一是望她堕了胎气，第二只望她产个女儿，才不至添上眼前钉刺。自怀着这个念头，每在伍姨太太跟前，借事生气，无端辱骂的，不止一次。

那日正在口角，周庸佑方要排解，忽报大舅郎马竹宾到来拜谒，周庸佑即转出来，迎至厅上坐下。马竹宾道："听说老哥日内便要进京，未知哪日起程？究竟为着什么事呢？"周庸佑道："这事本不合对人说，只是郎舅问没有说不得的。因现任这个监督大人，好生厉害，拿个钱字又看得真，小弟总不甚得意。今将近一年，恐他再复留任，故小弟要进京里寻个知己，代他干营，好来任这海关监督，这时同声同气，才好做事。这是小弟进京的缘故，万勿泄漏。"马竹宾道："老哥好多心，亲戚间哪有泄漏的道理？在老哥高见不差，只小弟还有句话对老哥说，因弟从前认得一位京官，就是先父的居停，唤作联元，曾署过科布多参赞大臣。此人和平纯厚，若谋此人到来任监督，准合尊意，未审意下如何？"周庸佑道："如此甚好，就请舅兄介绍一书，弟到京时，自有主意。"马竹宾不胜之喜，暗忖若得联元到来，大家都有好处。就在案上挥了一函，交过周庸佑，然后辞出。及过了数天，周庸佑把府上事情安顿停妥，便带了二三随从的不等，起程而去。

有话便长，无话便短。一路水陆不停，不过十天上下，就到了京城。先到南海馆住下，次日即着人带了马竹宾的书信送到联元那里，满望待联元有了回音，然后前往拜会。谁想联元看过这封书，即着门上问过带书人，那姓周的住在哪里，就记在心头。因书里写的是说周庸佑怎么豪富，来京有什么意见。若要谋个差使，好向周某商量商量……这等话。那联元从前任的不过是个瘦缺，回时没有钱干弄，因此并没有差使，正是久旱望甘霖。今得这一条路，好不得意！便不待周庸佑到来拜会，竟托称问候马子良的消息，直往南海馆来投周庸佑。

当下周庸佑接进里面，先把联元估量一番，果然是仪注纯熟，自然是

---

　　①　诟谇(gòu suì)——辱骂；斥责。

做官的款子。各自通过姓名，先说些闲话。联元欲待周庸佑先说，只周庸佑看联元来得这般容易，不免又要待他先说，因此几个时辰，总不能说得入港①。联元便心生一计，料非茶前酒后花费多少？断成不得事，倘迁延时日，若被他人入马②，岂不是失了这个机会？遂说道："小弟今夜谨备薄酌，请足下屈尊，同往逛逛也好。"周庸佑道："小弟这是初次到京，很外行的，正要靠老哥指点。今晚的东道主，就让小弟做了罢。"联元道："怎么说？正为足下初次来京，小弟该做东道。若在别时，断不相强。"周庸佑只得领诺。两人便一同乘着车子，转过石头胡同，到一所像姑③地方，一同进去。

原来这所地方，就是有名的像姑名唤小朵的寓处，那小朵与联元本是向有交情，这会儿见联大人到来，自然不敢怠慢。联元道："几天不见面，今广东富绅周老爷到了，特地到来谈天。"说罢，即嘱小朵准备几局酒伺候。这时周庸佑看见几个像姑，都是朱颜绿鬓，举止雍容，浑身润滑无比，脸似粉团一般，较南方妓女，觉得别有天地，心神早把不住了。还亏联元解其意，就着小朵在院里，荐个有名的好陪候周老爷。小朵一声得命，就唤一个唤做文馨的进来，周庸佑见了，觉与小朵还差不多，早合了意。那两个像姑听得周某是粤省富绅，又格外加一种周旋手段，因此周庸佑更是神情飞越的了。

谈了好一会子，已把酒菜端上来。联元便肃④周庸佑入席。酒至半酣，联元乘间说道："周老哥如此豪侠，小弟是久仰了。恨天南地北，不能久居广东，同在一处聚会，实在可惜！"周庸佑听了，乘醉低声说道："老哥若还赏脸，小弟还有个好机会，现时广东海关监督，乃是个优缺，老哥谋这一个差使，实是不错。"联元故作咋舌道："怎么说？谋这一个差使，非同小可，非花三十万金上下，断不能到手。老哥试想，小弟从前任的瘦缺，哪有许多盈余干这个差使？休要取笑吧。"周庸佑道："老哥又来了，做官如做商，不如向人借转三五十万，干弄干弄，待到任时，再作商议，岂不甚

---

① 入港——投机。

② 入马——交往（一般指男女私情）。比喻拉上关系，办成事情。

③ 像姑——旧时俗称少年男伶（泛指演员）旦角。

④ 肃——恭敬地引进。

妙?"联元到了此时,知周庸佑是有意的,便着实说道:"此计大妙,就请老哥代谋此款,管叫这个差使弄到手里,这时任由老哥怎么办法就是。"这几句话,正中了周庸佑之意。正是:

　　　　官场当比商场弄,利路都从仕路谋。

　　要知后事如何,且听下回分解。

第 五 回

三水馆权作会阳台 十二绅同结谈瀛社

话说联元说起谋差使的事情，把筹款的为难处说了出来，听周庸佑的话，已有允愿借款的意思，便索性向他筹划。周庸佑道："粤海关是个优缺，若不是多费些钱财，断不易打点。小弟实在说筹款是不难的，只要大人赏脸，使小弟过得去才是。"联元道："这是不劳说的，联某是懂事的，若到任时，官是联某做，但年中进项，就算是联某和老哥两人的事，任由老哥怎么主意，或是平分，就是老哥占优些，有何不得？"周庸佑道："怎么说？小弟如何敢沾光？大人既准两人平分，自是好事。若是不能，但使小弟代谋这副本钱，不致亏缺，余外就由大人分拨，小弟断没有计较的。"联元听了大喜，再复痛饮一会，正是茶前酒后，哪有说不合的道理？那小朵儿又忖道，联元若因运动差使，谋得这副本钱，自己也有好处，因此又在一旁打和事鼓，不由得周庸佑不妥，当下就应允代联元筹划二三十万元，好去打点打点。联元道："老哥如此慷慨，小弟断不辱命。方今执政的敦郡藩王，是小弟往日拜他门下的，今就这条路下手，不消五七天，准有好消息回报。"周庸佑道："小弟听说这位敦王爷不是要钱的，怕不易弄到手里。"联元道："老哥又来了，从来放一个关差，京中王大臣哪个不求些好处？若是不然，就百般地阻碍来了。不过由这位王爷手上打点，尽可便宜些的便是。"周庸佑方才无话，只点头答几声"是"。

这时已饮到四更时分，周庸佑已带九分醉意。联元便说一声"简慢"①，即命撤席。又和两个像姑说笑一回，差不多已天色渐明，遂各自辞别而去。就此周庸佑就和联元天天在像姑寓里，花天酒地，倒不消说。联元凡有所用，都找周庸佑商酌，无不应手。果然不过十天上下，军机里的消息传出来，也有放联元任粤海关监督的事，只待谕旨颁发而已。自这点

---

① 简慢——怠慢失礼。

风声泄出，京里大官倒知得联元巴结上一个南方富商姓周的，哪个不歆羡①？有亲来找周庸佑相见的，有托联元做介绍的，车马盈门。周庸佑纵然花去多少，也觉得一场荣耀。闲话休说。

　　且说当时有一位大理正卿徐兆祥，正值大比之年，要谋一个差使。叵耐②京官进项不多，打点却不容易，幸亏由联元手里结识得周庸佑，正要从这一点下手，只是好客主人多，人人都和他结识，不是有些关切，借款两字，觉得难以启齿。那一日，徐兆祥正在周庸佑寓里谈天，乘间说道："老哥这会来京，几时才回广东去？究竟有带家眷同来的没有？"周庸佑道："归期实在未定。小弟来京时，起程忙速些，却不曾带得家眷。"徐兆祥道："旅馆是很寂寞的，还亏老哥耐得。"周庸佑道："连天和联大人盘桓③，借酒解闷，也过得去。"徐兆祥道："究竟左右没人服侍，小童也不周到，实不方便。小弟有一小婢，是从苏州本籍带来的，姿首也使得，只怕老哥不喜欢。倘若不然，尽可送给老哥，若得侍巾栉④，此婢的福泽不浅。未悉老哥有意否？"周庸佑道："哪有不喜欢的道理？只是大人如此盛意，小弟哪里敢当？"徐兆祥道："不是这样说，彼此交好，何必这般客气！请择过好日子，小弟自当送来。"周庸佑听了，见徐兆祥如此巴结，心上好不欢喜！谦让一回，只得领诺。徐兆祥自回去准备。

　　周庸佑此时，先把这事对联元说知，一面就要找个地方迎娶。只念没有什么好地方，欲在联元那里，又防太过张扬，觉得不好看。正自寻思，只见同乡的陈庆韶到来拜会。那陈庆韶是由举人年前报捐员外郎的，这时正在工部里当差。周庸佑接进里面，谈次间，就说起娶妾的事，正愁没有地方借用。陈庆韶道："现时三水会馆重新修饰，在寓的人数不多，地方又自宽广，想借那里一用，断没有不可的。"周庸佑道："如此甚好，只小弟和他馆里管事的人不曾认识，就烦老哥代说一声，是感激的了。"陈庆韶道："这也使得，小弟即去便来。"说罢，即行辞出。不多时，竟回来报道："此事妥了，他的管事说，彼此都是同乡，尽可遵命。因此小弟也回来报

①　歆(xīn)羡——羡慕。
②　叵(pǒ)耐——无奈。
③　盘桓——周旋，交往，游乐。
④　侍巾栉(zhì)——此指做妻妾。旧时妻妾侍奉丈夫盥洗。巾栉，盥洗用具。

知。"周庸佑感激不已，便立刻迁过三水馆来居住。即派人分头打点各事，联元也派人帮着打点。不数日间，台椅器具及房里床帐等事，都已停当。

是时正是春尽夏来的时候，天气又自和暖，到了迎娶那一日，周庸佑本待多花费一些撑个架子，才得满意。只因徐兆祥是个京里三品大员，与书吏结这头姻好，自觉得不甚体面，就托称恐碍人议论，嘱咐周庸佑不必太过张扬，周庸佑觉得此话有理，便备一辆车子，用三五个人随着，迎了徐兆祥的婢子过门。周庸佑一看，果然如花似月，苏州美女，端的名不虚传，就列她入第四房姬妾，取名叫做锦霞，她本姓王的，就令下人叫她做王氏四姨太太。

是日宾朋满座，都借三水馆摆下筵席，请亲朋赴宴，夜里仍借馆里房子做洞房，房里的陈设，自然色色华丽，簇簇生香。锦霞看了这张床子，香气扑着鼻里，还不知是什么木料制成，雕刻却十分精致，便问周庸佑这张是什么床子？周庸佑道："你在徐大人府里，难道不曾见过？这张就是紫檀床，近来价值还高些，是六百块银子买来的了，你如何不知？"锦霞道："徐大人是个京官，惯是清俭，哪见过这般华美的床子？"周庸佑笑了一声。其余枕褥被帐的华贵，自不消说了。

过了洞房那一夜，越日，周庸佑即往徐兆祥那里道谢，徐兆祥又往来回拜，因此交情颇密。后来和周庸佑借了万把银子，打点放差，此是后话不提。

且说联元自从得了周庸佑资本，自古道："财可通神。"就由王大臣列保，竟然谕旨一下，联元已得任粤海关监督，正遂了心头之愿，自然同僚的纷纷到来道贺，联元便要打点赴任。那日见着周庸佑，即商议到粤上任去，先说道："这会仗老哥的力，得任这个好缺，小弟感激了。只是起程赴任，还要多花一两万金，才得了事。倒求老哥一概打算，到时自当重报。"周庸佑道："这不消说，小弟是准备了。"联元又道："日间小弟就要上折谢恩，又过五七天，然后请训，必须听候召见一两遭，然后出京，统计起程之时，须在一月以后。弟意欲请老哥先期回去，若是同行，就怕不好看了。"周庸佑听得有理，一一允从，送联元回去后，过了些时，即向各亲友辞行，然后和锦霞带同随人，起程回粤。虽经过上海的繁华地面，因恐误联元到粤时接应，都不敢逗留，一直扬帆而下，不过十天上下，已回到广东。

　　原来家人接得他由香港发回的电报,因知得周某回来,已准备几顶轿子迎接,一行回到宅子里。家人见又添上一位四姨太太,都上前请安,锦霞又请马氏出堂拜见,次第请伍姨太太和香屏姨太太一同见礼。各人都见锦霞生得十分颜色,又是性情态度颇觉温柔,也很亲爱。只有马氏一人心上很不自在,外面虽没说什么话,因念入门未久,不宜闹个不好看,只得权时忍耐忍耐,好留得后来摆布而已。因此锦霞暂时也觉安心。香屏姨太太自回自己的宅子里去,锦霞就和马氏、伍姨太太一块儿居住。

　　过了一月有余,早听得联元将近到省的消息,周庸佑这时已换了一位管家,唤做骆念伯,即着他到香港远地迎接联元,并对联元说道:"这回大人到省,周老爷也不敢到码头迎接,因恐碍人议论,请到公馆时相见罢。"联元早已会意,即着骆念伯回报,代他找一间公馆,俾得未进衙时居住。骆念伯得令,自回来照办。

　　那联元果然第二天就到了粤城,自然有多少官员接着,即先到公馆里住下,次日就要出来拜客。你道那联元先往拜见的果是何人?他不见将军,不见督抚,又不见三司,竟令跟人拿着帖,乘着大轿子,直出大南门入东横街,拜见本衙门的书吏周庸佑,次后才陆续往拜大小官员,此事实周庸佑想不到,旁人更不免见得奇异。有知道内里情节的,自然摇着首一笑;若是不知内里情节的,倒要歆羡周庸佑了。

　　及至联元接印而后,衙里什么事都由周庸佑出主意,联元只拥着一个监督的虚名,差不多这官儿是周庸佑做的一样,因此周庸佑的声势越加大起来了。当时官绅哪个不来巴结?周庸佑因忖有这般势力,不如乘此时机,联结几个心腹的亲朋,尽可把持省里的大事,无论办什么捐,承什么饷,断不落到他人手上,且又好互成羽翼。想罢,觉得好计,即把本意通知各人,各人哪有不赞成的?就结了官绅中十一个好友,连自己共十二人,名唤十二友,同做拜把的兄弟:第一位是姓潘的,唤做祖宏,是个举人出身,报捐道员,他的兄长都是翰林院,是个有名的豪绅,浑称潘飞虎。第二位是姓苏的,名唤如绪,他的祖父曾任过督抚,是个办捐务的能手。第三位许英祥,他的老子曾任三司,伯父又是当朝一品。这三位是省内久闻素仰的大绅了。第四位李子仪,是个总兵。第五位李文桂,是个都司,曾在赌场上赚得几块钱,也是一个富户。第六位李著,即李庆年,是个洋务局委员。第七位杨积臣,虽是外教中人,却是个副将衔的统兵官。第八位李信,是个候补道员。第九位斐鼎毓,本贯安徽人氏,由进士出身,当时正任番禺知县,这一位能巴结上司,是个酷吏中的班首。第十位邓子良,他虽是一个都司衔,实任千总,只是钻营上也有些手段。第十一位周乃慈,别字少西,是周庸佑的同宗,本没甚势力,只是结得那周庸佑,好拍马屁,故此认作兄弟。以上十一人,连周庸佑共成十二友。这十二友的名字,个个有权有势,周庸佑好不欢喜!

那日便对周乃慈说道:"少西老弟,我们结得这班朋友,是有声势的,还有肝胆的,哪时节不患没个帮手。只须找个地方常常聚谈,才见得亲密,你道哪一处才好?"周乃慈道:"各位兄弟多在城外往来,今谷埠一带,是个繁华地面,哥哥许多产业在那里,不如拨一间铺子出来,做兄弟们的聚会处,岂不甚好?"周庸佑猛然醒道:"有了,现有一间铺子,在龙母庙的附近,离谷埠不远,襟江带海,是个好所在。里面还很宽广,楼上更自清雅,有厅子数座,就把来整饰整饰,总要装潢些。有时请官宴、闹娟筵,尽可方便。其余商量密事,自不消说。"周乃慈听得大喜,一面通知十位兄弟,看他们意见如何。只见各人都已愿意,便商议这一座近水楼台,改个好名色。周庸佑即请潘祖宏、许英祥、斐鼎毓三人酌议,因这三位是科甲中人,自然有文墨。果然那三人斟酌停妥,旋改作谈瀛社三个字,众人都赞道:"改得好!"周庸佑便大兴土木,修饰这座楼台,好备各兄弟来往。正是:

　　结得金兰皆富贵,兴来土木斗奢华。

要知后事如何,且听下回分解。

第 六 回

贺姜酌①周府庆宜男　建斋坛马娘哭主妇

　　话说周庸佑自从联元到任粤海关监督，未曾拜见督抚司道，及三堂学使，却先来拜见他，这时好不声势！因此城内的官绅，哪个不来巴结？故十二位官绅，一同做了拜把兄弟，正是互通声气，羽翼越加长大的了。

　　自古道："运到时来，铁树花开。"那年正值大比之年，朝廷举行乡试。当时张总督正起了一个捐项，唤做海防截缉经费，就是世俗叫做闹姓赌具的便是。论起这个赌法，初时也甚公平，是每条票子，买了什么姓氏，待至放榜时候，看什么人中式②，就论中了姓氏多少，以定输赢。怎晓得官场里的混账，又加以广东官绅钻营，就要从中作弊，名叫买关节。先和主试官讲妥账目，求他取中某名某姓，便闹姓得了头彩，或中式每名送回主试官银子若干，或在闹姓彩银上和他均分，都是省内的有名绅士，才敢作弄。这时，一位在籍的绅士刘鹗纯，是惯做文科关节搅主顾的，他与周庸佑是个莫逆交。那时正是他经手包办海防截缉经费，所以舞弄舞弄，更自不难。那一日正来拜见周庸佑，谈次说起闹姓的事情，周庸佑答道："本年又是乡科，老哥的进项，尽有百万上下，是可预贺的了。"刘鹗纯道："也未尝不撇光儿，只哪里能够拿得定的？"周庸佑道："岂不闻童谣说道：'文有刘鹗纯，武有李文桂。若要中闹姓，殊是第二世。'这样看来，两位在科场上的手段，哪个不曾领教的？"刘鹗纯听了，忙扯周庸佑至僻处暗暗说道："栋公，这话他人合说，你也不该说。实在不瞒你，本年主试官，正的是钱阁学，副的是周太史，弟在京师，与他两人认识认识，因此先着舍弟老八刘鹗原先到上海，待两主试到沪时，和他说这个。现接得老八回信，已有了眉目，说定关节六名，每名一万金，看来闹姓准有把握，栋公便是占些股时，却亦不错。"周庸佑道："老哥既是不弃，就让小弟沾些光也好。"刘鹗

---

　　① 　姜酌——姜应为将（qiāng），即请酒。
　　② 　中式——指科举考试被录取，科举考试合格。

纯道："哪有不得,只目前要抬什么姓氏,却不能对老哥说。彼此既同志气,说什么沾光? 现小弟现凑本十万元,就让老哥占两三万金就罢了。"

周庸佑不胜之喜,一面回至关里,见了联元,仍带着几分喜色。联元道:"周老哥有什么好事,却如此欢喜? 可惜本官还正在这里纳闷得慌。"周庸佑道:"请问大人,怎地又要纳闷起来?"联元道:"难道老哥不知,本官自蒙老哥慷慨仗义,助这副资本,才得到任。奈命里带不着福气,到任以来,金价日高,若至满任时,屈指不过数月,恐这时办金进京,还不知吃亏多少? 放着老哥这一笔账,又不知怎地归款了。"周庸佑道:"既然如此,大人还有什么计较?"联元道:"昨儿拜会张制帅,托他代奏,好歹说个人情。因从前海关定例,办金照十八换算,近来时价也至三十六七换,好生了得,故此小弟欲照时价折算进京。奈张制帅虽然代奏,只朝上说是成例如此,不得变更,因此不准,看来是没有指望的了。"周庸佑道:"此事我也知得,自前任的挪去二三十万,自然归下任填抵。借小弟的三十来万,又须偿还,偏又撞着千古未有的金价,也算是个不幸。只小弟现在有个机会,本不合对大人说,但既然是个知己,如何说不得?"联元听了,急问有什么机会? 周庸佑便附耳把和刘鹗纯谋的事,细细说了一遍。联元道:"原来科场有这般弊端! 怪得广东主试官是个优差了。"周庸佑道:"年年都是如此。可笑赌闱姓的人,却来把钱奉献。"联元道:"既有这个机会,本官身上,究有什么好处?"周庸佑道:"小弟准可在刘某那里占多万把本钱,就让些过大人便是。"联元听得,喜得笑逐颜开,即拱手谢道:"如此始终成全本官的,本官铭感的了。"

两人说罢,周庸佑即转出来,次日即到刘鹗纯那里回拜,就在买关抬闱姓项下,占了资本三万银子,暗中却与联元各占一万五千。把银子交付过后,因那刘鹗纯是个弄科场的老手,这场机会,都拿得九成妥当。

不觉光阴似箭,已是八月中旬,士子进闱的,三场已满,不多时,几赌闱姓的都已止截,只听候放榜消息。

那一日,刘鹗纯正到周庸佑的宅子来,庸佑接进里面,即问闱里有什么好音,刘鹗纯道:"不消多说,到时便见分晓。这会弄妥关节之外,另请几位好手进场捉刀①。因恐所代弄关节的人,不懂文理,故多花几块钱,

①　捉刀——代别人做文章。

聘上几位好手,管叫篇篇锦绣,字字珠玑,哪有不入彀①的道理?"正说得兴高采烈,周庸佑道:"放榜的日期,是定了九月十二,还隔有五天,到这时,就在谈瀛社设一酌,大家同候好音,你道何如?"刘鹗纯答一声"是"而去。

果然到了是日,周庸佑就做个东道,嘱咐厨子,在谈瀛社准备酒席。除了三五个做官的,是日因科场有事,不便出来,余外同社各位绅士,都到谈瀛社赴席去了。少顷,刘鹗纯亦到,当下宾朋满座,水陆杂陈。正自酣饮,这时恰是闱里填榜的时候,凡是中式的人,倒已先后奔报,整整八十八名举人之内,刘鹗纯见所弄关节的人,从不曾失落一个,好不欢喜,即向周庸佑拍着胸脯说道:"栋翁,这会又增多百十万的家当了。"周庸佑一听,自然喜得手舞足蹈。同座听得的,都呼兄唤弟的赞羡,有的说是周老哥好福气,有的说是刘老哥不把这条好路通知。你一言,我一语,正在喧做一团,忽见守门的上来回道:"周老爷府上差人到了。"周庸佑还不知有甚事故,即令唤他上来,问个缘故。那人承命上前,拱手说道:"周老爷好了,方才二姨太太分娩,产下一个男子,骆管家特着小的到来报知。"周庸佑听到这话,正不知喜从何来。方才科场放榜,已添上百十万家资,这会又报到产子,自世俗眼底看来,人生两宗第一快事,同时落在自己身上。又见各友都一起举杯道贺,不觉开怀喝了几盅,就说一声欠陪,即令轿班掌轿,登时跑回宅子去。

只见家人都集在大堂上,锦霞四姨太太,已帮着打点各事,香屏三姨太太也是到来了,其余仆妇丫环,都往来奔走。各人见周庸佑回来,都欢天喜地,老爷前、老爷后的贺喜,单不见马氏。那锦霞四姨太说道:"将近分娩的时节,即对马太太说知,谁想马太太说恰是身子不大舒服,没有出来。妾是不懂事,只得着人催了那稳婆②到来,还幸托赖得大小平安。不久三姨太太又到了,妾这时才有些胆子,今是没事了。"香屏道:"妾闻报时即飞也似地过来,到时已是产下来了。"一头说,一头着丫环点长明灯,掌香烛拜神。又准备明天到各庙里许个保安愿,又要打点着人分头往各亲串那里报生。

---

① 入彀(gòu)——比喻受人笼络;就范。
② 稳婆——旧时以接生为业的妇女。

　　周庸佑一一听得，随到二姨太太房里一望，见那稳婆和丫环巧桃、小柳，在那里侍候着。稳婆早抱着小孩子起来，让周庸佑一看，周庸佑看得确是一个男子，心上欢喜说道："二姨太这会身子可好？"各人答应个"是"。周庸佑又吩咐小心侍候，别叫受了风才好。说罢，随即转身出来，叫骆管家先支出五百两银子，作红封，又嘱明儿寻好好的乳娘，并说道："凡是家里有了喜事，就是多花些银子，也没紧要。"骆管家答应过了，然后退下。

　　到了次日，自然亲朋戚友，纷纷到来道贺。一连几天，车马盈门，所有拜把兄弟，共十一位官绅，和关里受职事的人，与一切亲友，有送金器的，有送袍料的，都来逢迎巴结，只有马子良未到，周庸佑也觉得奇异。

　　原来马氏也是怀了六甲，满望二姨太太生女，自己生男，还是个长子。今见二姨太太先生了一个男子，将来家当反被她主持了，所以心怀不满，故并未报知马子良。那马子良又因家道中落，常看妹子的脸面，因此不敢违妹子的意思。周庸佑还不省得，次日在马氏房里，见马氏托着腮，皱着眉，周庸佑正问他怎地缘故，马氏即答道："天生姜薄命，是该受人欺负的。往常二房常瞧我不在眼内，这会又添上个儿子，还不知将来更呕多少气！"周庸佑道："常言道：'侍妾生子，为妻的有福。'你是个继室，便算是个正妻，哪个来小觑你？你也休再淘气罢了。"马氏道："老爷常出外去？哪里知得那三房四房虽瞧我不起，还不敢装模作样。那二房常对人说，她是先到这里，亲见我进来的，故凡事都不由我做主意。又说我外家是个破落户，纸虎儿吓不得人，杉木牌儿做不得主，这样就该受人欺负了。我外家哪里敢做人情送礼物来，高扳他人？须知我是拳头上立得人，臂膊上走得马，叮叮当当的女儿，又不是个丫头出身，如何受得这口气？"周庸佑道："料二房未必有这等说话，你休要听人说。"马氏见周庸佑不信，还是撒娇撒痴，呜呜咽咽的说了一会，周庸佑只安慰一番而罢。随转过来二姨太太房里，自不提起马氏的说话，只着管家择个日子，好办弥月①姜酒，骆管家领命去了。一会儿随来回道："十月十一日，是个黄道吉日，准合用着。"周庸佑答个"是"，就令人分头备办去。

　　不料那马氏听得十月十一日是弥月，正要寻些凶事，要来冲犯她，好

────────────

　　①　弥月——"出生婴儿"满月。

歹她的儿子不长进，才遂却心头之愿。那一夜，就枕边对周庸佑说道："妾日来心绪不安，常梦见邓氏奶奶对着妾只是哭。妾已省得，她自从没了，并没有打斋超度她，怪不得她怀恨。老爷试想，这笔钱是省不得的。不如煞性做了这场功德，待她在泉下安心，庇护庇护，使家门兴旺，儿女成就，便是好了。"周庸佑道："我险些忘却了，这是本该的。但儿子将近弥月，不宜见这些凶事。"马氏道："横竖家里事，有什么忌讳？况且本月是重阳节，阴间像清明开鬼门关，正合做功德。老爷若嫌凶喜交集，可在府里办姜酌，却另往寺门打斋也使得。若待至十月，怕妾早晚要分娩，十一月又是老爷和三房的岳降①，十二月又近岁暮，都不合用的。"周庸佑听得，觉得此言有理，便即应允而行。

果然到了次日，就着人择定九月二十五日起，建十来天清醮，府里上上下下，都到长寿寺做好事。各人听得，也见得奇异，都来对二姨太太说知。二姨太太道："她的心术，你们难道不知？自古道：'吉人自有天相。'任你怎么做去，我只是不管。"此时马氏这里，一面使人到寺里告知住持，打扫房舍伺候，都不必细说。

单表到了二十五日早膳之后，东横街周府门前，百十顶轿子，纷纷簇簇，听候起程。香屏是另在素波巷居住的，这时也到来，锦霞也是同往。其余亲串到的，倒说不尽。那些丫环仆妇，都想邓氏生前慈祥和厚，哪个不愿追荐她？又因镇日②困在屋里，自然想前往十天八天的了。于是马氏的丫环宝蝉、瑞香，第三房的丫环巧桃、小柳，第四房的丫环碧云、红玉，就是第二房的丫环丽娟、彩凤，都由二姨太太使她们同行。二姨太太身边，只留一两个粗笨的婢子侍候。骆管家或在宅子里，或到寺门打点，及仆妇一切家人，倒是来来往往，周宅里几乎去个空。各人上了轿子，有的说漏了包儿，使人回去取；有的说漏了篮子，使人回去拿。哄哄嚷嚷，塞满街巷。或叫坐稳轿子，或叫扯上轿帘，说说笑笑。骆管家即走来说道："这是在街上，比不得宅子里，也要守些规矩。若太过吵闹，是不好看了。"各人方才略止了声。

少时陆续起程，宝蝉、瑞香伴着马氏先行，余都挨次而去。路上看的，

① 岳降——诞辰；生日。

② 镇日——整天，从早到晚。

都站在两边。及至寺前,早有住持执香迎接。周宅人等,一一下了轿子。马氏见头门是土地及两位泥塑天将,过了又是四大金刚,马氏率领三四房侍妾及丫环,一层一层的,瞻拜观玩。骆管家立在台基上,逐一点过,各人都已到齐,即对住持道:"我们家人来得多,要准备五七间相连的房子安置,才易照应。"并嘱不准闲人进去。住持答应着,预备去了。住持又对骆管家说道:"贵府人多,虽有丫环仆妇,只是人生路不熟,倒茶打水,究竟不便。奈是太太姨太太皆已到了,小沙弥出进不便,可有嫌忌? 还请示下来。"骆管家即回明马氏,马氏道:"有什么嫌忌? 除了小沙弥服侍,才不准别的进来吧。"骆管家就对住持说知,住持即派小沙弥几人,听候使用。

忽马氏着人请住持进来,嘱咐准备斋坛,住持急进来,先向马氏见个礼,马氏就问几时能够开坛? 住持回道:"酉时就是最吉的了。"马氏道:"各事倒要齐全,也不必计较银子。"住持道:"小僧也省得,像太太的人家,本该体面些。"马氏道:"不要过奖,我只愿多花几块钱,齐齐备备,望邓奶奶早日升天。"住持道:"不是过奖,东横街周,高第街许,一富一贵,哪个不知? 自太太进了门,姓周的越加兴旺,城内外通通知道了。"马氏听了,外面虽然谦让,内里见有这番奖赞她,已着实欢喜。住持又谈一会,然后退出,打点下去。

到了酉刻,即请马氏一群人到大雄宝殿上,但见正中供着邓氏奶奶牌位,殿上挂着长幡飘动,左边写道是"西方极乐世界",右边写道是"南无阿弥陀佛"。坛里十二张桌子,都供着佛像,派十二位僧人敲木鱼,诵《法华经》。另有方丈披袈裟、执锡杖、敲玉磬①、念佛。坛外长杆竖起,系着纸鹤儿,名叫跨鹤上西天。所有丫环,都在坛里烧往生钱②。又有小沙弥四名,剪烛花看香火,四名倒茶打水,往来奔走。各僧每日念佛三次,马氏和众人即到坛哭三次。一连十数天,都是如此。还有宝蝉、瑞香,向日是邓氏奶奶丫环,想起邓氏往日的仁慈,马氏今日的刻薄,触景生情,越哭得凄楚。这时念佛和哭泣的声音,震动内外,香烛和宝帛的烟,东西迷漫。弄得坛外观的人山人海。忽听得坛外台阶上一声喧闹起来,各人都吓了

---

① 磬(qìng)——古代的一种打击乐器。
② 往生钱——往生是迷信说法,死后往西天净土。往生钱,就是指给死人烧的纸钱。

一跳。正是：

　　　殿前佛法称无量,阶外人声闹不休。
　　要知人声怎么喧闹起来,且看下回分解。

第 七 回
偷龙转凤巧计难成　打鸭惊鸳姻缘错配

　　话说周府人等正在寺里荐做好事，各僧方啰啰唪唪的，在大雄宝殿上念经，忽听殿外台阶上，一派喧闹之声。那时管家骆子棠别字念伯的，正自打点诸事，听了，急急的飞步跑出来观看。原来一个十五六岁的丫环，在一处与一个小沙弥说笑，被人看着了，因此哗嚷起来，那小沙弥早一溜烟的跑了。骆子棠把那丫环仔细一望，却是马氏随嫁的丫环，叫做小菱。那小菱见了骆子棠，已转身闪过下处。

　　骆子棠即把这事，对住持说知，就唤三五僧人，先要赶散那些无赖子弟，免再吵闹。只是一班无赖子弟，见着这个情景，正说得十分得意，见那班僧人出来驱赶，哪里肯依，反把几个僧人骂个不亦乐乎。有说他是没羞耻的，有说他是吃狗肉，不是吃斋的。你一言，我一语，反闹个不休。这时马氏和几位姨太太却不敢做声，都由大雄宝殿上跑出来回转下处。那些僧人羞愤不过，初时犹只是口角，后来越聚越众，都说道，那些和尚，不是正派的。巴不得抛砖掷石，要在寺里生事。还亏这时寺里，也有十多名练勇①驻扎，登时把闲人驱散去了，方才没事。

　　只有那马氏见小菱是自己的丫环，却干出这等勾当，如何忍得？若不把她切实警戒，恐后来更弄个不好看的，反落得侍妾们说口。便立刻着人寻着小菱过来，吓得那十五六岁的小妮子，魂不附体，心里早自发抖。来到马氏跟前，双膝跪下，垂泪地唤了一声太太，马氏登时脸上发了黑，骂道："没廉耻货！方才干得好事！你且说来。"小菱道："没有干什么事。方才太太着婢子寻帕子，我方自往外去，不想撞着那和尚，向婢子说东说西，不三不四。婢子正缠得苦，还亏人声喧嚷起来，婢子方才脱了手。望太太查查也就罢了。"马氏道："我要割了你的舌头，好叫你说不得谎！"小菱道："婢子哪里敢在太太跟前说谎？外面的人，尽有看得亲切的，太太

---

　　①　练勇——兵士。

不信,可着人来问。"马氏更怒道:"人尽散了,还问谁来?"就拿起一根藤条子,把小菱打了一回。骆子棠道:"这样是寺里没些规矩了,打她也是没用的,只怕传了出来,反说我们府里是没教训的了。"马氏方才住了手。只见几个僧人转进来,向马氏道歉,赔个不是,骆子棠即把僧人责备几句而罢。

单是马氏面上,还尚带有几分怒气,正是怒火归心,忽然哎哟一声,双手掩住小腹上,叫起痛来。骆子棠大惊,因马氏有了八九个月的身孕,早晚怕要分娩,这会忽然腹疼,若然是在寺里产将下来,如何是好?便立刻叫轿班扛了轿子进来,并着两名丫头扶了马氏,乘着轿子,先送回府上去。又忖方才闹出小菱这一点事,妇人家断不宜留在寺里,都一发打发回府。把这场功德,先发付了账目,余外四十九天斋醮,只嘱咐僧人循例做过,不在话下。

且说马氏回到府里,暗忖这会比不得寻常腹痛,料然早晚就要临盆,满想乘着二姨太太有了喜事,才把这场凶事舞弄起来,好冲犯着她。不想天不从人愿,偏是自己反要作动临盆,岂不可恨!幸而早些回来,若是在寺里产下了,不免要净过佛前,又要发回赏封,反弄个不了,这时更不好看了。想罢,又忖道:这会若然生产,不知是男是女?男的犹自可,倘是女儿,眼见得二房有了儿子,如何气得过?想到这里,猛然想起一件事来:因前儿府上一个缝衣妇人区①氏,她丈夫是姓陈的,因亦有了身孕,故不在府里雇工。犹忆起她说有孕时,差不多与自己同个时候,她丈夫是个穷汉,不如叫她到来,与她酌议,若是自己生男,或大家都生女,自不必说;自己若是生女,她若生男,就与五七百银子,和她暗换了。这个法门,唤做偷龙转凤。神不知,鬼不觉,只道自己生了儿子,好瞒得丈夫,日后好承家当,岂不甚妙。想了觉得委实好计,就唤一个心腹梳佣唤做六姐的,悄悄请了区氏到来,商酌此事,并说道:"若是两家都是生男,还赏你一二百银子,务求不可泄漏才是。"区氏听得,自忖若能赏得千把银子,还胜过添了一个穷儿。遂订明八百银子,应允此事。区氏又道:"只怕太太先我生产,这事就怕行不得了。太太目前就要安胎,幸我昨儿已自作动,想不过此一两天之内,就见分晓,请太太吩咐六姐,每天要到茅舍里,打探打探,

---

① 区(ōu)——姓。

若有消息，就通报过来便是。"马氏应诺，区氏即自辞去。

　　果然事有凑巧，过了一天，区氏竟然生了一个男子，心中自然欢喜。可巧六姐到来，得了这宗喜信，就即回报马氏，马氏就吩咐左右服侍的人，秘密风声，但逢自己生产下来，无论是男是女，倒要报称是生了男子。又把些财帛贿嘱了侍候的稳婆。又致嘱六姐，自己若至临盆，即先暗藏区氏的儿子，带到自己的房里。安排既定，专候行事。

　　且说区氏的丈夫，名唤陈文，也曾念过几年书。因时运不济，就往干小贩营生去。故虽是个穷汉子，只偏怀着耿直的性儿，当区氏在周府上雇工时，陈文也曾到周府一次，因周府里的使唤人，也曾奚落过他，他自念本身虽贫，还是个正当人家，哪里忍得他人小觑自己。看这使唤人，尚且如此，周庸佑和马氏，自不消说了。因此，也怀着一肚子气。恰可那日回家，听区氏说起与马氏商量这一件事，陈文不觉大怒道："丈夫目下虽贫，也未必后来没一点发达。就是丈夫不中用，未必儿子第二代还是不中用的。儿子是我的根苗，怎能卖过别人？无论千把银子，便是三万五万十万，我都不要。父子夫妇，是个人伦，就令乞食也同一块儿走。贤妻这事，我却不依。"区氏道："丈夫这话，原属有理。只是我已应允她了，怎好反悔下来？"陈文道："任是怎么说，通通是行不得。若背地把儿子送将去，我就到周家里抢回，看你们有什么面目见人！"说罢，也出门去了。

　　此时区氏见丈夫不从，就不敢多说，只要打算早些回复马太太才是。正自左思右想，忽然见六姐走过来，欢喜的向区氏说道："我们太太，目下定是生产，特地过来，暗抱哥儿过府去。"区氏叹道："这事干不来了。"六姐急问何故？区氏即把丈夫的说话，一五一十的，对六姐说来。六姐惊道："娘子当初是亲口应允得来，今临时反复，怎好回太太？想娘子的丈夫，料不过要多勒索些金钱，也未可定。这样待我对太太说知，倒是容易的。这会子不必多言，就立刻先送哥儿去呢。"区氏道："六姐哪里得知，奴的丈夫还说，若然背地送了去，他还要到周府里抢回。奴丈夫脾性是不好惹的，他说得来，干得去，这时怕嘈闹起来，惊动了街坊邻里，面子不知怎好见人了。"六姐听罢，仍复苦苦哀求。不料陈文正回家里来，撞着六姐，早认得她是周府里的人，料然为着将女易男的一件事，即喝了一声道："到这里干什么？"六姐还自支吾对答，陈文大怒，手拿了一根竹竿，正要往六姐头顶打下来，还亏六姐眼快，急闪出门外，一溜烟的跑去了。陈文自去责骂妻子不提。

单说六姐跑回周府，一路上又羞又愤，志在快些回去，把这事中变的情节，要对马太太说知。及到了门首，只见一条红绳子，束着柏叶生姜及红纸不等，早挂在门楣下。料然马太太已分娩下来了，心中犹指望生的是男儿，便好好了事。即急忙进了头门，只听上上下下人等都说道："马太太已产下儿子了。"六姐未知是真是假，再复赶起几步，跑到马太太房中。

那马氏和稳婆以及房里的心腹人，倒见六姐赤手回来，一惊非小！马氏脸上，登时就青一回，红一回。六姐急移身挨近马氏跟前，附耳说道："这事已变更了！"马氏急问其故，六姐即把区氏的说话，及陈文逐她的情景，述了一遍。把一个马氏，气得目瞪口呆。暗忖换不得儿子，也没打紧，只是自己生了一个女儿，假说生男，是不过要偷龙转凤的意见。今此计既用不着，难道又要说过实在生女不成？想到此情，更是万分气恼，登时不觉昏倒在床上。左右急来灌救。

外面听得马太太昏了，犹只道她产后中了风，也不疑她另有别情。灌救了一会，马氏已渐渐醒转来，即急令丫环退出，却单留六姐和稳婆在房子里，要商议此事，如何设法。六姐道："方才虽报说生了男子，可说是个丫环说错了，只把实在生女的话，再说出来，也就罢了。"马氏道："这样说别人听来，也觉得很奇怪了。"六姐道："这点缘故，别人本是不知的，当是丫环说错，就委屈骂了丫环一顿，也没打紧。天佑太太，别时再有身孕，便再行这个计儿，眼前是断谋不及的。若再寻别个孩子顶替，怕等了多时，泄漏了，将来更不好看了。"马氏听了，不觉叹了一声。没奈何，就照样做去，说称实在生女。当下几位姨太太听了，为何方说生男，忽又改说生女？着实见得奇异。只有三五丫头，知得原委的，自不免笑个不住。闲话休说。

且说周庸佑那日正在谈瀛社和那些拜把兄弟闲坐，忽听得马氏又添上一个儿子，好不欢喜！忙即跑回家里，忽到家时，又说是只生了一个女儿，心上自然是有些不高兴，便到马氏房子里一望，还幸大小平安，倒不不甚介意。到了二十余天，就计算备办姜酌。前两天是二房的儿子弥月，后两天就是马氏的女儿弥月，正是喜事重来，哪个不歆羡？只是舅兄马子良心想，当二房产子时，也没有送过礼物，这回若送一不送二，又觉不好看，倒一齐备办过来。这时一连几天，肆筵设席，请客延宾，周府里又有一番热闹了。

过了几天，只见关里册房潘子庆进来拜候，周庸佑接进坐下，即问道："前几天小儿小女弥月，老哥因何不到?"潘子庆道："因往香港有点事情，所以未到，故特来道歉。"周庸佑道："原来如此，小弟却是不知。若不然，小弟也要同往走走。"潘子庆道："老哥若要去时，迟几天，小弟也要再往。因是英女皇的太子到埠。小弟也要看会景，就同走走便是。"周庸佑道："这样甚好。"潘子庆便约过起程的日期，辞别而去。

果然到了那一日，周、潘两人，都带了跟随人等，同往香港而来。那周、潘两人，也不过是闲逛地方，哪里专心来看会景，镇日里都是花天酒地，那些青楼妓女，又见他两人都是个富翁，手头上这般阔绰，哪个不来巴结? 单表一妓，名唤桂妹，向在锦绣堂妓院里，有名的校书①，周庸佑就叫她侑②酒。那桂妹年纪约十七八上下，色艺很过得去。只偏有一种奇性，所有人客，都取风流俊俏的人物，故周庸佑虽是个富户，只是俗语说："牛头不对马嘴。"他却不甚欢喜。

那一夜，周庸佑正在锦绣堂厅上请客，直至入席，还不见桂妹上厅来。周庸佑心上大怒，又不知怎地缘故，只骂桂妹瞧他不起。在中就有同院的姊妹，和桂妹有些嫌隙的，一来妒桂妹结交了一个富商，不免谮③她的短处;二来又好在周庸佑跟前，献个殷勤，便说道："周老爷你休要怪她，她自从接了一位姓张的，是做苏杭的生意，又是个美少年，因此许多客人，通通撇在脑背后了。现正在房子里热熏熏的，由得老爷动气，他们只是不管。"周庸佑听了，正如无明业火高千丈，怒冲冲地说道："他干小小的营生，有多少钱财，却敢和老爷作对?"说罢，便着人唤了桂妹的干娘，唤做五嫂的上来，说道："令千金桂妹，我要带她回去，要多少银子，你只管说。"五嫂暗忖，桂妹正恋着那姓张的客人，天天到来赊账，倒还罢了，还怕他们相约逃去，岂不是一株钱树，白地折了不成? 今姓周的要来买她，算是一个机会。想罢，便答道："老爷说的话可是真的?"周庸佑道："哪有不真? 难道瞧周某买她不起?"五嫂道："老爷休怪，既是真的，任由老爷

---

① 校书——对妓女的雅称。

② 侑(yòu)——劝人(吃、喝)。

③ 谮(zèn)——诬陷;中伤。

喜欢,一万银子也不多,六七千银子也不少。"周庸佑道:"哪里值得许多,实些儿说罢。"五嫂道:"唉!老爷又来了,小女嘛,一夜叫局的,十局八局不等;还有过时过节,客人打赏的,年中尽有千把二千。看来一两年间,就够这般身价了。老爷不是外行的,试想想,老身可有说谎的没有?"周庸佑听到这话,觉得有理,便还了六千银子说合,登时交了五百块银子作定钱,待择日带她回去。并说道:"我这会不是喜欢桂妹才来带她,却要为自己争回一口气,看姓张的还能否和我作对?这会桂妹是姓周的人了,五嫂快下楼去,叫姓张的快些爬走!若是不然,我却是不依。"五嫂听了,方知他赎桂妹却是这个缘故,即喏喏连声地应了。

方欲下去,忽听得一阵哭声,娇滴滴的且哭且骂,直登厅上来。众人大惊,急举头一望,见不是别人,却是桂妹。正是:

赤绳方系姻缘谱,红粉先闻苦咽声。

毕竟桂妹因何哭泣起来,且看下回分解。

第 八 回

活填房李庆年迎妾　挡子班王春桂从良

　　话说周庸佑那夜在锦绣堂厅上,因妓女桂妹在房子里,和别客姓张的一个美少年,正在热熏熏的,几乎没个空到厅上,因此动气,要把六千银子赎桂妹回去。那桂妹听得,放声大哭,跑到厅上来,在座的倒吓了一跳。方欲问她怎地缘故,那桂妹且哭且说,向五嫂骂道:"我自归到娘的手上,也没有亏负娘的,每夜里挨更抵夜,侍酒准有十局八局,年中算来,赚①过娘使用的,却也不少。至今两三年来,该有个母女情分。说起从良两字,是儿的终身事,该对女儿说一声,如何暗地里干去?"说罢,越加大哭,五嫂道:"你难道疯了不成? 须知娘不是把来当娼的,像周老爷这般豪富的人家,也不辱没儿。你今有这头好门路,好像戏本上说的废铁生光,他人做梦也梦不到,还有何说?"桂妹道:"儿在这里,什么富家儿也见的不少,儿通通是不喜欢的,但求安乐就罢了。由得娘干去,儿只是不从!"

　　五嫂听了,暗忖姓周的只是一时之气,倘桂妹不从,反悔起来,则是六千银子落个空,便睁着眼骂道:"你的身原是娘的,即由娘做主。娘干这宗营生,不是做功德干善事,要倒赔嫁妆,送与穷汉。若有交还六千银子的,任由儿去便是。"说罢,还千泼辣货、万泼辣货骂个不绝。一头骂,一头下楼去了。桂妹还在一旁顿足只是哭。便有同院的姐妹,上前劝她一会子,扯她下了楼来。

　　当下一干朋友倒见得奇异。周庸佑自忖自己这般家当,她还不愿意,心上更自不乐。只见席上一位唤做周云微的说道:"这却怪不得,宗兄这会方才叫她,从前没有定过情,她自然心上不感激。待她回到府里五七天,自然没事了。"正说着,只见五嫂再复上来,周庸佑即说道:"定银已是交了,人是定要带她回去的。你且问她,怎样才得愿意?"五嫂道:"十老

---

　　①　赚(wàn)──繁体字,支财货。

爷①你只管放心,老身准有主意。"说了再复下楼,把周庸佑的话,对着桂妹,问她怎样才得愿意? 桂妹听了,自想满望要跟随那姓张的,可恨养娘贪这六千银子,不遂自己心头之愿。那姓周的有许多姬妾,料然回去,没甚好处。若到华民政务司那里告他,断不能勉强自己。奈姓张的是雇工之人,倘闹了出来,反累他的前程,就枉费从前的相爱了。横竖身已属人,不如乘机寻些好意,发付姓张的便是。想罢,即答道:"既是如此,儿有话说。"五嫂道:"有话只管说,娘自然为你出力。"桂妹道:"随他回去,却是不难,只有三件事,要依从儿的。"五嫂便问那三件? 桂妹道:"第一件,除身价外,另要置些头面,还要五千银子,把过儿作私己用,明天就要交来;第二件,随他回去,只在香港居住,也不回府上去;第三件,儿今心里不大舒服,过两天方能去得。这三件若能应允,儿没有不从。若是不然,儿就要到华民政务司里,和娘你算账。"五嫂听罢,只得来回周庸佑。那周庸佑觉得三件都不是难事,当即允了。便开怀饮了一会,席终而散。

　　果然到了次日,即将五千银子交给桂妹,随把身价银除交五百元之外,尚有五千五百银子,一并交妥了。另有头面约值四千银子上下,都送了过来。五嫂就与桂妹脱褐②,念经礼斗③;又将院里挂生花、结横彩;门外挂着绉纱长红,不下十余丈;连天鼓乐,彻夜笙歌,好不热闹! 同院姊妹,纷纷送饼礼来,与桂妹贺喜。桂妹一概推辞。或问其故,桂妹道:"姊妹们厚情,为妹的算是领了。这会回去,若得平安,也是托赖洪福。倘不然,为妹嘛,怕要削去三千烦恼青丝,念阿弥去。姊妹们若是不信,且放长眼儿看来。"各人听了,都为感动。只有五嫂得了六千银子,却不管三七二十一。

　　到了次夜,桂妹即密地邀姓张的到来,与他作别,姓张的只皱着眉没话可说。桂妹劝道:"妾这场苦心,君该原谅。俗语说:'穷不与富敌。'君当自顾前程,是要紧的。妾是败柳残花,没什么好处,也不须留恋。"说罢,随拿出三千银子,再说道:"拿这些回去,好好营生,此后青楼不宜多到。就是知己如妾,今日也不过如此而已。"说时,不觉泪下,姓张的亦为

---

　　①　十老爷——此指周庸佑。

　　②　脱褐——应为脱祸,即逃脱、免祸。

　　③　礼斗——道教谓之礼拜北斗星。

感泣。正是生离死别，好不伤心！整整谈了几个更次，姓张的心里带着愤恨，本不欲拿那三千银子，只不忍拂桂妹的美意，没奈何，只得拿着，趁人静时，分别而去。别时的景况，自不消说了。

到了第三天，周庸佑即准备轿子迎桂妹回去，宅子什物，都是预先准备的，也不必说。自从赎了桂妹之后，周庸佑因此在港逗留多时。

那一日，正接得羊城一函，是拜把兄弟李庆年因前妻没了，要续娶继室，故请周庸佑回省去。周庸佑听得，当即别了香港，要返羊城。先回到东横街府上，也没有说在香港携妓的事，即叫管家骆子棠上前，问李兄弟续娶继室，可有措办礼物前往道贺的没有？骆念伯道："礼物倒也容易，只是喜联上的上款，怎么题法，却不懂得。"周庸佑道："这又奇事，续娶是常有的，如何你还不懂？"骆念伯道："他本来不算续娶，那李老爷自前妻陈氏在时，每欲抬起第二房爱妾，做个平妻，奈陈氏不从，因此夫妻反目。今陈氏已殁了，他就把第二房做了继室。这都是常有的事，也不见得奇异。偏是那第二房爱妾，有一种奇性，因被陈氏从前骂过，又没有坐过花红轿子，却怀恨于心，今因李老爷抬举她为继室，她竟要先离开宅子里，另税①别宅居住，然后择过良辰，使李老爷再行摆酒延宾，用仪仗鼓乐，花红大轿子，由宅子里起行，前往现税的别宅接她，作为迎娶。待回至宅子，又再行拜堂合卺②礼。她说道：'这样方才算真正继室，才算洗清从前做侍妾的名目；且伸了从前陈氏骂她的这口气。'这样看来，怎么贺法，还要老爷示下。"周庸佑听得，答道："这样果然是一件奇事，还不知同社的各位拜把兄弟，究有贺他没有？"骆念伯道："苏家的说道：'李老爷本是官场里的人，若太过张扬，怕这些事反弄个不好看。'许家的又说道：'他横竖已对人说，他自然当是一件喜事，断没有不贺的道理。'两家意见，各自不同。只小弟听说，除了官宦之外，如潘家、刘家的早已备办去了。"周庸佑道："是呀！凡事尽主人之欢，况且近年关部里兼管进口的鸦片，正要靠着洋务局的人员，怎好不做个人情？就依真正娶继室的贺他也罢了。"便办了宁绸喜帐一轴、海味八式、金猪一头、金华腿二对、绍酒四坛、花罗杭绉各

①　税——租。

②　合卺(jǐn)——婚礼的一种仪式。新婚夫妇各拿着半个瓢，以其中所盛之酒漱口。

二匹,随具礼金一千元,及金器等件,送往李府去。

到了那日,周庸佑即具袍帽过府道贺。果然宾朋满座,男女亲串,都已到了。头锣执事仪仗,色色俱备,活是个迎亲的样子。及至新妇到门,李庆年依然具衣顶,在门首迎轿子,新妇自然是凤冠霞帔,拜堂谒祖,花烛洞房,以及金猪回门的,自不消说。次日即请齐友谊亲串,同赴梅酌。①宴罢之后,并留亲朋听戏。

原来李府上因有了喜事,也在府里唱堂戏。所唱的却是有名的挡子班,那班名叫做双福。内中都是声色俱备的女伶②,如小旦春桂、红净金凤、老生润莲唱老喉,都是驰名的角色了。各亲朋哪个不愿听听。约摸初更时分开唱,李庆年先自肃客就座,男客是在左,女客是在右。看场上光亮灯儿,娇滴滴的女儿,锦标绣帐,簇簇生新。未唱时,早齐口喝一声彩,未几就拿剧本来,让客点剧。有点的,有不点的。许英祥点的是《打洞》,用红净金凤;潘飞虎点的是《一夜九更天》,用老生润莲。次到周庸佑方拿起笔儿,时周少西正坐在一旁,插口说道:"这班有一小旦,叫做春桂,是擅唱《红娘递柬》的,点来听听也好。"周庸佑答个"是",就依着点了。

这时在座听戏的人,个个都是有体面的,都准备赏封,好来打赏,不在话下。

不多时,只听场上笙管悠扬,就是开唱。第一出便是《打洞》,只见红净金凤,开面扮赵匡胤,真是文武神情毕肖③。唱罢,齐声喝彩,纷纷把赏封掷到场上去。唯周庸佑听不出什么好处,只随便打赏去了。跟手又唱第二出,便是《一夜九更天》,用老生挂白须,扮老人家,唱过岭时,全用高字,真是响遏行云④。唱罢,各人又齐声喝彩,又纷纷把赏封掷到场上去。周庸佑见各人这般赞赏,料然他们赏得不错,也自打赏去了。及到第三出就是《红娘递柬》,周庸佑见这本是自己亲手点的,自然留神听听。果然见春桂扮了一个红娘,在厢房会张生时,眼角传情处,脚跟儿把心事传,差不多是红娘再生的样子。周庸佑正看得出神,周少西在旁说道:"这样可

———————————

① 梅酌——饮梅子为原料做成的饮料。

② 伶(líng)——旧时指戏曲演员。

③ 肖(xiào)——相似;像。

④ 响遏行云——声音高入云霄,把浮动的云彩都止住了。形容歌声嘹亮。

算是神情活现了。"周庸佑一双耳朵,两只眼儿,全神早注在春桂,魂儿差不多被她摄了一半。本来不觉得周少西说什么话,只随口乱答几个"是"。少顷,又听得春桂唱时,但觉莺喉跌宕,端的不错。故这一出未唱完,周庸佑已不觉乱声喝彩,遂举手扣着周少西的肩膊说道:"老弟果然赏识的不差了,是该赏的。"便先把大大的赏封,掷到场上。各人见了,也觉得好笑。过了些时,才把这一出唱罢。李庆年即令停唱一会,命家人安排夜宴。

饮次间,自然班里的角色,下场与宾客把盏。有赞某伶好关目,某好做手,某好唱喉,纷纷其说。单表小旦春桂把盏到周庸佑跟前,向姓周的老爷前、老爷后,唤个不住。眉头眼角,格外传神。各人心里,只道周栋臣有这般艳福,哪里知得周庸佑把过春桂的赏封,整整有二千银子,妇人家哪有不喜欢?那周庸佑又见得春桂如此殷勤,也不免着实赞奖她一番。又复温存温存,让她一旁坐下,随问她姓什么的?春桂答道:"是姓王。"周庸佑道:"到这班里几时了?是从哪里来的?"春桂答道:"已经两载,从京里来的。"周庸佑道:"惜周某缘薄,见面的少。现在青春几何?现住哪里?"春桂道:"十九岁了。现同班的,都税寓潮音街。往常也听得老爷大名,今儿才幸相见。"周庸佑见春桂说话玲珑,声又娇细,自然赏识。回顾周少西附耳说道:"她的容貌很好,还赛过桂妹呢。"周少西道:"老哥既是欢喜她,就赎她回去也不错。"周庸佑道:"哪有不懂得。只有两件事,一来怕她不喜欢;二来马奶奶,你可知得她的性儿,是最不喜欢侍妾的。便是在香港花去六千银子,赎了桂妹,我还不敢对她说。"周少西道:"老哥忒呆了!看春桂这般殷勤,是断没有不喜欢的。若马奶奶那里,自不必对她说。像老哥如此豪富,准可另谋金屋的,岂不是两全其美?"周庸佑道:"这话很是,就烦老弟问问春桂,看她愿意不愿意?我却不便亲自说来。"周少西便手招春桂,移坐过来,把周庸佑要娶她回去的话,说了一遍。春桂一听,也不知得周庸佑已有许多房姬妾,自然满口应承。便带周少西转过厢厅里,并招班主人到来面说。当下说妥身价五千银子,准于明天兑付。

周少西即回过周庸佑,庸佑好不欢喜!先向李庆年及各位宾朋说明这个缘故,是晚就不再令春桂登场唱戏了。各友都知得锦上添花,不是赞春桂好良缘,就是赞周栋臣好艳福,倒不能胜记。

　　及至四更时分，唱戏的已是完场，席终宾散，各自回去。到了次日，即把春桂身价交付过了，就迎春桂到增沙一间大宅子居住。那宅子直通海旁，却十分宏敞，风景又是不俗，再添上几个丫环仆从，这个别第，又有一番景象。正是堂上一呼，堂下百诺。春桂住在其间，倒自觉得意。

　　那一日，正在厅前打坐，忽听门外人声喧闹，一群妇女，蜂涌的跑上楼来，把春桂吓了一跳。正是：

　　　　方幸姻缘扳阀阅，又闻诟谇起家庭。

　　要知他门外人声怎地喧闹起来，且听下文分解。

第 九 回

闹别宅马娘丧气　破红尘桂妹修斋

　　话说第六房姨太太王春桂，正在楼上坐地，忽听一群妇女的声音，喧喧嚷嚷，跑上楼来，早把春桂吓了一跳。时丫环海棠、牡丹，侍坐一旁，春桂正要着她打听，谁想那些妇女，早登在楼上。春桂一看，只见三几名丫环，随后又两个梳佣跟定，挤着一位二十来岁的妇人，面色带着三红七黑，生得身材瘦削，缠着双脚儿，春桂看她面色不像，忙即上前与她见礼。那妇人也不回答，即靠着一张酸枝斗方椅子坐下，徐开言骂道："你们背地干得好事！好欺负人！怪得冤家经宿不回府里去。"春桂此时听了，才知她是马氏太太，不觉面上登时红涨了。自念她究是主妇，就要循些规矩，即令丫环倒茶来，忙又让马氏到炕上，春桂亲自递过那折盅茶，马氏也不接受。春桂此时怒从心起，还亏随来的丫环宝蝉解事，即代马氏接了，放在几子上。马氏道："平日不参神，急时抱佛脚。茶是不喝了，却哪敢生受？须知俗语说：'家有千口，主事一人。'就是瞧我不起。本该赏个脸儿，到府里和我们相见，今儿不敢劳你贵步，倒是我们先来拜见你了。"春桂道："自从老爷带妾回到这里，便是府上向东向西，妾也不懂得。老爷不叫妾去，谁敢自去？太太须知妾也是有头有主，不是白地闯进来的。太太纵不相容，也该为老爷留个脸面，待老爷回来，请和太太评评这个道理。"马氏听得春桂牙尖嘴利，越加愤怒，乃手指着春桂骂道："你会说！恃着宠，却拿老爷来吓我！我胆子是吓大的了，今儿便和你算账！"说罢，拿了那折盅茶，正要往春桂打过来，早有丫环宝蝉拦住。那瑞香、小菱和梳佣银姐，又上前相劝，马氏才把这折盅茶复放下。春桂这时十分难耐，本欲发作，只看着周庸佑的面上，权且忍她，不宜太过不好看，只得罢手。

　　当下马氏气恼不过，又见春桂没一毫相让，欲要与她闹起来，怕自己裹着脚儿，斗她不过；况且她向在挡子班里，怕手脚来得利害，如何是好？欲使丫环们代出这口气，又怕她们看老爷面上，未必动手；若要回去时，岂不是白地失了脸面，反被她小觑自己了？想到这里，又羞又愤，随厉声唤丫环道："她在这里好自在,你们休管三七二十一,所有什物,与我搬回府上去。"丫环仍不敢动手,只来相劝,只马氏哪里肯依?忙拿起一根旱烟管,向自己的丫环瑞香,没头没脑地打下来。众丫环无奈,只得一起动手,只见春桂睁着眼儿,骂道："这里什物,是老爷把过妾使用的,老爷不在,谁敢拿去?若要动手时,妾就顾不得情面了。"马氏的丫环听了,早有几分害怕,奈迫于马氏之命,哪里敢违抗?怎奈厅上摆的什物,只围屏台几椅桌,通通是粗笨的东西,不知搬得哪一样。有把炕几移动的,有把台椅打掉的,五七手脚,干东不成西,究搬得哪里去。春桂看了,还自好笑。

那梳佣银姐站在台面上,再加一张椅子,方待把墙上挂的花旗自鸣钟拿下,不提防误失了手,叮当的一声,钟儿跌下,打作粉碎。银姐翻身扑下来,两脚朝天,滑溜溜的髻儿,早蓬乱去了。海棠与牡丹看了,都掩口笑个不住。马氏见了,又把千臭丫头万臭丫头的,骂个不住。这时马氏已加倍的怒气,忙叫丫环道："所有粗笨难移动的东西,都打翻了罢!余外易拿的,都搬回府上去。"那些丫环听得,越加作势,正闹得天翻地覆,银姐自从一跌,更不免积羞成怒,跑到春桂房子里,要把那洋式大镜子,尽力扳下来。春桂一看,此时已忍耐不住,即跟到房子里,将银姐的髻儿揪住,一手扯了她出来。马氏即叫自己的丫环上前相助,正在难解难分的时候,忽守门的上来报说道："周老爷回来了。"那些丫环听得,方才住了手。

原来那周庸佑正在东横街的宅子里,只见马氏一干人出了门,却没有说过往哪里去。少时又见家人说说笑笑,忽见管家骆念伯上来说道："马太太不知因甚事,闻说现到增沙的宅子,正闹得慌呢。"周庸佑听得这话,心上早已明白,怕她将春桂有什么为难,急命轿班掌轿,要跑去看看。一路上十分愤恨马氏,誓要把个厉害给她看个样子,好警戒后来。及到了门前,已听得楼上人声汹涌,巴不得三步登到楼上,见春桂正把银姐打作一团,忙喝一声"休得动手!"方说得一句话,马氏即上前对着周庸佑骂道:"没羞的行货!我自进门来,也没有带得三灾七煞,使你家门不兴旺,如何要养着一班妖精来欺负我?她们是要我死了,方才安心的。你好过得意?"说罢,呜呜咽咽的咒骂。周庸佑此时,顿觉没话可说,只得迁怒丫环,打的骂的,好使马氏和春桂撒开手。随又说道:"古人说,'大事化为小事,小事化为没事'。方是个兴旺之家。若没点事故,因些意气,就嚷闹起来,还成个什么体统?"说了,即令丫环们扶马氏回去。那马氏还自不肯去，复在周庸佑面前，撒娇撒痴，言三语四，务欲周庸佑把春桂重重的责骂一顿，讨回脸面，方肯罢休。只周庸佑明知马氏有些不是，却不忍枉屈春桂，只得含含糊糊的说了一会。春桂已听得出火，便对马氏着实说道："去不去由得你，这会是初次到来搅扰，妾还饶让三分。须知妾在江湖上，见过多少事来，是从不畏惧他人的。若别时再复这样，管叫你不好看！"周庸佑听了，还恐马氏再说，必然闹个不了，急地骂了春桂几句，马氏便不做声。因看真春桂的情景，不是好惹的，不如因周庸佑骂了几句，趁势回去，较好下场，便没精打采，引了一干随从婢仆，一头骂，一头出门回去了。

周庸佑便问春桂："因甚事喧闹起来？"春桂只是不答。又问丫环，那丫环才把这事从头至尾，一五一十地说来。此时周庸佑已低头不语，春桂便前来说道："妾当初不知老爷有许多房姬妾，及进门五七天，就听说东横街府里的太太好生厉害，平时提起一个妾字，已带了七分怒气，老爷又见她如见虎的，就不该多蓄姬妾，要教人受气才是。"周庸佑听罢，仍是没言可答。春桂即负气回转房子里。周庸佑一面叫家人打扫地方，将什物再行放好，又嘱咐家人，不得将此事泄将出去，免叫人作笑话，家人自然唯唯领诺。

周庸佑却转进春桂房里，千言万语的安慰她，春桂还是不瞅不睬。周庸佑道："你休怨我，大小间三言两语，也是常常有的。万事还有我做主呢。"春桂道："像老爷纸虎儿，哪里吓得人？老爷若还做得主，她哪敢到这里来说长说短？奈见了她，似蛇见硫磺，动也不敢动，她越加作势了。只若是畏惧她的，当初不合娶妾回来；就是娶了回来，也不该对她说。委屈了妾，也不打紧，只老爷还是个有体面的人家，若常常弄出笑话，如何是好？"周庸佑道："我是没有对她说的，或者少西老弟家里传出来，也未可定。只她究竟是个主妇，三言两语，该要饶让她，自然没有不安静的。"春桂道："你也说得好，她进来时，妾还倒茶伺候她，她没头没脑，就吵闹起来。妾到这里，坐还未暖，已是如此，后来还了得？"周庸佑此时，自思马氏虽然回去，若常常到来吵闹，究没有了期。想了一会，才说道："俗语说，'不贤妻，不孝子，没法可治'。四房在府里，倒被她拿作奴婢一般，便是二房先进来的，还不免受气。我是没法了，不如同你往香港去，和五房居住，意下如何？"春桂道："如此或得安静些，若还留在这里，妾便死也不甘心！"周庸佑便定了主意，要同春桂往香港。

到了次日，即打点停妥，带齐梳佣侍婢，取齐细软，越日就望香港而来。东横街大屋里，上上下下，都没一个知觉。只有马氏使人打听，知道增沙屋里已去个干净，自去怨骂周庸佑不提。

且说周庸佑同春桂来到香港，先回到宅子里，桂妹见了周庸佑又带着一个如花似玉的女子进来，看她动静，却不甚庄重，自然不是好人家女子的本色，不知又是哪里带回的。周庸佑先令春桂与五房姐姐见礼，桂妹也回过了，然后坐下。周庸佑就令人打扫房子，安顿春桂住下。

那一日，春桂正过桂妹的房子来，说起家里事，少不免互谈心曲，春桂就把向在挡子班里，如何跟了周庸佑，如何被马氏搅扰，如何来到香港，一五一十地说来，言下少不免有埋怨周庸佑畏惧马氏的意思。桂妹道："妹妹忒呆了！不是班主人强你的，你结识姓周的没有几时，她的家事不知，她的性儿不懂，本不该胡乱随她。愚姐因没恩义的干娘贪着五千银子，弄姐来到这里，今已悔之不及了。你来看，娶了愚姐过来，不过数月，又娶你妹来了。将来十年八年，还不知再多几房姬妾。我们便是死了，也不得她来看看。"说罢，不觉泪下。春桂亦为叹息而去。

桂妹独自寻思，暗忖自己在香港居住，望长望短，不得周庸佑到来一次；今又与第六房同住，正是会少离多。若回羊城大屋，又恐马太太不能相容。况且两三年间，已蓄五六房姬妾，将来还不知更有多少。细想人生如梦，繁华富贵，必有个尽头。留在这里，料然没有什么好处，倒不如早行打算。想到这里，又不免想到从前在青楼时那姓张的人了。忽又转念道："使不得，使不得，自己进他门以来，未有半点面红面绿，他不负我，我怎好负他？"想了一会，觉得神思困倦，就匿在床子上睡去。只哪里睡得着，左思右想，猛然想起在青楼时，被相士说自己今生许多灾难，还恐寿元不永，除是出家，方能抵煞，不如就寻这一条路也好。

在女儿家知识未开，自然迷信星相；况那桂妹又有这般感触，如何不信？当下就立定了主意，要削发为尼。只是往哪一处削发才好？忽然又想起未到香港以前，在珠江谷埠时，每年七月娟楼建醮①，请来念经的，有一位师傅名叫阿光的，是个不长不短的身材，年纪约二十上下，白净嫣红

---

① 建醮（jiào）——设置道场，建坛祈祷。

的脸面,性情和婉,诵梵音悠扬清亮。自己因爱她一副好声喉,和她谈得很熟,她现在羊城□□庵里修斋,就往寻她,却是不错。但此事不可告人,只可托故而去罢了。便托称心事不大舒畅,要往戏园里观剧。香港戏园,每天唱戏,只唱至五点钟为度。当是时,晚上汽船,正在五点开行的时候,就乘机往附汽船,有何不可?

次日,先携了自己私蓄的银两,着丫环随着,乘了轿子,先到戏园,随发付轿子回去,巴不得等四点半钟时候,先遣开丫环,叫她回府催取轿子,丫环领命去了。桂妹就乘势出了戏园,另雇轿子,直到汽船上去。及丫环引轿回到戏园,已不见了桂妹,只道她因唱戏的已经完场,独坐不雅,故先自回去,就立刻跑回府里,才知桂妹并未回来,早见得奇异。往返半点钟有余,汽船早已开行去了。又等了多时,都不见桂妹人影。周庸佑暗忖桂妹在港多时,断没有失路的,究往哪里去?就着人分头寻觅,总不见一个影儿。整整闹了一夜,所有丫环婢仆家里人,上天钻地,都找遍了,都是空手回来,面面相觑。周庸佑情知有异,就疑她见春桂来了,含了醋意,要另奔别人去。此时便不免想到那姓张的去了,因那姓张的与桂妹是在青楼时的知己,若不是奔她,还奔何人?想罢,不觉大怒,就着人寻那姓张的理论。正是:

方破凡尘归佛界,又来平地起风波。

要知后事如何,且听下回分解。

第 十 回

闹谷埠李宗孔争钗　走香江周栋臣惧祸

　　话说周庸佑自桂妹逃后,却不知得她逃的因什么事故。细想在这里,居高堂,衣文绣,吃膏粱①,呼奴喝婢,还不能安居,一定是前情未断,要寻那姓张的无疑了,便着家人来找那姓张的理论。

　　偏是事有凑巧,姓张的却因得了桂妹所赠的三千银子,已自告假回乡去了。周庸佑的家人听得,越想越真,只道她与桂妹一同去了,一发生气,并说道:"她一个妇人,打什么紧要?还挟带多少家财,方才逃去。既是做商业的人,包庇店伴,干这般勾当,如何使得?"当下你一言,我一语,闹作一团。

　　那姓张的,本是个雇工的人,这时那东主听得,又不知是真是假,向来听说他与锦绣堂的桂妹是很知己的,此时也不免半信半疑。只得向周庸佑那家人,说几句好话而罢。

　　过了数天,姓张的回到店子里,那东主自然把这事责他的不是。姓张的自问这事干不来,如何肯承认。怎奈做商务的人家,第一是怕店伴行为不端,就有碍店里的声名,不管三七二十一,立即把姓张的开除去了。

　　姓张的哪里分辩得来,心里只叫几声冤枉,拿回衣箱而去。周家听得姓张的开除去了,也不再来追究。

　　谁想过了数天,接得邮政局付到一封书,并一包物件,外面写着"交香港中环士丹利街某号门牌周宅收启"的十几个大字,还不知从哪里寄来的。急急地拆开一看,却是滑溜溜的一束女儿上头发。周庸佑看了,都不解何故,忙又拆那封书看个备细,才知道桂妹削发出家,这束头发,正是桂妹寄来,以表自己的贞白。周庸佑此时,方知姓张的是个好人,惭愧从前枉屈了他。欲把这事秘密,又恐外人纷传周宅一个姬妾私奔,大大不好看。倒不如把这事传讲出来,一面着人往姓张的店子,说个不是。从中就

---

　　① 膏粱——肥肉和细粮,泛指美味的饭菜。

有那些好事之徒,劝姓张的到公庭,控姓周的赔丑。唯是做商业的人,本不好生事的,单是周家闻得这点消息,深恐真个闹出来,到了公堂,更失了体面,便暗中向姓张的赔些银子,作为了结。自此周庸佑心上觉得有些害羞,倒不大出门去,只得先回省城里,权住些时,然后来港。

当回到东横街宅子时,对马氏却不说起桂妹出家的事,只说自己把桂妹赶逐出来而已。因马氏素性是最憎侍妾的,把这些话好来结她欢心。那马氏心里,巴不得把六房姬妾尽行驱去,拔了眼前钉刺,倒觉干净。

那一日,周庸佑正在厅子纳闷,忽报冯少伍到来拜候。原来那冯少伍,是周庸佑的总角①交,平时是个知己。自从周庸佑凭关库发达之后,那冯少伍更来得亲切。这会到来,周庸佑忙接进里面,茶罢,周庸佑道:"许久不见足下,究往哪里来?"冯少伍道:"因近日有个机会,正要对老哥说知。"周庸佑便问有什么机会? 冯少伍道:"前署山东藩司山东泰武临道李宗岱,别字山农,他原是个翰林世家,本身只由副贡出身。自入仕途以来,官星好生了得,不多时就由道员兼署山东布政使②。现在力请开缺,承办山东莒州矿务。他现与小弟结识,就是回籍集股的事宜,也与小弟商酌。试想矿产两字,是个无穷利路,老哥就从这里占些股儿,却也不错。"周庸佑道:"虽然是好,只小弟向未尝与那姓李的认识。今日附股的事小,将来获利的事大。官场里的难靠,足下可省得?"冯少伍道:"某看李山农这人,很慷慨的,料然不妨。既然足下过虑,待小弟今晚做个东道,并请老哥与山农两位赴席,看他如何,再行卓夺③,你道如何?"周庸佑答个"是",冯少伍便自辞出。

果然那夜,冯少伍就请齐李、周两人赴席。偏是合当有事,冯少伍设宴在谷埠绣谷艇的厅上,先是李山农到了,其次周庸佑也到了。宾朋先后到齐,各叫校书到来侑酒。原来李山农因办矿务的事,回籍集股,镇日倒在谷埠上花天酒地,所狎④的校书,一是绣谷艇的凤婵,一是肥水艇的银仔,一就是胜艇的金娇。那三名校书,一来见李山农是个监司大员,二来

---

① 总角——童年时代。总角交,即童年时代交的朋友。

② 布政使——官名。明朝时为一省的行政长官;清朝为二品官。

③ 卓夺——定夺。

④ 狎(xiá)——亲近而态度不庄重。

又是个办矿的富商,倒来竭力奉承。那李山农又是个色界情魔,倒与她们很觉亲密。这时节,自然叫了那三名校书过来,好不高兴!

谁想冤家有头,债各有主,那三名校书,又与周庸佑结交,已非一日。当下周庸佑看见李山农与各校书如此款洽,心中自是不快,便问冯少伍道:"那姓李的与这几名校书,是什么时候相识的?"冯少伍道:"也不过一月上下。只那姓李的自从回粤之后,已在谷埠携了妓女三名,闻说这几天,又要和那数名校书脱籍了。"周庸佑心里听得,自是不快。暗忖那姓李的有多少身家,敢和自己作对。就是尽把三妓一起带去,只不过花去一万八千,值什么钱钞?看姓李的有什么法儿。想罢,早打定了主意。

当下笙歌满座,有弄琴的,有唱曲儿的,热热闹闹,唯李山农却不知周庸佑的心里事,只和一班妓女说说笑笑,周庸佑越看不过眼,立即转过船来,与鸨母说妥,合用五千银子,准明天要携那三妓回府去。李山农还不知觉,饮罢之后,意欲回去凤婵的房子里打睡,鸨母哪里肯依。李山农好不动怒,忙问什么缘故?才知周庸佑已说妥身价,明天与她们脱籍了。李山农心上又气又恼,即向鸨母发作道:"如何这事还不对我说,难道李某就没有三五千银子,和凤婵脱籍不成?我实在说,自山东回来,不及两月,已携妓三名。就是佛山莲花地敝府太史第里,兄兄弟弟,老老幼幼,已携带妓女不下二十名了,哪有那姓周的来?"说了左思右想,要待把这几名妓女争回,叵耐周庸佑在关里的进款,自鸦片归洋关料理以来,年中不下二三十万。且从前积蓄,已有如许家当,讲起钱财两字,料然不能和他争气,唯有忍耐忍耐。没精打采的回转来,已有四更天气,心上想了又想,真是睡不着。

到了越日,着人打听,已知周庸佑把银子交妥,把那三名妓女,不动声色的带回增沙别宅,那别宅就是安顿挡子班春桂的住处。这会子,比不得从前在香港携带桂妹的喧闹,因恐马氏知道了,又要生出事来,因此秘密风声,不敢叫人知觉。唯是李山农听得,心里愤火中烧,正要寻个计儿,待周庸佑识得自己的手段,好泄这口气。猛然想起现任的张总督,屡想查海关库里和积弊,现时总督的幕府,一位姓徐的老夫子唤做赓扬,也曾任过南海知县,他敲诈富户的手段好生厉害!年前查抄那沈韶笙的一宗案件,就是个榜样。况自己与那徐赓扬是个知己,不如与他商酌商酌,以泄此恨,岂不甚妙?想罢,觉得有理,忙即乘了轿子,望徐赓扬的公馆而来。

　　当下两人相见,寒暄数语,循例说几句办矿的公事,就说到周庸佑身上,先隐过争妓的情节不提,假说现在饷项支绌①,须要寻些财路;又说称,周庸佑怎么豪富,关里怎么弊端,说得落花流水。徐赓扬道:"这事即张帅早有此意,奈未拿着他的痛脚儿②;且关里的情形,还不甚熟悉。若要全盘翻起,恐碍着历任海关的面上,觉得不好看,是以未敢遽行发作。老哥此论,正中下怀,待有机会 ,就从这里下手便是。"李山农听了,忙称谢而出。心里又暗恨冯少伍请周庸佑赴席,致失自己的体面。口虽不言,只面色常有些不妥。

　　冯少伍早已看得,即来对周庸佑说个备细。周庸佑道:"足下好多心,难道除了李山农,足下就没有啖③饭的所在不成?现在小弟事务纷纷,正要寻个帮手,请足下就来舍下,帮着小弟打点各事,未审尊意若何?"冯少伍听得,不胜之喜,自此就进周府里打点事务,外面家事,自由骆子棠料理,余外紧要事情,倒由冯少伍经手,有事则作为纪纲,没事时便如清客一般,不是到谈瀛社谈天,就是在厅子里言今说古。

　　那冯少伍本是个机警不过的人,因见马氏有这般权势,连周庸佑倒要看她脸面,因此上,在周庸佑面前,自一力趋承;在马氏面前,又有一番承顺,马氏自然是喜欢他的了。只是马氏身子,平素是最孱弱的,差不多十天之内,倒有八九天身子不大舒畅,稍吃些腻滞④,就乘机发起病来。偏又不能节戒饮食,最爱吃的是金华腿,常说道,每膳不设金华腿,就不能下箸⑤,故早晚二膳,必设金华腿两大碟子,一碟子是家内各人吃的,一碟子就独自受用,无论吃多吃少,这两大碟子金华腿是断不能缺的,若有残余,便给下人吃去。故周宅每月食品,单是金华腿一项,准要三百银子有余。周庸佑见马氏身子羸弱,又不能戒节口腹,故常以为虑。冯少伍道:"马太太身子不好,性又好怒,最要敛些肝火,莫如吸食洋膏子,较足养神益寿。像老哥富厚的人家,就月中多花一二百银子,也没紧要。但得太太平

————————————

①　绌——不够,不足。

②　痛脚儿——短处;把柄。

③　啖(dàn)——吃。

④　腻滞——油腻,不消化。

⑤　箸—筷子。

安,就是好了。"周庸佑听得,觉得此话有理,因自己自吸食洋膏以来,也减了许多微病,便劝马氏吸食洋膏。

那马氏是个好舒展闹款子、不顾钱财的人物,听了自没有不从。即着人购置烟具,冯少伍就竭力找寻,好容易找得一副奇巧的,这烟盘子是酸枝地密镶最美的罗甸,光彩射人,盘子四角,都用金镶就。大盘里一个小盘子,却用纹银雕成细致花草,内铺一幅宫笔春意图,上用水晶罩住。这灯子,是原身玻璃烧出无数花卉,灯胆另又一幅五色八仙图,好生精致!随购了三对洋烟管,一对是原枝橘红,外抹福州漆;一对是金身五彩玉石制成;一对是崖州竹外镶玳瑁,这三对洋烟管,都是金堂口,头尾金圈,管夹象牙。其余香娘青草谭元记等有名的烟斗,约共七八对,至于烟盘上贵重的玩器,也不能胜数。单是这一副烟具,通通费三千银子有余。

马氏自从吸食洋膏之后,精神好像好些,也不像从前许多毛病,只是身体越加消瘦了。那周庸佑除日间出谈瀛社闲逛,和朋友玩赌具,或是花天酒地之外,每天到增沙别宅一次,到素波巷香屏的别宅一次,或十天八天,到关里一次不等。所有余日,不是和清客谈天,就是和马氏对着弄洋膏子。人生快乐,也算独一无二的了。

不想安乐之中,常伏有惊心之事。那一日,正在厅子里打坐,只见冯少伍自门外回来,脚步来得甚速,面色也不同,踏到厅子上,向周庸佑附耳说了几句话,周庸佑登时脸上带些青黄,忙屏退左右,问冯少伍道:"这话是从哪里听得来的?"冯少伍道:"小弟今天有事,因进督衙里寻那文案老夫子会话,听说张大帅因中法在谅山的战事,自讲和之后,这赔款六百万由广东交出,此事虽隔数年,为因当日挪移这笔款,故今日广东的财政,十分支绌,专凭敲诈富户。听得关程许多中饱,所以把从前欲查办令舅父傅成的手段,再拿出来。小弟听得这个消息,故特跑回通报。"周庸佑道:"他若要查办,必干累监督联大人,那联大人是小弟与他弄这个官儿的,既有切肤之痛,料不忍坐视,此事或不须忧虑。"冯少伍道:"不是这样说,那张帅自奏参崇厚以来,圣眷甚深,哪事干不来?且他衙里有一位姓徐的刑名老夫子,好生厉害。有老哥在,自然敲诈老哥。若联大人出头,他不免连联大人也要参一本了。"周庸佑道:"似此怎生才好?"冯少伍道:"前者傅成就是个榜样,为老哥计,这关里的库书,是个邓氏铜山,自不必转让他人,但本身倒要权时走往香港那里躲避。张帅见老哥不在,自然息了念头。他看敦郡王的情面,既拿老哥不着,未必和联大人作对。待三两年间,张帅调任,这时再回来,岂不甚妙?"周庸佑道:"此计亦可,但这里家事,放心不下,却又如何?"冯少伍道:"老哥忒呆了! 府上不是忧柴忧米,何劳挂心? 内事有马太太主持,外事自有小弟们效力,包管妥当的了。"周庸佑此时,心中已决,便转进里面,和马氏商议。正是:

营私徒拥熏天富,惧祸先为避地谋。

要知后事如何,且听下回分解。

第十一回
筑剧台大兴土木　交豪门共结金兰

话说周庸佑听得冯少伍回来报说，因督帅张公要查办关里的中饱，暗忖此事若然干出来，监督未必为自己出头。除非自己去了，或者督帅息了念头，免至牵涉。若是不然，怕他敲诈起来，非倾耗家财，就是没法了。计不如三十六计，走为上计，便进内与马氏商议此事。马氏道："此事自然是避之则吉，但不知关库里的事务，又靠何人打点？"周庸佑道："有冯少伍在，诸事不必挂意。细想在羊城里，终非安稳，又不如在香港置些产业，较为妥当。现关里的库款，未到监督满任以前，是存贮不动的。某不如再拿三五十万，先往香港去，天幸张督帅调任，自回来填还此款。纵认真查办，是横竖不能免罪的，不如多此三五十万较好。这时纵羊城的产业顾不住，还可做海外的富家儿了。"马氏道："此计很妙，但到香港时住在哪处，当给妾一个信息，妾亦可常常来往。"

周庸佑领诺而出，随向伍氏姨太太和锦霞姨太太及素波巷增沙的别宅各姨太太，先后告诉过了，即跑到关里，寻着那代管账的，托称有点事，要移转三五十万银子。那管账人不过是代他管理的，自然不敢抗他。周庸佑便拿了四十万上下，先由银号汇到香港去了。然后回转宅子里，打叠细软。此行本不欲使人知觉，更不携带随伴，独自一人，携着行箧①，竟乘夜附搭汽船，望香港而去。到后先函知马氏，说自己平安到埠。又飞函冯少伍，着他到增沙别宅，把第七房凤蝉、第八房银仔的两房姬妾送到港来，也不与春桂同住，就寻着一位好友，姓梁别字早田，开张记船务办管生理的，在他店子的楼上居住，不在话下。

单表马氏自周庸佑去后，往常家里事务，本全托管家人打点，奈思银两过付还多，因周庸佑不在，诚恐被人欺弄，不免事事倒要自己过目。家人尽知她素性最多疑忌，也不为怪。只是马氏身子很弱，精神不大好，加

---

①　箧（qiè）——小箱子。

以留心各事,更耗心神,只凭弄些洋膏子消遣,暇时就要寻些乐事,好散闷儿。单是丫环宝蝉,生性最是伶俐,常讨得马氏的欢心,不时劝马氏唱演堂戏散闷;马氏又最爱听戏的,所以东横街周宅里,一月之内,差不多有二十天锣鼓喧天,笙歌盈耳。

那一日,正在唱戏时候,适冯少伍自香港回来,先见了马氏,素知马氏性妒,即隐过送周庸佑姬妾到港的事不提,只回说周庸佑平安住港而已。马氏道:"周老爷有怎么话嘱咐?"冯少伍道:"他嘱某转致太太,万事放开心里,早晚寻些乐境,消遣消遣,若弄坏了身子,就不是玩的。"马氏道:"我也省得。自老爷去后,天天到南关和乐戏院听戏,觉往来不方便,因此在府里改唱堂戏。你回来得凑巧,今正在开演,用过饭就来听戏罢。"冯少伍道:"在船上吃过西餐,这会儿不必弄饭了。"说了,就靠一旁坐下,随又说道:"唱堂戏是很好,只常盖篷棚在府里,水火两字,很要小心。倒不如在府里建筑戏场,不过破费一万八千,就三五万花去了,究竟安稳。"马氏一听,正是一言惊醒梦中人,不觉欢喜答道:"终是冯管家有阅历的人也,见得到。看后园许多地方,准可使得,明日就烦管家绘图建筑便是。"冯少伍听得,一声领诺,随转出来。

一宿无话。越日即到后花园里,相度过地形,先将园内增置花卉,或添置楼阁,与及戏台形式,都请人绘就图说,随对马氏说道:"请问太太,建筑戏场的材料,是用上等的?还是用平常的?"马氏笑道:"唉!冯管家真疯了!我府里干事,是从不计较省啬的,你在府里多时,难道不知?这会儿自然用上等的材料,何必多问?还有听戏的座位,总要好些。因我素性好睡,不耐久坐的,不如睡下才听戏,倒还自在呢。"冯少伍听罢,得了主意。因马太太近来好吸洋膏子,没半刻空闲时候,不如戏台对着那一边另筑一楼,比戏台还高些,好待她吸烟时看戏才好。想罢,便说一声"理会得",然后转出。

择日兴工,与工匠说妥,中央自是戏台,两旁各筑一小阁,作男女听戏的坐位。对着戏台,又建一楼,是预备马氏听戏的坐处。楼上中央,以紫檀木做成烟炕,炕上及四周,都雕刻花草,并点缀金彩。戏台两边大柱,用原身樟木雕花的,余外全用坤甸格木,点缀辉煌。所有砖瓦灰石,都用上等的,是不消说得。总计连工包料,共八万银子。待择妥兴工的日辰,即回复马氏。

　　此时府里上下，都知增建戏台的事，只道此后常常听戏，好不欢喜。次日，马氏即同四房锦霞跟着，扶了丫环瑞香，同进花园里看看地势。一路绕行花径，分花拂柳而来。到一株海棠树下，忽听得花下石磴上，露出两个影儿，却不觉得马氏三人来到。马氏听得人声喁喁细语，就潜身花下一听，只听得一人说道："这会子建筑戏台，本不合兴工的。"那一人道："怎么说？难道老爷不在这里，马太太就做不得主不成？"这一人又道："不是这样说，你看马太太的身形，腹里比前大得很，料然又是受了胎气的了，怕动工时，冲犯着了，就不是玩的。"那一人又道："冲犯着便怎么样？"这一人又道："我听人说，凡受了胎的妇人，就有胎神在屋里。那胎神一天一天的坐处不同，有时移动一木一石，也会冲犯着的。到兴工时，哪里关照得许多，怕一点儿不谨慎，那要小产下来，可不是好笑的么？"那一人听罢，啐一口道："小小妮子懂怎么说？怎么大产小产，好不害羞！"说了，这一人满面通红，从花下跑出来，恰与马氏打一个照面。马氏一看，不是别人，跑出来的，正是四房的丫环丽娟，还坐在石凳上的，却是自己的丫环宝蝉。丽娟料然方才说的话早被马氏听着了，登时脸上青黄不定。锦霞恐马氏把她来生气，先说道："偷着空儿，就躲到这里，还不回去，在这里干什么？"丽娟听了，像得了一个大机会的一般，就一溜烟地跑去了。马氏即转过来，要责骂宝蝉，谁想宝蝉已先自跑回去了。

　　马氏心上好不自在，随与二人回转来。先到自己的房子里，暗忖那丫环说的话，确实有理，她又没有一言犯着自己，本来怪她不得。只即传冯少伍进来，问他几时动工。冯少伍道："现在已和那起做的店子打定合同，只未择定兴工的日子。因这时三月天气，雨水正多，恐有防碍工程，准在下月吧。"马氏道："立了合同，料然中止不得。只是兴工的日元①，准要细心，休要冲犯着家里人。你可拿我母女和老爷的年庚，交星士看，勿使相冲才好。"冯少伍答一声："理会得。"随退出来，暗忖马氏着自己勿选相冲的日子，自是合理。但偏不挂着各房姬妾，却又什么缘故？看来倒有些偏心。又想昨儿说起建筑戏台她好生欢喜。今儿自花园里回来，却似有些狐疑不定，实在摸不着她的意。随即访问丫环，马太太在花园有怎么说话。才知她为听得丽娟的议论，因此就找着星士，说明这个缘故，仔细择

----

　　① 日元——好日子。

个日元。到了动工时，每日必拿时宪书看过胎神，然后把物件移动，故马氏越赞冯少伍懂事。

话休烦絮，自此周府内大兴土木，增筑戏台楼阁，十分忙碌。偏是事有凑巧，自兴工那日，四房锦霞姨太太染了一病，初时不过头带微痛，渐渐竟头晕目眩，每天到下午，就发热起来。那马氏生平的性儿，提起一个妾字，就好像眼前钉刺，故锦霞一连病了几天，马氏倒不甚挂意，只由管家令丫环请医合药而已。奈病势总不见有起色，冯少伍就连忙修函，说与周庸佑知道。是时锦霞已日重一日，料知此病不能挽回，周庸佑又不在这里，马氏从不曾过来问候一声，只有二姨太太或香屏姨太太，每天到来问候，除此之外，只靠着两个丫环服侍。自想自己落在这等人家，也算不错，奈病得这般冷淡，想到此情，不免眼中掉泪。

那日正自愁叹，忽接得周庸佑由香港寄回一书，都是叫她留心调养的话。末后又写道：“今年建造戏台，实在不合，因时宪书说本年大利东方，不利南北，自己宅子实在不合向。”这等话，看了，更加愁闷。果然这数天水米不能入口，马氏天天都是离家寻亲问戚，只有二姨太太替她打点，看得锦霞这般沉重，便问她有什么嘱咐？锦霞叹一声道：“老爷不在这里，有什么嘱咐？死生有命，只可惜落在如此豪富的人家，结局得这个样子。”二姨太太道：“人生在世，是说不定的，妹妹休怨，还怕我们后来比妹还不及呢？”说了，又大家垂泪。

是夜到了三更时候，锦霞竟然撑不住，就奄然没了。当下府里好不忙乱，马氏又不在府里，一切丧事，倒不能拿得主意。原来马氏平日，与潘子庆和陈亮臣的两位娘子最为知己，那潘子庆是管理关里的册房，却与周庸佑同事的。那陈亮臣就是西横街内一个中上的富户，马氏平日，最好与那两家来往；那两家的娘子，又最能得马氏的欢心，因是一个大富人家，哪个不来巴结？无论马氏有什么事，或一点不自在，就过府来问前问后，就中两人都是。潘家娘子朱氏，周旋更密，其次就是陈家的娘子李氏了。自从周宅里兴工建筑戏台，已停止唱演堂戏，故马氏常到潘家的娘子那里谈天。这时，陈家的李氏因马氏到了，倒常常在潘宅里，终日是抹叶子①为戏。那马氏本有一宗癖性，无论到了哪处人家，若是他的正妻相见，自然

———

①　抹叶子——玩纸牌。

是礼数殷勤;若还提起一个妾字,纵王公府里的宠姬,马氏也却瞧也不瞧她的。潘陈两家娘子,早识她意思,所以马氏到来,从不唤侍妾出来见礼,故马氏的眼儿,自觉干净。

自到了潘家盘桓之后,锦霞到病重之时,马氏却不知得,家人又知她最怕听说个妾字,却不敢到来奔报。正是人逢知己,好不得意。

那一日,马氏对潘家朱氏说道:"我两人和陈家娘子,是个莫逆①交,倒不如结为姊妹,较觉亲热,未审两人意见何如?"朱氏道:"此事甚好,只我们高攀不起,却又怎好?"马氏道:"说怎么高攀两字? 彼此知心,休说闲话罢。"朱氏听了,就点头称善,徐又把这意对李氏说知,李氏自然没有不允。当下三人说合,共排起年庚,让朱氏为姊,马氏为次,李氏为妹,各自写了年庚,及父名母姓,与丈夫何人,并子女若干人,一一都要写妥。

谁想马氏写了多时,就躲在炕上吸洋膏子,只见朱、李两人,翻来覆去,总未写得停妥。马氏暗忖:她两人是念书识字的,如何一个兰谱②也写不出? 觉得奇怪,只不便动问。原来朱氏心里,自忖兰谱上本该把侍妾及侍妾的儿女一并填注,奈马氏是最不要提个妾字,这样如何是好? 想了一会,总没主意,就转问李氏:"怎样写法才好?"不想李氏亦因这个意见,因此还未下笔。听得朱氏一问,两人面面相觑。没奈何,只得齐来问问马氏:"要怎么写法?"马氏道:"难道两位姊妹连兰谱也不会写的?"说罢,忙把自己所写的,给她两人看。她两人看了,见马氏不仅侍妾不提,就是侍妾的儿女,也并不写及。朱氏暗忖:"自己的丈夫,比不得周庸佑,若然抹煞了侍妾们,怕潘子庆有些不悦。只得拼着胆子,向马氏说道:"愚姊的意思,见得妾子也一般认正妻为嫡母,故欲把庶出的两个儿子,一并写入,尊意以为可否?"马氏道:"她们的儿子,却不是我们的儿子,断断写不得的。"朱氏听得,本知此言实属无理,奈不忍拂马氏的性,只勉强答一声"是",然后回去,立刻依样写了。

这时三人就把自己的年庚,放在桌子上,焚香当天祷告,永远结为异姓姊妹,大家相爱相护,要像同父同母生下来的。拜罢天地,然后焚化宝帛,三人再复见过了一个礼,又斟了三杯酒。

---

① 莫逆——彼此情投意合,非常相好。

② 兰谱——旧时结盟时互相交换的帖子,上写自己家族的谱系。

正在大家对饮,只见周府上四房的丫环彩凤,和梳佣六姐,汗淋淋地跑到潘宅来,见了马氏,齐声说道:"太太不好了! 四姨太太却升仙去了!"正是:

　　堂前方结联盟谱,府上先传噩耗声。

要知后事如何,且听下回分解。

第 十 二 回

狡和尚看相论银精　冶丫环调情闹花径

　　话说马氏太太和潘家的朱氏、陈家的李氏三人结了姊妹，正在交杯共饮的时候，忽见四房的丫环彩凤和梳佣六姐到来，报告四房锦霞的丧事。马氏听了，好生不悦，因正在结义之时，说了许多吉祥的话儿。一旦闻报凶耗，那马氏又是个最多忌讳的人，听了，登时骂道："这算什么事，却到来大惊小怪？自古道，'有子方为妾，无子便算婢'。由她死去，干我什么事？况这里不是锦霞丫头的外家，到来报什么丧事？快些爬去吧！"

　　当下彩凤和六姐听罢，好似一盘冷水从头顶浇下来。彩凤更慌作一团，没一句说话。还是六姐心中不服，便答道："可不是家有千口，主事一人。家内人没了，不告太太，还告谁去？"马氏道："府里还有管家，既然是没了，就买副吉祥板①，把她殓葬了就是。她没有一男半女，又不是七老八十，自然不消张皇做好事，对我说什么？你们且回去，叫冯、骆两管家依着办去吧。"

　　彩凤便与六姐一同跑回去，把马氏这些话，对骆子棠说知，只得着人草草办理。但府上一个姨太太没了，门前挂白，堂上供灵，这两件事，是断断少不得的。只怕马氏还不喜欢，究竟不敢做主。家里上下人等，看见锦霞死得这般冷淡，枉嫁着如此人家，况且锦霞生前，与太太又没有过不去，尚且如此。各人想到此层，都为伤感。便是朱氏和李氏，听得马氏这番说话，都嫌她太过。还亏朱氏多长两岁年纪，看不过，就劝道："四房虽是个侍妾，仍是姊妹行。她平生没有十分失德，且如此门户，倒要体面体面，免落得外人说笑。"马氏心里，本甚不以此说为然，奈是新结义的姐姐，怎好拂她？只得勉强点头称是。便与丫环辞出潘宅，打轿子回来。骆管家再复向她请示，马氏便着循例开丧，命丫环们上孝，三七二十一天之内，造三

---

　　①　吉祥板——棺材板。

次好事,买了一副百把银子的长生板①,越日就殓她去了。各亲串朋友,倒见马氏素性不喜欢侍妾的,也不敢到来祭奠。

各房姬妾与各房丫环,想起人死无仇,锦霞既没有十分失德,马氏纵然憎恶侍妾,但既然死了,也不该如此冷落,因此触景生怜,不免为之哀哭。那彩凤想锦霞是自己的主人,越哭得凄楚。马氏看了,心上自然不自在。

过了三旬,就是丧事完满,马氏想起现时建筑戏台的事,周老爷也说过,本年不合方向,果然兴工未久,就没了锦霞。纵然把自己夫妻母女的年庚,交星士算过,断然没有冲犯,只究竟心里疑惧。那日就对丫环宝蝉说起此事,言下似因起做不合方向,仍恐自己将来有些不妥的意思。宝蝉道:"太太休多心,这会子四姨太没了,也不关什么冲犯,倒是她命里注定的了。"马氏道:"胡说!你哪里得知?这话是人人会说的,休来瞒我。"宝蝉道:"哪敢来瞒太太?实在说,前月奴婢与瑞香,随着四姨太到华林寺参拜罗汉,志在数罗汉卜儿女。遇了一个法师,唤做志存,是寺里一个知客,向他问各位罗汉的名字。说了几句话儿,就知他是个善看相的,就到他房子里看相。那志存和尚说她本年气色不佳,必有大大的灾险。四姨太顿时慌了,就请他实在说。他还指着四姨太的鼻儿,说她准头②暗晦,且额上黑气遮盖天庭,恐防三两月之内,不容易得吉星救护。除是诚心供侍神佛,或者能免大祸。故四姨太就在寺里许下血盆经,又顺道往各庙堂作福。谁想灵神难救,竟是没了,可不是命里注定的吗?"马氏道:"原来如此,这和尚真是本领,能知过去未来,不如我请他到来看看也好。"宝蝉道:"哪有什么不好?若是太太请他到来,奴婢也要顺便看看。"马氏道:"这可使得。"便着人到华林寺里,要请志存和尚到来看相。

这志存听得周府上马太太请他看相,自然没有不来。暗忖从前看她四姨太太,不过无意中说得凑巧;这会马氏她如何出身,如何情性,及夫婿何人,已通通知得的。纵然不能十分灵验,准有八九妥当。更加几句赞语,不由她不喜欢。便放着胆子到来。先由骆管家接待,即报知马氏说:"相士到了。"马氏就扶丫环宝蝉出来,到厢厅里坐定,随请相士进来。

———————————

① 长生板——棺材板。
② 准头——鼻子,鼻梁。

那志存身穿一件元青杭绸袈裟，足蹬一双乌缎子鞋，年纪三十上下。生得眉清目秀，举动温柔，看了自不动人憎厌。手摇纸扇，进到厢厅上，唤一声"太太"，随见一个礼。马氏回过了，就让他坐下。宝蝉代说道："前儿大师与四姨太太看相，实在灵验，因此，太太也请大师到来看看。"志存谦让一番，先索马氏右掌一看，志存先赞道："掌软如绵，食禄万千，便不是寻常的。看掌纹深细，主为人聪明伶俐。中间明堂深聚，天地人三纹清楚，财帛丰盈，不消说了。休、生、伤、杜、景、死、惊、开八门即八卦，独惜乾坎两宫，略为低陷，恐少年已克父母，即祖业根基，仍防中落。余外艮、震、巽、离、坤、兑各宫，丰满异常，更有佳者。看巽宫则配夫必巨富，看离位则诰命至夫人，实是万中无一。况指中宾主相对，贫僧阅人千万，未有这般好掌。"马氏笑说道："大师休过奖，实些儿说吧。"志存道："贫僧是不懂奉承的，太太休得思疑。"说了又看面部，更摇头伸舌，赞不绝口。即请马氏用金钗儿挑起髻①翼一看，随道："少年十四载俱行耳运，是为采听官，惜两耳轮廓欠分，少运就差些了。自十五入额运，正是一路光明。且保寿官眉分八彩，鼻如悬胆，可知大富由天定。眼中清亮藏神，自然福寿人也。且人中深长，子息无忧。唯先女后男，恐带虚花耳。至于地角圆满，双颧得佩，万人中好容易有如此相格。且发如润丝，颈项圆长，活是一个凤形。依相书说，问寿在神，求全在声。今太太精神清越，声音娇亮，贫僧拼断一句，此金形成局，直是银精，所到则富。所以周老爷自得太太回来，一年发一年，就是这个缘故。"马氏道："既是所到则富，怎么未出阁时，父母早过去了？"志存道："女生外向，故不能旺父母，只能旺夫家。"马氏道："是了。只依大师说，问寿在神，怎么我常常见精神困倦，近来多吸了洋膏子，还没有十分功效，究竟寿元怎地？"志存道："此是后天过劳所致，毕竟元神藏在里面，寿元吗？尽在花甲以外，是断然的。"马氏又问道："虽是这样，只现在精神困得慌，却又怎好？"志存答道："这样尽可培补，既是太太要吸洋膏子，若用人参熬煎洋膏，然后吸下，自没有不能复元的了。"马氏听得这一席话，心上好不欢喜。可惜周老爷不在这里，若还在时，给他听听，岂不甚妙？忽又转念道：不如叫那大师依样把全相批出来，寄到周老爷那里一看，自己定然加倍体面。想了，就唤志存批相。志存早会此意，便应允

---

①　髻（jì）——在头顶或脑后盘成各种形状的头发。

下日批妥送来。马氏道："大师若是回去,然后批妥送来,怕方才这番说话就忘却了。"志存说道："哪里话? 大凡大贵大贱的相,自然一望而知。像太太的相格,是从不多见的,哪有忘却的道理?"马氏点头说声"是",就令家人引志存到大厅上谈天,款待茶点。先备了二百两银子做赏封,送将出来。志存还作谦让一回,才肯收下。

少顷,志存辞了出来,越日即着人把相本送到。唯马氏自得志存说她是银精,心上就常挂着这两个字,又恐他批时漏了银精两个字,既把这相本唤冯少伍从头读过一遍,果然较看相时有加多赞词,没有减少奖语,就满心欢喜。

正自得意,只见三房香屏姨太转过来,马氏即笑着说道："三丫头来得迟了,那志存大师看相,好生了得! 若是昨儿过来,顺便看看也好。"香屏道："妾不看也罢了。这般薄命人,看时怕要失礼相士。"说罢,笑了一声,即转进二姨太房里去,忽见伍氏正睡在床上,香屏摇她说道："整日睡昏昏,昨夜里往哪里来? 竟夜没有睡过不成?"伍氏还未醒来,香屏即在她耳边轰的叫了一声,吓得伍氏一跳,即扯转身来一瞧,见是香屏,香屏就笑个不住,即啐一口道："整日里睡什么?"伍氏道："我若还不睡,怕见了银精,就相形见绌的了。"香屏料知此话有些来历,就问伍氏怎地说这话? 伍氏即把昨儿马氏看相,志存和尚怎么赞她,说个透亮。香屏即骂道："相士说她进门来旺夫益婿,难道我们进来,就累老爷亏食不成?"伍氏道："妹妹休多说! 你若还看相时,恐相士又是一般赏赞,也未可定。"说了,大家都笑起来。香屏道："休再睡了,现时已是晚膳的时候,筑戏台的工匠也放工去了,我们到花园里看看晚景,散散闷儿吧。"伍氏答个"是",就唤梳佣容姐进来轻轻挽过髻儿,即携着丫环巧桃,直进花园里去。

只见戏台四面墙壁。也筑得一半,各处楼阁,早已升梁。一路行来,棚上夜香,芳气扑鼻。转过一旁,就是一所荼薇①架,香屏就顺手摘了一朵,插在髻上,即转过莲花池上的亭子坐下。丫环巧桃,把水烟角递上,即潜出亭子,往别处游玩去。伍氏两人抽一回烟,就在亭畔对着鹦鹉,和它说笑。不觉失手,把一持金面象牙柄的扇子,坠在池上去。池水响了一

---

①　荼薇——落叶小灌木,攀援茎,有刺,夏季开白花,洁美清香,供观赏。

声,把树上的雀儿惊得乱鸣。就听得那一旁花径,露些声息,似是人声细语,香屏也听得奇异,正向花径四围张望,只见巧桃额上流着一把汗,跑回亭子来。伍氏即接着问她什么事?巧桃还不敢说,伍氏骂了一声,巧桃即说道:"奴婢说出来没打紧,但求二姨太三姨太休泄出来是奴婢说的。"伍氏道:"我自有主意,你只管说来。"巧桃道:"方才二太太在这里,奴婢转进前面去,志在摘些茉莉回来。不料到花径这一旁……"巧桃说到这一句,往下又不说了。香屏又骂道:"臭丫头!有话只管说,鬼鬼祟祟干什么?"巧桃才再说道:"到花径那旁,只见瑞香姐姐赤着身儿,在花下和那玉哥儿相戏,奴婢就闪在一旁看。不提防水上有点声儿,那玉哥儿就一溜烟地跑了,现时瑞香姐还诈在那里摘花呢。"

伍氏听了,面上就飞红起来,即携香屏令巧桃引路,直闯进花径来。到时,还见瑞香呆立花下,见了伍氏三人,脸上就像抹了胭脂的,已通红一片,口战战地唤了一声:"二姨太三姨太。"伍氏道:"天时晚了,你在这里做什么?我方才见阿玉在这里,这会她又往哪里去?"瑞香听到这里,好似头上起了一个轰天雷的一般。

原来那姓李的阿玉,是周庸佑的体己家童,年约二十上下,生得白净的脸儿,常在马氏房里,穿房入室,与瑞香眉来眼去,已非一日,故窥着空儿,就约同到花径里,干这些无耻的事。当下瑞香听得伍氏一问,哪有不慌?料然方才的事,早被她们看破,只得勉强答道:"姨太太说什么话?玉哥儿没有到这里来。"伍氏道:"我是明明见的,故掷个石子到池上去,他就跑了,没廉耻的行货子!好好实在说,老爷家声是紧要的。若还不认,我就在太太那里,问一声是什么规矩?"瑞香听罢,料然此事瞒不去,不觉眼中掉泪,跪在伍氏和香屏跟前,哭着说道:"两位姨太太与奴婢遮瞒遮瞒则个,奴婢此后是断不敢干的了。"说了又哭。伍氏暗忖道:就把此事扬出来,反于家声有碍。且料马氏必然不认,反致生气,不如隐过为妙。但恐丫环们更无忌惮,只得着实责她道:"你若知悔,我就罢休。但此后你不得和玉哥说一句话,若是不然,我就要说出来,这时怕太太要打下你半截来,你也死了逃不去的,你可省得?"瑞香听了,像个囚犯遇大赦一般,千恩万谢地说道:"奴婢知道了,奴婢的命,是姨太太挽回的,这点事此后死也不敢再干了。"伍氏即骂道:"快滚下去!"瑞香就拭泪跑出来。伍氏三人,即同回转大堂上,并嘱香屏姨太和巧桃休要声张,竟把此事隐过不提。正是：

门庭苟长骄淫习，闺阁先闻秽德腥。

要知后事如何，且听下回分解。

第 十 三 回

佘庆云被控押监房　周少西受委权书吏

　　话说二房伍氏姨太和香屏姨太在花园里，见马氏的丫环瑞香与玉哥儿在花下干这些无耻事，立即把瑞香骂了一顿，随转出来，嘱咐香屏与丫环巧桃休得声张。因恐马氏不是目中亲见的，必然袒庇丫环，这时反叫丫环的胆子愈加大了。倘看不过时，又不便和马氏合气，便将此事隐过便了，只令冯、骆两管家谨慎防范丫环的举动而已。自此冯、骆两人，也随时在花园里梭巡，又顺便查看建造戏台的工程。

　　果然三数月内，戏台也建筑好了，及增建的亭阁，与看戏的坐处，倒先后竣工。即回明马氏，马氏就到场里审视一周，确是金碧辉煌，雕刻精致，正面的听戏座位，更自华丽。就躺在炕上，那一个戏场已在目前。

　　马氏看了，心中大悦，一发令人到香港报知周庸佑，并购了几个望远镜好便看戏时所用，随与冯少伍商酌，正要贺新戏台落成，择日唱戏。冯少伍道："这是本该要的。但俗话说，大凡新戏台煞气很重，自然要请个正一道士，或是茅山法师，到来开坛奠土，祭白虎、舞狮子，辟除煞气，才好开演。这不是晚生多事，怕煞气冲将起来，就有些不妥。不如办妥那几件事，一并待周老爷回来，然后庆贺落成，摆筵唱戏，岂不甚妙？"马氏道："此事我也忘却了，但凡事情该办的，就该办去，说什么多事？只不知老爷何日回来，可不是又费了时日么？"冯少伍道："有点事正要对太太说，现张督帅不久就离粤东去了。"马氏喜道："可是真的？这点消息从哪里得来？"冯少伍道："是昨儿督衙里接得京报，因朝上要由两湖至广东建筑一条火车运动行的铁路，内外大臣都说是工程浩大，建造也不容易。又有说，中国风气与外国不同，就不宜建设铁路的，故此朝廷不决。还亏张督帅上了一道本章主张建造的，所以朝上看他本章说得有理，就知他有点本领，因此把湖广的李督帅调来广东，却把张督帅调往湖广去，就是这个缘故。"马氏道："既是如此，就是天公庇佑我们的。怪得我昨儿到城隍庙里参神，拿签筒儿求签，问问家宅，那签道是：'逢凶化吉，遇险皆安。目前晦滞，久后祯祥。'看来却是不错的。"冯少伍道："求签问卜，本没什么凭据，惟张督帅调省的事既是真的，那签却有如此凑巧。"马氏道："咦！你又来了，自古道：'人未知，神先知。'哪里说没凭据？你且下去打听打听罢。"冯少伍答了两个"是"，就辞出来。

　　果然到了第二天，辕门抄把红单发出，张督帅就确调任湖广去了。马氏听得，好不欢喜。因张督帅手段好生厉害，且与周庸佑作对的只他一人，今一旦去了，如拔去眼前钉刺，如何不喜，立即飞函报到周庸佑那里。周庸佑即欢喜说一声"好造化"，一面复知马氏，着派人打听张督帅何日起程，自己就何日回省。

　　过了半月上下，已回到省城里，见了家人妇子，自然互相问候。先将合府里事情，问过一遍，随又到花园里，把新筑的戏台及增建的楼阁，看了一回，因新戏台已开坛做过好事，正待庆贺落成，要唱新戏，不提防是夜马氏忽然作动分娩，到三更时分，依然产下一个女儿。本来马氏满望生个男子的，纵是男是女，倒是命里注定。但她见二房的儿子，已长成两三岁的年纪，若是自己膝下没有一个承当家事之人，恐后来就被二房占了便宜了。故此第一次分娩，就商量个换胎之法，只因这件事干不成，府里上上下下，倒知得这点风声，还怕露了马脚出来，故此这会就不敢再来舞弄。只天不从人，偏又再生了一个女子。马氏这时，真是气恼不过，就啐一口道："可不是送生的和妾前世有仇，别人产的，就是什么弄璋①之喜；枉妾天天念佛，夜夜烧香，也不得神圣眼儿瞧瞧，偏生受这种赔钱货，要来做什么？"说了登时气倒。一来因产后身子羸弱②，二来因过于气恼，就动了风，一时间眼睛反白，牙关紧闭，正在生死交关。丫环们急地叫几句"观音菩萨，救苦救难"，那稳婆又令人拿姜汤灌救。家人正闹得慌，好半天才渐醒转来。周庸佑听得，即奔到房子里，安慰一会子而罢。

　　只是周府里因马氏生女的事，连天忌音乐，禁冷脚，把唱戏的事，又搁起不提。当时周庸佑在家里，不是和姬妾们说笑，就是和冯少伍谈天。因冯少伍是向来知己，虽然是管家，也不过是清客一般，与骆管家尽有些分

―――――――――

　　①　弄璋——生男孩。

　　②　羸(léi)弱——瘦弱。

别。若然出外,就是在谈瀛社耍赌具、叉麻雀①。

忽一日,猛然省起关里事务,自走往香港而后,从不曾过问,不知近日弄得怎么样,因此即往关里查问库书事务。原来关书本有许多名目,周庸佑只是个管库的人员,那管库的见周庸佑到来查着,就把账目呈上,周庸佑查个底细,不提防被那同事的余庆云号子谷的,早亏了五万有余。在周庸佑本是个视钱财如粪土的人,那五万银子本瞧不在眼内;奈因关里许多同事,若是人人效尤,岂不是误了自己? 因此心里就要筹个善法,又因目前不好发作,只得诈作不知,又不向余庆云查问,忙跑回家里,先和冯少伍商酌商酌。冯少伍道:"关里若大账目,自不宜托他。若是人人如此,关里许多同事,一人五万,十人五十万,一年多似一年,这还了得? 倒要把些手段,给他们看看也好。"周庸佑道:"哪有不知? 怎奈那姓余的是不好惹的,他在关里许多时,当傅家管当库书时,他就在关里办事。实在说,周某在关里的进项,内中实在不能对人说的,只有余庆云一人通通知得,故此周某还有许多痛脚儿,落在他的手内。这会儿若要发作他,怕他还要发作我,这又怎样好?"冯少伍道:"老哥说的,未尝不是。只老哥若然畏事,就不合当这个库书,恐今儿畏惧他,不敢发作,他必然加倍得势,只怕倾老哥银山,也不足供这等无餍②之求了。"周庸佑道:"这话很是,但目下要怎么处置才好?"冯少伍道:"裴鼎毓是老哥的拜把兄弟,现在由番禺调任南海,那新任的李督帅,又说他是个能员,十分重用,不如就在裴公祖那里递一张状子,控他侵吞库款,这四个字好不厉害,就拿余庆云到衙治罪,实如反掌。像老哥的财雄势大,城中大小文武官员和许多绅士,哪个不来巴结老哥? 谁肯替余庆云争气,敢在太岁头上来动土呢?"周庸佑听冯少伍说得如花似锦,不由得不信,连忙点头称是。随转马氏房子里,把库里的事,并与冯少伍商酌的话,对马氏说了一遍。马氏道:"那姓余的,恃拿着老爷的痛脚,因此欺负老爷。自古道,'一不做,二不休'。若不依冯管家说,把手段给他看看,后来断然了不得的。事不宜迟,明天就照样做去,免被那姓余的逃去才是。"

周庸佑此时,外有冯少伍,内有马氏,打锣打鼓来催他,他越加拿定主

———————

① 叉麻雀——一种玩牌赌博。

② 餍(yàn)——满足。

意。次日，就着冯少伍写了一张状子，亲自到南海县衙，拜会裴县令，乘势把那张状子递上。裴知县从头至尾看了一会儿，即对周庸佑说道："侵吞库款一事，非同小可。佘庆云既如此不法，不劳老哥挂心，就在小弟身上，依禀办事的便是。"周庸佑道："如此，小弟就感激的了，改日定有酬报。贵衙事务甚烦，小弟不便久扰。"说罢，即辞了出来，先回府上去。

　　且说佘庆云本顺德人氏，自从在关里当书差，不下三十年，当傅成手上各事倒是由他经手。及至周庸佑接办库书，因他是个熟手人员，自然留他蝉联关里。周庸佑所有种种图利的下手处，倒是由他指点。因周庸佑迁往香港的时候，只道张督帅一天不去，他自然一天不回，因此在库里弄了五万银子。暗忖自己引他得了二三百万的家财，就赏给自己十万八万，也不为过。他若不念前情，就到张督帅那里发作他的破绽，他还奈得怎么何？因挟着这般意见，就弄了五万银子。不料不多时，张督帅竟然去任。周庸佑回后，把关里查过，犹道他纵知自己弄这笔钱，他未必敢有什么动弹。

　　那日正在关里办事，忽见两个衙役到来，说道："现奉裴大老爷示，要请到衙里有话说。"佘庆云听得，自忖与裴县令向来无往，一旦相请，断无好意。正欲辩问时，那两名差役，早已动手，不由分说，直押到南海县衙里。

　　裴县令闻报，旋即开堂审讯。讯时问道："汝在关里多年，自然知库款的关系。今却觑周庸佑不在，擅自侵吞，汝该知罪。"佘庆云听了，方知已为周庸佑控告，好似十八个吊桶在心里捋上捋下，不能对答。暗忖今周庸佑如此寡情，欲把他弊端和盘托出，奈裴县令是周庸佑的拜把兄弟，大小官员，又是他的知己，供亦无用；欲待不认，奈账目上已有了凭据，料然抵赖不得。当下踌躇未定。裴令又一连喝问两三次，只得答道："这一笔钱，是周庸佑初接充库书时，应允赏他的，故取银时，已注明账目上，也算不得侵吞二字。"裴令又问道："那姓周的若是外行的人，料然不肯接充这个库书。他若靠库里旧人打点，何以不赏给别人，偏赏汝一个？却是何意？"佘道："因某在库里数十年，颇为熟手，故得厚赏。"裴又道："既是如此，当时何以不向姓周的讨取？却待他不在时，擅行支取，却又何意？"佘道："因偶然急用之故。"裴又道："若然是急用，究竟有通信先对姓周的说明没有？"佘庆云听到这里，究竟没话可答。裴令即拍案骂道："这样就饶你不得了。"随即令差役把他押下,再待定罪。

那差役押了佘庆云之后,那裴令究竟初任南海,眼前却未敢过于酷厉。又忖这笔款必然有些来历,怎好把他重办? 姑且徇周庸佑的情面,判他监禁四年,便行结案。一面查他有无产业,好查封作抵,不在话下。

且说周庸佑自从佘庆云亏去五万银子,细想自己这个库书,是个悖入的,还恐亦悖而出,一来恐被他人搀夺,二来又恐别人更像佘庆云的手段,把款项乱拿乱用了去,如何是好? 因此心上转疑虑起来。

那日正与冯少伍商量个善法,冯少伍道:"除非内里留一个亲信的人员,不时查查犹自可。若是不然,怕别人还比佘庆云的手段更高些,拿了银子,就逃往外国去了。这时节,他靠着洋鬼子出头,我奈得怎么何? 岂不是赔钱怄气?"周庸佑道:"这语虑得是,只舍下各事,全靠老哥主持,除此之外,更有何人靠得? 实在难得很。"

正说着,只见周乃慈进来,周、冯两人,立即起迎让座。周乃慈见周庸佑面色不甚畅快,即问他:"有什么事故?"周庸佑便把方才说的话,对他说来。周乃慈道:"自古道:'交友满天下,知交有几人?'若不是钱银相交,妻子相托,哪里识得好歹? 十哥纵然是关里进项减却多少,倒不如谨慎些吧。"周庸佑道:"少西贤弟说得很是。但据老弟的意见,眼底究有何人?"周乃慈道"属在兄弟,倒不必客气。但不知似小弟的不才,可能胜任否? 倘不嫌弃,愿做毛遂。"周庸佑道:"如此甚好。但俗语说:'兄弟虽和勤算数。'但不知老弟年中经营,可有多少进项? 若到关里,那进项自然较平时优些便是。"

周少西听罢,暗忖这句话十分紧要,说多,就年中进项必多;说少,就年中进项必少。倒不如说句谎为是。遂强颜答道:"十哥休要取笑,小弟愚得很,年中本没什么出息,不过靠走衙门,弄官司,承饷①项,种种经营,年中所得不过五六万银子上下,哪里像得十哥的手段?"周庸佑一听,吃了一惊。因向知周乃慈没什么家当,又是个游手好闲,常在自己门下出进,年中哪里获得五六万银子之多,明明是说谎了。奈目前不好抢白②

---

① 饷——军粮。
② 抢白——当面责备或讽刺。

他，且自己又先说过，要到库里时，年中进项，尽较现时多些，怎能反悔？不觉低头一想，倒没什么法儿，只得勉强说道："若老弟愿到库里，总之愚兄每年取回十万银子，余外就让老弟拿去罢。"周乃慈听了，好不欢喜，连忙拱谢一番，然后商量何日才好进去。正是：

　　　　已绝朋情囚狱所，又承兄命管关书。

　　要知后事如何，且听下回分解。

第 十 四 回

赖债项府堂辞舅父　馈娇姿京邸拜王爷

话说周庸佑自因那姓余的亏空关库里五万银子，闹出一场官司，因此把关库事务，要另托一个亲信人管理。当时除冯少伍因事务纷纭，不暇分身之外，就要想到周乃慈身上。因周乃慈一来是谈瀛社的拜把兄弟，二来又是个同宗，况周乃慈镇日在周庸佑跟前奔走，早拿作亲弟一般看待，故除了他一个，再没可以委托的人。这周乃慈又是无赖的贫户出身，一旦得了这个机会，好像流丐掘得金窖，好不欢喜，故并不推辞，就来对周庸佑说道：“小弟像鼠子尾的长疮，有多少脓血儿？怕没有多大本领，能担这个重任。只是既蒙老哥抬举，当尽力求对得住老哥。但内里怎么办法，任老哥说来，小弟没有不遵的。”周庸佑道：“俗语说：‘兄弟虽和勤算数。’总要明明白白。统计每年关库里，愚兄的进项，不下二十来万银子。今实在说，把个库书让过贤弟做去，也不用贤弟拿银子来承顶。总之，每年愚兄要得回银子十万两，余外就归贤弟领了，可不是两全其美？”周乃慈听了，就慌忙谢道：“如此，小弟就感激不尽的了。请老哥放心，小弟自今以后，每年拿十万两银子，送到尊府上便是。”周庸佑大喜，就时立券，冯少伍在场见证，登时收付清楚。周庸佑即回明监督大人，周乃慈即进关库里办事，不在话下。

且说周庸佑自退出这个库书席位，镇日清闲，或在府里对马氏抽洋烟，或在各房姬妾处说笑，有时亦到香屏姨奶奶那里，此外就到谈瀛社，款朋会友，酒地花天，不能消说。

那日正在厅子里坐地，忽门上来回道：“外面有一个乘着轿子的，来会老爷，年纪约五十上下，他说是姓傅的，单名一个成字。请问老爷，要请的还是挡的，恳请示下。”周庸佑一听，心上早吃一惊，还是沉吟未答。时冯少伍在旁，即问道：“那姓傅的到来，究有什么事？老哥因什么大惊小怪起来？”周庸佑道：“你哪里得知，因这个傅成是小弟的母舅，便是前任的关里库书。那库书向由他干来，小弟凭他艰难之际，弄个小小计儿，就承受做了去。今因张督去了，他却密地回来广东，必有所谋。想小弟从前尚欠他三万银子，或者到来讨这一笔账，也未可定。"冯少伍道："些小三两万银子，着什么紧，老哥何必介意？"周庸佑道："三万银子没打紧，只怕因库书事缪轕①未清，今见小弟一旦让过舍弟少西，恐他要来算账，却又怎好？"冯少伍道："老哥好多心，他既然是把库书卖断，老哥自有权将库书把过别人，他到来好好将就犹自可。近来世界，看钱份上，有什么亲戚？他若有一个不字，难道老哥就惧他不成？"周庸佑点头道"是"，即唤门上传出一个"请"字。

少时，见傅成轿进来，周庸佑与冯少伍一起起迎让座后，茶罢，少不免寒暄几句，傅成就说及别后的苦况。周庸佑道："此事愚甥也知得，奈自舅父别后，愚甥手头上一向不大松，故未有将这笔银汇到舅父处，很过意不去。"傅成道："休得过谦。想关里进项，端的不少，且近来洋药又归海关办理，比愚舅父从前还好呢。"周庸佑道："虽是如此，奈进项虽多，年中打点人情，却实不少。实在说，自从张督帅去后，愚甥方才睡得着，从前没有一天不着恐慌，不知花去多少，才得安静点儿，因此把库书让与别人，就是这个缘故。"冯少伍又接着向傅成说道："老先生若提起库书的事，说来也长，因老先生遗下首尾未清，张督帅那里今日说要拿人，明天又说要抄家，好容易打点得来，差不多荡产倾家还恐逃不去的。"

傅成听说，暗忖自己把个库书让过他，尚欠三万两银子，今他发了三四百万的家财，都是从关里赚的。今他不说感恩，还说这等话，竟当自己是连累他的了。想罢，心上不觉大怒，又忖这个情景，欲望他有什么好处，料然难得，不如煞性向他讨回三万银子罢了。徐即说道："此事难为贤甥打点，倒不必说。奈愚舅父回到省里，正没钱使用，往日亲朋，大半生疏，又没处张挪。意欲贤甥赏回那三万银子，未审尊意若何？"周庸佑听得，只略点点头，沉吟未答，想了想才说道："莫说这回舅父手头紧，纵是不然，愚甥断不赖这笔数。但恐目前筹措不易，请舅父少坐，待愚甥打点得来。"说罢，即拂衣入内，对马氏把傅成的话说了一遍。马氏道："这三万银子，是本该偿还他的，只怕外人知道我家有了欠负，就不好看了。不如先把一万或八千银子不等交他，当他是到来索借的，我们还觉体面呢。"

① 缪轕(jiāo gé)——交错纠缠。

周庸佑听了,亦以此计为然,即拈出一万银券来回傅成道:"这笔数本该清楚,惜前数天才汇了五六十万银子到香港去,是以目前就紧些。今先交一万,若再要使用的,改日请来拿去便是。"傅成听罢,心中已有十分怒气。奈这笔款并无凭据单纸,又无合同,正是无可告案的,只得忍气吞声,拿了那张银券,告辞去了。

　　周庸佑自送傅成去后,即对冯少伍说道:"那姓傅的拿了那张银券,面色已露出不悦之意。倘此后他不时到来索取,脸上就不好看,却又怎好?"冯少伍道:"任他何时到来,也不过索回三万银子,也就罢了,忧他做什么?"周庸佑道:"不是这样说,自来关库里的积弊,只是姓傅的知得原委,怕他挟仇发难,便不是件小事。你试想,好端端像个铜山的库书,落到某手上,他心里未尝不悔;又因这三万银子的纠葛,他怎肯甘休? 俗语说:'穷人思旧债。'他到这个田地,索债不得,就要报仇,却恐不免发作起来了。"冯少伍道:"既是如此,就该把三万银子通通还了他也好。"周庸佑听了,即把马氏的用意,说个缘故。冯少伍道:"这也难怪。但老哥今儿是有权有势的,还怕何人? 不如就由知府衔加捐道员,谋个出身,他时做了大官,哪怕敌他不住? 他哪敢在太岁头上来动土呢?"周庸佑道:"此计甚妙,准可做去。因姓傅的是个官绅人家,若不是有些门面,怎能敌得他过? 就依此说,加捐一个足花样的指省道员,然后进京里干弄干弄罢了。"说罢,就令冯少伍提万把银子,再在新海防里,由知府加捐一个指省道员去。这时派报红,换匾额,酬恩谒祖,周府上又有一番热闹。

　　过了些时,先备下三五十万银子,带同三姨奶奶香屏,即与冯少伍起程进京去。所有家事,即由骆子棠帮着马氏料理,大事就托周乃慈照应。先到了香港,住过五七日,即扬帆到上海那里。

　　是时上海棋盘街有一家广祥盛的字号,专供给船务的煤炭火食,年中生意很大,差不多有三四百万上下,与香港□记同是一个东主。那东主本姓梁的,原是广东人氏,与周庸佑是个至交,周庸佑即到那店里住下。俗语说:"好客主人多。"周庸佑是广东数一数二的富户,自然招呼周到。每夜里就请到四马路秦楼楚馆①,达旦连宵,一般妓女,都听得他是有名富户,哪个不来巴结? 况且上海的妓女,风气较广东又是不同,因广东妓女

――――――――――

　　①　秦楼楚馆——妓院。

全不懂些礼数,只知是自高自傲,若是有了三五月交情的犹自可,倘或是头一两次认识的,休想她到来周旋,差不多连话儿也不愿说一句;就是下乘烟花地狱变相的,都装腔儿,摆着架子,大模大样,十问九不应的了。唯上海则不同,就是初认识的人,还不免应酬一番;若当时同席上有认识的,也过来周旋周旋;这个派头,唤做转局,凡为客的见此情景,从没有吃醋的。

可巧那一夜周庸佑应那姓梁的请酒,认得妓女金小霞。那金小霞本是姓梁的所欢,越夜,周庸佑还了一个东儿。金小霞见了,即过来周庸佑处周旋。那周庸佑虽然从前到过两次上海,却因公事匆忙,也不曾在烟花上走过。今见金小霞这个情景,只道金小霞另眼相看,好不欢喜。过了两夜,就背地寻到金小霞寓里,立意寻欢。那金小霞见周庸佑到来,念起姓梁的交情,自然爱屋及乌①,怎敢把周庸佑怠慢?况周庸佑又是个有名的豪富,视钱财如粪土的,更不免竭力逢迎,这都是娼楼上的惯家。周庸佑看不清楚,确当金小霞是真爱自己的,自不用思疑的了。因此在金小霞寓里,一连流连了几天,渐亲渐熟,金小霞就把与姓梁的交情,移在周庸佑身上,周庸佑自然直受不辞。又看房中使用的娘姨,虽上了二十以上的年纪,究竟玉貌娉婷,较广东娼寮使唤的仆妇,蓬头大足的,又有天渊之别。周庸佑看得,就把与金小霞的十分交情,自然有三分落到娘姨去了。所以周、金两人一男一女,已觉如胶似漆;那娘姨们又在一旁打和事鼓,又在冯少伍跟前献些殷勤。自古道:"温柔乡里迷魂洞。"任是英雄到此,不免魄散魂消;何况周庸佑是个寻烟花的领袖,好女色的班头,哪不神迷意眩?因此周庸佑与金小霞早弄成个难解难分的样子。

那一日,正自广祥盛的店子出来到金小霞的寓里,忽又见一位雏妓在那里,年纪约十四五上下,约少金小霞三两岁,生得明眸皓齿,面似花飞,腰如柳舞,裹着小足儿,纤不盈握。见了周、冯两人,也随着金小霞起迎。周庸佑问道:"这位叫什么名字?"金小霞答道:"这是妹子金小宝。"周庸佑听得,随与金小宝温存温存,见金小宝举止大方,应对娴熟,不胜之喜。金小霞道:"舍妹子的寓现在迎春二,没事儿常常到这里谈天,却巧遇见

---

① 爱屋及乌——典出《尚书大传·大战篇》,比喻爱一个人而连带地关心到跟他有关的人或物。

老爷。"冯少伍急摇手道:"这会儿该唤周大人,不该唤老爷了。"周庸佑道:"横竖只是一句,随便唤吧。"金小霞方欲说时,冯少伍恐她们不好意思,即又说道:"一面之缘,亦属不易,若不是在这里相见,我们的脚踪儿从哪里认得令妹?"金小宝谦让一回,那周庸佑也没有说话,只把一双眼儿,对着金小宝看得出神。

娘姨们多半是心灵眼快,看得周庸佑有几分意思,即在旁答话,一边说金小宝好性子,一边说周庸佑好体面,说得天花乱坠,不由得周庸佑不移神,镇日就留小宝在小霞寓里,一同唱曲儿,侑金樽①,又麻雀,消遣消遣。自此当那里是个安乐窝,纵有良朋柬请,通通辞不赴席。那姊妹们又素知周庸佑的挥霍手段,也镇日伴着周、冯两人,尽力款洽,从不说一个钱字。周庸佑好不感激,正忧没处酬报,所以赠金银、送首饰,与她姊妹两人,不下费了七八千银子。又把银子五百、金镯子一对,送与娘姨,整整一月有余。除有时回转广祥盛,余外日子,都在金小霞寓里过去。因此上海人士,见金小霞姊妹月来并不出局,就纷纷传说姊妹们嫁了人,娘姨们就听得这点消息,即对周庸佑说知,随说道:"外间既有此说,周大人不如索性带了她们回去吧。"周庸佑道:"这也不是一件难事,若她姊妹愿意,没有做不得的。"娘姨们就从中说妥,定实她姊妹身价,统共二万银子,择日带了回去,那娘姨仍做体己跟人随了回来,那时一番热闹,自不必说。

这周庸佑来时,本是进京有事的,为逗留在金小霞寓里耽搁了数十天。这时自把她姊妹带了回来,眼前未有所恋,就辞了广祥盛的东主,携同家眷,取道进京,各朋友送了一程自回。

有话即长,无话即短。不过三四天,已到了京城,先到南海会馆住下。是时京中多少官员,都知周庸佑前次进京,曾耗了数十万,为联元干差之事。今番再复到来,那些清苦京曹,或久候没有差使的,都当他是一座贵人星下降,上天钻地,要找个门儿来,与周庸佑相见,真是车马盈门,应酬不暇。有些钻弄不到的,又不免布散谣言,说那周某带贿进京,要在官场上舞弊的。日内就有都老爷参他折子,早已预备的了。

这风声一出,不知是真是假,吹到周庸佑的耳朵里,反不免惊惧起来,就与冯少伍商酌,要打点此事。偏是事有凑巧,那日适是同乡的潘学士到

_____

① 侑金樽——助饮兴;劝酒。

来拜会,周庸佑接进里面,同是乡亲,少不免吐露真情,把这谣言对潘学士说了一遍。那潘学士正是财星入命,乘势答道:"此事宁可信其有,不可信其无,尽要打点打点才是。"周庸佑道:"据老哥在京许久,知交必多,此事究怎么设法才好?"潘学士低头想了一想,说道:"此事须在一最有势力之人说妥,便是百十个都老爷,可不必畏他了。目下最有势力的,就算宁王爷,他是当今天潢①一派,又是总掌军机。待小弟明儿见他,说老哥要来进谒,那王爷若允接见时,老哥就尽备些礼物,包管妥当。"周庸佑道:"礼无穷尽,究竟送哪一样方好?"潘学士道:"天下动人之物,唯财与色,老哥是聪明的人,何劳说得?"周庸佑喜道:"妙得很!小弟这回到上海,正买了两位绝色佳人,随行又带了二三十万银子,想没有不妥的了。"说罢,两人大喜。正是:

　　　方在沪滨携美妓,又来京里拜亲王。

　　要知后事如何,且看下回分解。

---

　　①　天潢——指皇室;皇族。

第 十 五 回

拜恩命伦敦任参赞　礼经筵马氏庆宜男

话说潘学士劝令同周庸佑预备礼物，好来拜谒王爷。周庸佑就猛然想起自己在上海携带了两个绝色的佳人，又随带有二十来万银子，正好作为进见王爷之礼，因此拜托潘学士寻条门路，引进王爷府去。

那时正是宁王当国，权倾中外的时候，王府里就有一位老夫子，姓江名超，本贯安徽的人氏，由两榜翰林出身，在王府里不下数年，十分有权有势，因他又有些才干，宁王就对他言听计从。偏是那王爷为人生性清廉，却不是贪贿赂弄条子的人，唯是有个江超在那里，少不免上下其手①，故此求见王爷的，都在江翰林那里入马。叵耐宁王唯江翰林之言是听，所以说人情、求差使的，经过江翰林手上，就没有不准的了。这时潘学士先介绍周庸佑结识江超，那江超与潘学士又是有师生情分，加以金钱用事，自然加倍妥当。

闲话休说。那一日，江翰林正在宁王面前回复公事，因这年恰是驻洋公使满任的时候，就中方讨论何人熟得公法，及何人合往何国，江翰林道："有一位由广东来的大绅，是从洋务里出身的，此人很懂得交涉事情，只是他资格上还不合任得公使，实在可惜。"宁王道："现在朝里正要破格用人，若然是很有才干的，就派他前往，却也不妨，但不知他履历是个什么底子？"江翰林道："正为此事，他不过一个新过班的道员，从前又没有当什么差使，晚生说他不合资格，就是这个缘故。"宁王道："既然是道员，又是新过班的，向来又没有当过差，这却使不得。只若是他有了才情，还怕哪里用不着？究竟此人是谁呢？"江超道："晚生正欲引此人进谒王爷，他是姓周名庸佑，年纪不上四十，正是有用的时候。王爷若不见弃，晚生准可引他进来拜谒。"宁王道："也好，就由你明天带他来见见便是。"江超听了，拜谢而出。次日江翰林即来拜会周庸佑，把昨儿宁王愿见，及怎么说，

---

① 上下其手——比喻暗中勾结，随意玩弄手法，串通作弊。

一五一十，对周庸佑说来。周庸佑听得王爷如此赏识，心上早自欢喜，就向江翰林说道："这都是老哥周全之力，明天就烦老哥一发引小弟进去。但有点难处：因小弟贸然献些礼物，只怕王爷不受，反致生气；若没有些敬意，又过意不去，怎么样才好？"江超道："这事都在小弟身上，改日代致礼物，向王爷说项便是。"周庸佑不胜之喜，江超就暂行辞别。

　　次日，即和周庸佑进谒。原来那宁王虽然掌执全权，有些廉介，究竟是没什么本领的人，只信江超说周庸佑有些能耐，他就信周庸佑有能耐，所以周庸佑进谒时，正自悚惧①，防王爷有什么盘问，心上好不捋②上捋落。谁想王爷只循行故事地问了几句，不过是南方如何风景，做官的要如何忠勤而已。周庸佑自然是对答如流，弄得宁王心中大喜，即训他道："你既然到京里权住几天，待有什么缺放时，自然发放去便是。"周庸佑当堂叩谢，即行辞出，心里好生安乐。

　　次日，即把从上海带来的妓女小霞小宝二人，先将小霞留作自己受用，把小宝当作一个选来的闺秀，进侍王爷；又封了十万银子，递了一个门生帖，都交到江超手上。那江超先将那妓女留作自己使用，哪里有送到王府去。随把十万银子，截留一半，适是时离宁王的寿辰不远，就把五万银子，说是周某献上的寿礼送进，宁王收下。

　　自古道："运至时来，铁树花开。"那一年即是驻洋钦差满任之期，自然要换派驻洋的钦使。这时，就有一位姓钟唤做照衢派出使往英国去，那钟照衢向在北洋当差，又是丞相李龙翔的姻娅③，故此在京里绝好手面，竟然派到英国。自从谕旨既下，谢恩请训之后，即往各当道辞行。先到宁王府叩拜，宁王接进里面，随意问道："这回几时出京？随行的有什么能员？"那钟照衢本是个走官场的熟手，就是王爷一言一语，也步步留神。在宁王说这几句话，本属无心，奈自姓钟的听来，很像有意，只道他有了心腹之人，要安插安插的，就答道："晚生料然五七天内准可出京了，只目下虽有十把个随员，可惜通通是才具平庸的，尽要寻一个有点本领的人，参赞时务，因此特来王爷处请教。"宁王一听，就不觉想起周庸佑来，即说

---

　　①　悚(sǒng)惧——害怕恐惧。

　　②　捋(lǚ)——用手指顺着抹过去，使物体顺溜或干净。

　　③　姻娅(yīn yà)——亲家和连襟，泛指姻亲。

道:"这回十分凑巧,目下广东来了一位候补道员,是姓周的,向从洋务里出身,若要用人时,却很合适。"钟照衢道:"如此甚好,倘那位姓周的不弃,晚生就用他做一员头等参赞,只求王爷代为转致。"宁王听罢,就点头说一声:"使得。"钟照衢拜辞后,宁王即令江超告知周庸佑,周庸佑听了,实在欢喜,对着江超跟前,自不免说许多感恩知己的话。

过了一两天,就具衣冠来拜钟照衢,钟照衢即与他谈了一会儿,都是说向来交涉的成案,好试周庸佑的工夫。谁想周庸佑一些儿不懂得,遇着钟照衢问时,不过是胡胡混混的对答。钟照衢看见如此,因忖一个参赞地位,凡事都要靠他筹策的,这般不懂事,如何使得?只是在宁王面前应允了,如何好反悔?唯有后来慢地打算而已。因说道:"这回得老哥帮助,实是小弟之幸。待过五七天,就要起程,老哥回去时,就要准备了。"周庸佑答一声"是",然后辞回。一面往叩谢宁王及江超,连天又在京里拜客,早令人打了一封电报,回广东府里报喜。又着冯少伍派人送香屏姨太太来京,好同赴任。

这时,东横街周府又有一番热闹,平时没事,已不知多少人往来奔走,今又因周庸佑做了个钦差的头等参赞,自然有那些人到来道喜,巴结巴结,镇日里都是车马盈门。因周庸佑过班道员时,加了一个二品顶戴,故马氏穿的就是二品补褂①,登堂受贺。先自着人复电到京里,与周庸佑道贺,不在话下。

慢表周庸佑到伦敦赴任。且说马氏自从丈夫任了参赞,就嘱咐下人,自今只要称她作夫人了,下人哪敢不从?这时马夫人比从前的气焰,更加不同了。单恼着周庸佑这回赴任,偏要带同香屏,并不带同自己,心上自然不满意。有时在丫环跟前,也不免流露这个意思出来。满望要把香屏使她进不得京去,唯心上究有些不敢。原来马氏最憎侍妾,后来又最畏香屏,因马氏常常夸口,说是自己进到门里,周庸佑就发达起来,所以相士说她是银精。偏后来听得香屏进门时,也携有三十来万银子,故此在香屏跟前,也不说便宜话,生怕香屏闹出这宗来历出来,一来损了周家门风,二来又于自己所说好脚头的话不甚方便。所以这会香屏进京,只好埋怨周庸佑,却不敢提及香屏。

_____

① 补褂——即补服,又称补子,明清时期代表官阶的服装。

那日香屏过府来辞别，单是二房姨太太劝她路途珍重，又劝她照顾周大人的寒热起居，说无数话，唯马氏只寻常应酬而已。那香屏见马氏面色不像，倒猜出九分缘故，就说道："这回周大人因夫人有了身孕？不便随去，因此要妾陪行，妾到时嘛，准替夫人妥妥当当的料理大人就是了。"马氏听了，就强颜说一声"是"，香屏自回屋子去了。马氏即唤冯少伍上来嘱道："这会子大人升了官，府上就该庆贺，且亲串们具礼到来道贺的，也该备些酒筵回敬。从后天起，唱十来天戏，况且戏台建造时，本不合向的，皆因择得好日子，倒要唱多些戏，那家门自然越加兴旺的了。"冯少伍领诺退出来，一发备办，先行发帖请齐各亲串，说什么敬具音槟。

果然到了那日，除亲串外，所有朋谊及那些趋炎附势的，男男女女，都拥挤望周府来。除骆念伯和冯少伍打点事务，男的在东厅，就请周少西过来知客，马氏就亲自招呼堂客。这堂客又分两厅，凡各家太太奶奶姑娘小姐们在西厅上，是马氏招呼；余外为妾的，却令二房伍姨太在厢厅招呼。先分发几名跟人，伺候男客。丫环使妈梳佣们都伺候堂客；若打茶打水，便有侍役掌执。到下午五点钟时候，宾客到齐，略谈一会，所有男女客，便都去外衣，然后肃客①入席。男的是周少西端了主位，冯、骆两管家陪候，其次就是官家裴鼎毓、李子仪、李庆年，亲谊是马竹宾，绅家的就是潘飞虎、苏如绪、刘鹗纯之类，不一而足；女的是马氏端了主位，二房伍姨太陪候，其次就是潘家太太、陈家奶奶、周十二宅大娘子，也不能胜记。

饮了一会，兴高采烈，席上不过说些颂扬周府的话，有的说："今儿做了参赞，下次自会升钦差的，自不难升到尚书的地位了。"又有说："这时候外交事情重得很，人才又难得很，怕将来周大人还要破格入阁呢。"你一言，我一语，把个马氏喜得笑逐颜开。又好几时才撤席，都请到后园里听戏。男客依然是周少西招待。只是用过膳，马氏正赶紧抽洋膏子，招待堂客的事，虽然不可怠慢，只抽洋膏是最要紧，因此实费踌躇。欲使二房伍姨太代劳，又因她只是个侍妾，似乎对着那些太太奶奶们不甚敬意。没奈何，只得令周十二宅的大娘子招待各家奶奶们，仍令二房招待各家侍妾。

各进座位后，马氏就在戏台对面的烟炕上，一头抽洋膏，一头听戏。

———————

　　①　肃客——迎进客人。

那时唱的是杏花村班，小旦法倌唱那碧桃锦帕一出，马氏听得出神，梳佣六姐正和马氏打洋膏，凑巧丫环巧桃在炕边伺候着，转身时，把六姐臂膊一撞，六姐不觉失手，把洋烟管上的烟斗打掉了，将一个八宝单花精致人物的烟灯，打个粉碎。马氏看得，登时柳眉倒竖，向巧桃骂一声"臭丫头"，拿起烟管，正要往巧桃的顶门打下来。巧桃急地跪地，夫人前夫人后的讨饶，马氏怒犹未息。二房见了，就上前劝道："小丫环小小年纪，懂得什么？也又不是有意的，就饶她吧。"马氏反向二房骂道："你仗着有了儿子，瞧我不在眼内，就是一干下人，也不容我管束管束。怪得那些下人，恃着有包庇，把我一言两语，都落不到耳朵里！"且说且骂，脸上好像黑煞神一般，骂得二房一句话不敢说。不想马氏这时怒火归心，登时腹痛起来，头晕眼花，几乎倒在地上，左右的急扶她回房子里。在座的倒觉不好意思，略略劝了几句，也纷纷托故辞去了。

是时因马氏起了事，府里上下人等，都不暇听戏。冯少伍就令骆子棠管待未去的宾客，即出来着人唤大夫瞧脉去了。好半天，才得一个医生来，把完左手，又把右手，总说不出什么病症，但说了几句没相干，胡混开了一张方子而去。

毕竟是二房姨太乖觉，猛然想起马氏已有了八九个月的身孕，料然是作动分娩，且二房又颇识大体，急令人唤了稳婆来伺候，府上丫环们打茶打水，也忙得不得了。果然作动到三更时候，呱的三声，产下一个儿子来。马氏听得是生男，好不欢喜，就把从前气恼的事，也忘却了。又听得是二房着人找稳婆的，也觉得二房还是好人，自己却也错怪，只因她有了儿子，实在碍眼。今幸自己也生了儿子，望将来长成，自己也觉安乐。正自思自想，忽听锣鼓喧天，原来台上唱戏，还未完场。马氏即着人传语戏班，要唱些吉祥的戏本。因此就换唱个送子、祝寿总名目，当下宾朋个个知得马氏产子，都道是大福气的人，喜事重重，又不免纷纷出来道贺。正是：

　　　人情多似春前柳，世态徒添锦上花。

　　要知后事如何，且听下回分解。

第 十 六 回

断姻情智却富豪家　庆除夕火烧参赞府

话说周府因庆贺周庸佑升官，正在唱戏时候，忽报马氏产子，这时宾客纷纷出堂道贺，正是喜事重重。又因马氏望子心切，今一旦得如所愿，各人都替她欢喜。这一会子的热闹，比从前二房生子时，更自不同了。连日门前车马到来道贺的，纷纷不绝。马氏为人，又好铺排的，平时有点事，都要装装潢潢，何况这回是自己有了喜事？就传骆子棠上来，嘱咐道："现在府里有事，每天大清早起就要点卯，分派执事。大凡亲串朋友送礼物来，就登记簿上。所有事情，总要妥当，休可惜三五块钱，就损失了体面。"骆子棠听罢，答一声理会得，随下去了。随见冯少伍进来回道："方才到一位星士那里，查得小孩是有根基的；但十天内要禁冷脚，月内又不宜见凶喜两事，且关煞上不合听锣鼓的声音。这样看来，却不可不信。"马氏听了道"是"，先令后园停止唱戏，支结了戏金，再弥月后，方行再唱，冯少伍下去了。又见六姐来回道："适承夫人命，已寻得一位乳娘，年纪约三十上下。这人很虔洁的，月前产了一女，因家贫，送女到育婴堂去了，故她准可过府来。她前后共产过男女五胎，抚养极为顺手，这样雇她，着实不错。"马氏道："月钱多少，也不用计较，既是抚养顺利，就是好了。"六姐道："她要月钱十两，另要食物给她家的儿女。"这等讲说了，马氏一一应允，即令六姐速寻那乳娘过来。

马氏因日来分发各事，且又产后身子越加疲倦，就躺在床上，令丫环瑞香捶腿。六姐道："夫人精神不大好，休再理事，免劳神思。"马氏道："此言甚是有理。"故这一月内，府里的事务，都由二房打点。因自己初生了一个儿子，正望他根基长养，少不免多凭神力，就令各仆妇分头往各庙堂炷①香作福，契神契佛，混混账帐，自不消说。又忖自建了戏场之后，老爷也升了官，自己也生了子，喜事重重，若不是堪舆家点得好坐向，料然是

---

① 炷(zhù)——烧(香)。

兴工时择得好日子，料将来家门越加昌大，故就将儿子改了一个名字，唤做应昌。

过二十天上下，又将近弥月，是时亲朋道贺的，潘飞虎家是一副金八仙，兼藤镶金的镯子一只；周乃慈家是一个金寿星，取长生福寿之意，另金镶钻石的戒指一只，及袍料果物；刘鹗纯家的是一只金镯子，另珍珠缀花的帽子一件；裴县令那里更有金链子，随带一个金牌。其余李庆年、李子仪等，都来礼物相贺。单是清水濠内舅家马子良未到。

原来马家已经门户中落，这回妹子生了儿子，本应做个人情，只因偌大门户，非厚些礼仪，体面上就不好看。只是手头上不易打算得来，正在要寻个法子，马氏早知他的意思，就着心腹的梳佣六姐，挽着篮子，作为探问外家，暗藏一张五百元的纸币，送到马子良的手里。马子良会意，登时办妥礼物，金银珠石，不一而足。一来好争自己体面，二来周家里各房姬妾，倒知得马氏外家困乏，落得辉煌些，免被她们小觑自己。

统计具礼物来道贺的，不下百来家，就中一家姓邓的，是前室邓氏外家。马氏此时猛然想起，自己原是个继室，即俗语所说的填房，看来自己算是邓舅的姊妹，奈向来没有来往，自问倒过意不去。怪得自己年来身子蹇滞，就是邓氏在九泉，或者是埋怨自己的，也未可定。偏是自己忘却了邓家，那邓家的又向没有到来府里，大抵古人说贫贱的常羞人，因此或不敢来到这里。就唤冯少伍到来问道："周大人前室邓氏，现究有什么人在城里？"冯少伍说道："也听得佛山镇上那邓家的纸店仍依旧开张，只邓亲家年前已经弃世，现他的儿子唤做邓仪卿，就是邓奶奶的兄长，在城外一间打饷的店子雇工。唯向来与他不认识，不知夫人问他做什么？"马氏道："邓奶奶虽然弃世，究竟是个姻亲，怎好忘却？况他们近来家道不像，别人知得是我们姻亲，倒失了自家脸面。你听我说，好寻着邓仪卿到来坐坐，我要抬举他，好叫邓奶奶在九泉之下，也知我有姊妹的情分。"冯少伍道："这是夫人的厚道处，怎敢不从命？"遂辞了下来，忙出城外，转过联兴街，寻着一间打饷馆子，先唤一声"老板"，问道："邓仪卿可在那里么？"可巧邓仪卿正在厅子里，听说有人来寻自己，忙闪出来一看，却是一个向不相识之人，就上前答道："老哥要寻那姓邓的究有什么贵干？"冯少伍道："小弟是周家来的，要寻他有句话说。"邓仪卿听了，就知有些来历，即答道："只我便是。"冯少伍大喜，仪卿忙迎少伍到厅子坐下，茶罢，即问来意。少伍道："马太太因想起邓奶奶虽然身故,唯自己填继了她,与足下就是兄妹一般,都要来来往往,方成个姻戚的样子,故着小弟来请足下到府里一谈,望足下枉驾为幸。"邓仪卿道："小弟虽家不甚丰裕,然藉先人遗积,亦仅足自活;且小弟亦好安贫食力,不大好冲烦。敢劳老哥代复马姐姐,说是小弟已感激盛意了。"冯少伍听罢,犹敦致几番,奈邓仪卿不从,只得退出。

自冯少伍去后,同事的因见周家如此盛意,偏邓仪卿不从,也觉得奇异,都问他有什么意见?邓仪卿初犹不言,及同事问了几次,邓仪卿才答道："这事非他人所知得的,实在说,悖入的自然悖出。自周庸佑随着前任监督晋祥进京回来后,我邓家早绝了来往。老哥们请放开眼儿看看,恐姓周的下场实在不大好呢。"各人听了,反不以为是,就有说他是嫌钱多的,又有说他是愿贫不愿富的,邓仪卿种种置之不理而已。

且说冯少伍回到周府里,把姓邓的不愿进来的话回复马氏,马氏道："这又奇了,他既不愿进来,还有什么话说?"冯少伍道："他没有怎么说,但说到他父亲遗积还自过得去,不劳打搅的话。"马氏道："想是嫌这里向来没有瞅瞅他,因此他就要负气,这都是我们的不是,我满意正趁着有点喜事,好请来和他相见;今他既不愿,也没有可说,由他也就罢了。"时梳佣六姐在旁答道："依俗例说,夫人进门时,本该先到邓家行探谒邓奶奶的爹娘,谓之再生亲女。今他不愿来,或者见夫人从前未曾谒过他们,就当是夫人瞧他不起,因此见怪未定。"丫环宝蝉啐道："六姐哪里说,只有他来谒夫人,哪有夫人先见他们的道理?"马氏听得,只露出几分喜意,此时六姐反悔失言,因马氏为人最好奉承的,且又最喜欢宝蝉,今她如此说,自然欢喜。马氏就乘机说别话,不再提邓家的事。一面令冯少伍退出办事。

是时去弥月之日,不过几天,马氏因身子不大好,镇日只在房子里抽洋烟,却不甚理事。因此丫环们也像村童离塾一般,无甚忌惮。况自马氏产子而后,各丫环都派定专一执事,比不同往日在马氏跟前,拘手拘脚,故干妥自己分内应办的事,或到后花园里耍戏,或掷骰子,或抹叶子。二房伍氏,为人又过宽容,丫环们还忌哪一个?恰是那日一班丫环到后花园里,坐着一张石台上,谈天说地。巧桃道："偏是一个阎罗太太,竟能添丁,可不是一件奇事?"瑞香道："这想是周老爷的福气罢了。"碧云道："说什么福气不福气？前儿马夫人临盆,痛得慌,叫天叫地。俗话又道:'是儿女,眼前冤。'看来生子有什么好处?"瑞香道:"口儿对不着心里,怕姐姐嫁了时,又天天要望生子了。"巧桃道:"可不是呢,我们虽落在这个人家,天天挨骂,不过做奴做婢;将来嫁了,又不过是个侍妾。俗语说:'有子方为妾,无子便是婢',哪有不望生子的?"小柳道:"看邓奶奶殁了,又没儿子,那周家和邓家的就如绝了姻亲,这般冷淡,可知儿女紧要的了。"正在说得高兴,忽然花下一声骂道:"你们没脸的行货! 小女儿家没羞耻,说什么嫁了人? 说什么生儿生女? 外面事务正闹得慌,却偷懒到这里来。明儿我见马夫人,好和你算账!"各人听了,都吓得一跳,快跑开来一望,见是宝蝉,心才放下了。瑞香道:"一时不做贼,便要做乡正①,鬼鬼祟祟来吓人。"说罢,大家笑了一会。宝蝉道:"实在说,现在外头还多事,你们不合躲到这里。二姨太太着我来寻你们呢。"于是大家散了出来。

　　原来周少西家的大娘子来了,瑞香即回马氏的房子里伺候。因这几天禁完冷脚,各家来往渐渐多了,都由二房接待堂客。马氏还自过意不去,因见来往的都是大娘奶奶,仅用一个侍妾来招待,如何使得? 奈自产后神气未复,撑持不住,也没得可说。

　　还幸过了三两天,就是弥月,各事都办个妥当。只见骆子棠来回道:"现在预备各事,姜子买了五百斤,鸡卵子三千个,还恐不足用,已赶紧着人添买了;至于酒席,早定下了:男客四十席,堂客五十席,另有香港及乡里来贺的,或不来省赴宴,须别时另自请他。到那日想要请少西老爷进来知客,至于招待堂客的应用何人,还请示下。"马氏道:"本意要请少西家的大娘来,只是她昨儿来说,近日知得身上有了喜,口中作闷,不思饮吃,故没什么精神,不便行动,难以使她。余外通通是宾客,不该着人代劳。若是大人乡里来的,又不大懂得礼数,横竖没人,就由二房打点吧。"骆子棠说一声"理会得",就辞出来。

　　果然那一日各事都铺摆得装潢,单是关煞上新小儿忌闻音乐,故未有唱戏,仍是车马填门,衣冠满座,把一间大大的参赞府,弄得拥挤极了。所有仪注,都比庆贺周庸佑升官时,不相上下,统计这一场喜事,花去不下万两银子,只接来贺的礼物,还多几倍。因平时认识的,见周庸佑有财有势,

---

　　① 乡正——官名。

哪一个不来巴结。这时正是十一月的时候，天气严寒，偏是那一年十一月下旬，连天降下大雪，如大雨一般。那些到来赴宴的，都冒雪而来。马氏向来羸弱，这时只在房子里，穿了两件皮袄，拥着两张鹤绒被子，却不敢出堂来。宴罢，送客回宅，即由乡里来的，次日都打发停妥。

过此之后，又是腊月光景。周府里上下，都打点度岁的事。二房将丫环辈都发给了月钱，又着冯、骆两管家准备各事。一来因有了喜事，比往年的度岁，更加事务多了；且来春又要庆灯，这都是粤俗生子的俗例，在周府里更加张皇①，先定制一盏花灯，高约一丈，点缀纸尾的人物花草，都不计其数，先挂在神楼上；余外纸钱香烛宝帛，比往年买的还多，都堆在神楼上面。

过了祀灶②之期，不久又是除夕，家家贴起宜春。周府的辉煌，更自不消说：门外先悬一对金字联，说什么"恩承金阙③，庆洽南陬④"；又重新换的一对参赞府的灯笼；门内彩红飘扬，酸枝台椅，摆满中堂及左右厢厅；自大厅至左右两廊，都在后花园里搬出无数花草，摆得万紫千红，挂得五光十色。晚上就是团年时候，粤说团年即是结年之意，家家都具酒筵祷神祈福。

可巧那年三十夜亥时节交春，令冯管家嘱咐人役，依时拜了新春，然后打睡，各人都领诺。因周府里的人，哪个不是守旧的？提起神权两字，就迷信到了不得，所以都沐浴身体听候。果然到了亥时，就炷香参神，不提防到了焚宝帛之时，丫环瑞香不甚留意，且又因夜深眼倦，看不及，竟被火势飞扬起来，烧着贮积神楼的纸钱宝帛，一切都是惹火之物，一时火烈飞扬，瑞香也慌作一团，心口打颤，不能呼人灌救，少时火势愈猛，楼下的见得，都一起呼道救火，正是：

　　　　弥月方延姜酌喜，乘风先引火殃来。

要知后事如何，且听下回分解。

————————————

①　张皇——扩大；张狂。

②　祀（sì）灶——古代五祀之一，阴历腊月二十三日，祭灶神。

③　金阙（què）——宫阙；帝王的住所。

④　陬（zōu）——角落。

第十七回

论宝镜周家赏佣妇　赠绣衣马氏结尼姑

话说除夕那一夜,因祀神焚化纸帛,丫环瑞香不慎,失了火,就在神楼上烧起来。这时楼下人等看见了,慌忙赶上扑救,奈所贮的都是纸料,又有些竹炮,中有火药,正是引火之物,火势越加猛烈,哪里扑救的来? 又因周家里面虽人口不少,然多半是女流,见着火,早慌忙不过;余外五七个男汉,拉东不成西。冯少伍看见这个情景,料救火不及,只得令人鸣金打锣,报告火警,好歹望水龙驰到,或者这一所大宅子,不致尽成灰烬;又一面令人搬移贵重物件,免致玉石俱焚;又吩咐丫环婢仆等,一半伴着马氏及二房伍姨太,先乘轿子,逃往潘家避火;余外人等,都要搬迁什物。怎奈当时各人手忙脚乱,男的或打水桶,或扯水喉①,哪里能顾得别样? 女的自然是不济事,单是梳佣六姐究竟眼快,约令三五人帮手,急把挂在大厅上的西洋大镜子,放了下来,先着人抬出府门去了;其余只有金银、珍珠、钻石、玛瑙物件,马氏和二房携带了,多少衣箱服饰,也不能多顾了。

少时,海关里在库书内受职的人,听得周家遇火,都提着灯笼奔到来,不多时,又有潘家的、陈家的、苏、潘、刘、李官绅各家,都派人奔到,志在搬运什物。怎奈隆冬时候,风高物燥,各座厅堂,都延烧遍了;更加那夜东北风甚紧,火乘风势,好不猛烈。虽是夜正是除夕,因商店催收年账,各街并没关闭闸门,行动还自易些。唯是岁暮,各家事务纷纷,所以各处水龙来得太迟,家人束手无策。所有亲友到来,帮着搬运什物的,你一手,我一脚,纷纷走动,只是周府里的什物,皆是贵重的,西式铁床及紫檀木雕花床,固不能移动;就是酸枝云母石台椅亦是大号的,哪里搬得许多? 那两名管家,只顾收捡数部及租部银两银票,忙中不及吩咐搬什物往哪里,真是人多手脚乱,反把贵重台椅,塞拥门户。

忙了多时,火势又烈,忽然正厅上烧断梁柱,把一座正厅覆压下来,把

---

　　①　水喉——水龙的喷水口。

左便厢厅同时压陷。此时人命紧要，冯少伍急令各人逃出避火，骆子棠把各数部带齐，先自奔往海关衙门去。冯少伍见各处都已着火，料然各处什物搬不得，只得令府里人及外来帮忙的，都一起奔出来。才见水龙赶到，统城内外来的，不下五十辆水龙，一同搭皮喉救火。各家食井，及街道的太平防虞井，水也汲尽了，火势方自缓些。这时，观火的、救火的，及乘势抢火的，已填塞街道。又些时，才见各营将官，带些半睡不醒的兵勇，到来弹压，到时火势已寝息了。

因周家的宅子大得很，通横五面，自前门至后花园，不下二百尺深，所以烧了多时，只烧去周家一所宅子，并未烧及邻近。各营兵勇，及各处救火的人，已陆续散去。各家来帮搬运物件的，冯少伍即说一声有劳，打发回去了。

总计这场火灾，一座楼阁峥嵘，厅堂富丽的大宅子，已烧个净尽，除了六姐取回那西洋大镜子，及马氏和二房带回些金银珠宝，数部银票亦由管家捡回，计烧去西装弹弓床子八张，紫檀木雕刻花草人物的床子十张，酸枝大号台椅两副，酸枝云母石台椅三副，酸枝罗甸台椅两副，五彩宣窑大花瓶一个，价值千金，其余西式藤床子两三号，酸枝台椅搭机子与云母石玳瑁的炕床，和细软纱罗绫缎绸绉、顾绣的帐褥衣服，以至地毡、大小各等玩器，也不计其数，共约值二十余万两银子。并那大宅子及戏台，建造时费了六七万金，通通付之灰烬。时因各人跑东跑西，倒不知各人往哪里去。

不久就是天亮，始纷纷走往潘家，寻着马氏。冯、骆两管家回道："数部及银票不曾失去。余外因火势太猛，已不能搬运了。"马氏道："烧了没打紧，拿银便可再买，但不知可有伤人没有？"冯少伍道："家人仗夫人鸿福，托庇①托庇，倒先后逃出了。"马氏道："这便是好了，你快下去，赶置器具，先迁往增沙的别宅子住几时，再行打算。"冯少伍说一声"理会得"，即退下来。

不多时，丫环、乳娘、梳佣也先后寻到，都诉说火势猛得很，不得搬运什物，实在可惜。马氏道："有造自然有化，烧去就罢了。可惜作甚？"各人都赞马夫人量大，随见六姐也进来，先见马氏回道："各物倒不搬运了，

---

①　托庇——旧时客套话。托人福庇。

只我也急令人在正厅上取回那最大的西洋镜子,同数人运送增沙别宅去了。幸亏各街没有关闸门,若是不然,那镜子这般大,还搬到哪里去?"马氏听了,不觉满面笑容。各人倒不解其意,只道数十万的器具,烧了还不介意,如何值千把银子的大镜取回,怎便这样欢喜?正自疑惑,只见马氏对六姐道:"你很中用,这大镜子原是一件宝物,因大人向来虽有些家当,还不像今日的富贵。偏是有这般凑巧,自从买了这大镜子回来,就家门一年好似一年,周大人年年增多几十万家当,生儿子、得功名,及今做了官,好不兴旺!我从前也把这镜子的奇怪对多人说过,都道一件宝物在家里,可能镇得煞,挡得灾,兴发得家门。这会纵然是不幸,但各物倒不能取回,偏是这般大得很的镜子,能够脱离了火灾,可不是一件奇事。这都是六姐的灵机,也该赏你。"便令拿了二百两银子,赏过六姐,六姐千谢万谢的领了。

去后,计点各人都已到齐,只单不见了丫环瑞香,查来查去,还没个影儿,就疑她葬在火坑里去了。各人正在叹息,冯少伍即来回道:"哪有此事?自她失了火之后,已扶着她下了楼,在头门企①了多时,我叫人避火要紧,她方才出门去了。我因事忙,未有问她往哪里。只是她出门时,是我亲见的了。"马氏道:"恐是街上往来拥挤,她跑错了路,抑是不知我来到这里,她误寻别家去了,也未可知。"六姐道:"她出时,我也见她是同宝蝉一块儿出门的。"马氏就唤宝蝉来问,那宝蝉初还推说不知,六姐就瞪着她,马氏怒道:"臭丫头!鬼鬼祟祟干什么?若还不说,怕要打你下半截来了。"宝蝉才说道:"她前儿和李玉哥有了些交情,常对婢子说道:'她若除了玉哥儿,今生就不嫁人了。'这回火灾,本由她失慎,她一来畏忌夫人见罪,二来想随着玉哥儿同去,故趁这一个机会走了,也未可定。"马氏道:"她可是与李玉同走的么?"宝蝉说:"婢子见她和玉哥儿说了几句,正欲跑时,偏是婢子撞着她,她就哀求婢子,休对夫人说。"马氏又怒说:"你既见她走了,如何不对家里人说?又不来告诉我?是什么缘故?"宝蝉道:"这时府里人忙得很,哪里还顾得她?若寻来对夫人说,怕她不知跑到哪里去了。"马氏想了一会,又骂道:"你既是知她前儿与李玉有交情,怎地不对我说?"宝蝉道:"这事是二姨太太也知得的,她不说,婢子哪里敢说?"马

---

① 企——踮着脚看。

氏道:"我要来割了你的滑舌头,快滚下去!"宝蝉听了,就似得了命,一溜烟的跑去了。马氏又唤二房责道:"你既然知瑞香与李玉有这般行径,就该对我说知,好安置她,就不致弄出今儿这点事了。"二房伍氏道:"夫人哪里说,试想瑞香在时,夫人怎地疼她,我纵是说出来,夫人未必见信,反至失了和气,怕那些丫头胆子还加倍大呢。"马氏听得,真没言可答。冯少伍道:"走了一个丫头,没打紧,只是失了门风,外人就道我们没些家教了。但现在不必多说了,打点各事吧。"马氏道:"你先到增沙的宅子看看,哪件没齐备的,就要添置,也不必来回我,明儿就迁到那里,安顿家人,迟些时我不如往香港吧。至于那臭丫头,既是走了,休要管她,也不必出花红①寻她了,免致被人看得,落得他人说闲话。"冯少伍答一声"理会得",就令打点买置什物,一面又准备银子,赏给救护的水龙。

马氏在女客厅上,自有潘家大娘子置酒馔陪她抽洋膏子,或抹骨牌②,与她解闷。过了一夜,正是人多好做作③,什物都买齐,单没有紫檀床。况是新年时候,各事草草备办,都不暇铺排。马氏到增沙别宅时,就有些不悦。原来马氏生平最爱睡紫檀床的,因那时紫檀很少,每张床费了七八百银子,还不易寻得。骆子棠也知得马氏的意思,即来回道:"整整找了一天,寻不着紫檀床,已到各家说过,托他们寻着了,就来这里说。"马氏方欲有言,忽报十二宅的奶奶来贺年了,马氏即接进里面,先由丫环担茶果进去,马氏即与周奶奶团拜过了。坐后,周奶奶道:"前天听得府上遇了火,昨儿本欲来问候,奈身子不大好,没有出门,不知那些贵重物件可有搬回没有?"马氏道:"烧去也罢了,还亏那大镜子得六姐拿回,前儿用千来银子买了一盏精致花卉人物烟灯,那灯胆子是水晶制成八仙的,周大人也携往谈瀛社去;那烟盘正是中间一个圆窝,看来似个金鱼缸一样,也一并携去了,所以不曾遇着火。只有几张紫檀床,通通没了,况且我向来的那一张雕刻好生精致,又是从来没有的紫檀,今儿烧了去,倒不容易再寻得,实在可惜了。"周奶奶听罢亦为叹惜,徐道:"这是火灾,虽失了二十来万的家当,究竟是神灵庇佑,夫人这里都要酬神送火星,许个平安愿

---

①　花红——此指寻人的悬赏启事。
②　骨牌——用骨头、象牙等制成牌类娱乐用具。
③　做作——从事某种活动。

才是。"马氏道："这是理所应该的。我府里向来托赖,这会虽然遇了火,还亏人口平安,本要酬神,况今儿正是进火,不如一发请几名师傅和几位禅师,开坛念经,超幽作福,是不消说了。我记得长女初生时,星士说她八字生得硬,要她出家,方能消灾挡煞。只是这样人家,哪里愿把个好端端的女儿抛撇去,所以把长女的年庚八字,送到无着地庵堂里,当作出家,还拜尼姑阿容为师傅。那容师傅生得一种好性儿,不过二十来岁的人,相貌又好,初时还常常来往,奈近来我们家里事多得很,我身子又不大好,好容易挣扎得来,所以来往疏了。像别人看来,似是我们人家瞧她们不在眼内,总是枉屈我了。这会我要请她进来办这一件事罢。"说罢,就着骆管家派人请容师傅去。

当下马氏正和周十二宅的奶奶谈天,也不过是说失火的情形,及烧去的物件。马氏道："烧去也罢,我也不提,不过去了二十来万。俗语说道是破财挡灾,人口平安,也就罢了。"

正说着,忽报容师傅来了,马氏即离了烟炕,与周奶奶一齐起身迎接。果然容尼姑随进来,见了马氏,即唤一声"夫人",道个万福,马氏忙即让座。周奶奶又与容师傅见礼。马氏先把容尼估量一番,见她身穿乌布外衣,束着乌布裤脚儿,即说道："我近来事务多,也不大出门,许久不见师傅来到这里,却怎地缘故?"容尼道："因前数月是清水濠姓张的做功德,整整闹了一个月有余。后来又往潮州探师傅去,不过回城数天,早闻贵府失了火。本该到来问候,只是新年光景,我们也少出门的。今得夫人传唤,方敢进来。"马氏听了,不觉面色变了。自因失火之后,这回度岁,不甚热闹,所以各事忘却了。因当时正是元旦一两天,也不该引尼姑进来。此时已自懊悔,但她是自己请来的,还有何说? 只得勉强说道："也没相干,我不是像俗情多忌讳的。"说了,又把开坛诵经送火灾的事,说了出来。容尼道："既是如此,目下暂且当天酬拜神灵,过了寅日①,才做功德吧。"周奶奶道："还是师傅懂得事,夫人可依她做去。"马氏就答个"是",容尼就要起辞而去,说称要定制绣衣,马氏道："近来事烦,也忘却把些物件送给师傅,这件绣衣要什么样的,让我们尽点薄情吧。"容尼还自推辞,马氏固请不已,方才肯依。正是:

---

① 寅日——初七日。

　　方向空门皈①净法，又从华第订交情。

　　要知后事如何，且听下回分解。

---

　　①　皈(guī)——同"归"。

第 十 八 回
谮长男惊梦惑尼姑　迁香江卜居邻戏院

　　话说容尼说起要往定做绣衣，马氏就问她要做什么款式，正要自己尽点人情。容尼就答道："可不用了，我们庵里，虽比不上富厚之家，只各人有各人的使用。且凡替人念经做好事，例有些钱头，哪里一件绣衣，还敢劳夫人厚意？"马氏道："师傅这话可不是客气呢？我们实在说，你们出家人是个清净不过的，这些小功德钱，只靠着糊口，还有什么余钱？我说这话，师傅休嫌来得冲撞，不过实说些儿。况小女投师拜佛，也没有分毫敬意，多的或防我们办不起。这件绣衣，就该让人做过人情，若还是客气，可是师傅不喜欢也罢了。"周奶奶道："就是这样，师傅就不消客气了。"容尼道："夫人这话好折煞人！说是多的办不起，只除了这里人家办不得，还哪里办得来？夫人既这样喜欢，我只允从便是。"

　　马氏听了，好不欢喜，随再问绣衣如何款式？如何长短？容尼随道："款式倒是一样，贵的就用什么也不拘，贱的就用布儿也是有的。单是色要深红，是断改不得了；袖儿衿儿领儿都要金线镶捆；腰儿夹儿自然是宽阔些；袖口儿要一尺上下；所镶捆的金线子，贵重由人，只我身材不大高，不过长要三尺上下。夫人若记不清楚我，包儿里还带着一件旧的来。"说了，随解开包儿，拿了一件半新不旧的绣衣出来，让马氏看。

　　时宝蝉在旁，笑说道："不知我们穿了来，又怎样似的？"周奶奶道："试穿来，给我看看。"宝蝉笑着，就要得穿，马氏道："师傅是清净的上人，我们凡身，好容易穿得，师傅料然是不喜欢的，休玩罢。"容尼即接口道："夫人怎么说，我们出家人，是从不拘滞的，这样夫人反客气起来了。"说罢，即拿过让宝蝉穿起来，果然不长不短，各人看了，都一起笑起来。周奶奶道："宝蝉穿来很好看，不如就随师傅回去吧。"容尼道："哪里说？她们在这等富贵人家，如珠似玉，将来正要寻个好人家发配去，难道要像我们挨这些清苦不成？"宝蝉听罢，忙啐一口道："师傅休多说，我们倒是修斋的一样，休小觑人！"说罢，就转出去了。

容尼自知失言，觉不好意思。马氏随唤过六姐进来，着她依样与容尼做这件绣衣，并嘱不论银子多少，总求好看。身子要用大红荷兰缎子，所有金线，都用真金。又拿过五颗光亮亮的钻石，着缀在衣襟上，好壮观瞻。这钻石每颗像小核子大，水色光润，没半点瑕疵，每颗还值三四百银子上下。容尼见了，拜谢不已，随说道："多蒙夫人厚意，感激的了。今儿到这里谈了半天，明儿再来拜候吧。"说了，便自辞出。马氏即令六姐随容尼出去，好同定做这件绣衣，又致嘱过了寅日，就拣过日子，好来禳①火灾、做好事，容尼也一一应允，马氏送容尼去后，回转来说了些时，周奶奶又辞去了。

不觉天时已晚，弄过晚饭之后，马氏回转房里，抽了一会洋膏子，不觉双眼疲倦，就在烟炕上睡着了。恍惚间，只见阴云密布，少时风雨交作，霹雳的一声，雷霆震动，那些雷火，直射至本身来。马氏登时惊醒，浑身冷汗，却是南柯一梦，耳内还自乱鸣，心上也十分害怕。看看烟炕上，只有宝蝉对着睡了，急地唤她醒来，问道："霎时间，风雨很大的，你可知得没有？"宝蝉道："夫人疯了！你瞧瞧窗外还是月光射地，哪里是有风雨？夫人想是做梦了。"马氏见宝蝉说起一个梦字，身上更自颤抖，额上的汗珠子，似雨点一般下来。忙令宝蝉弄了几口洋膏子，宝蝉只问马氏有什么事？马氏只是不答，唯自己想来，这梦必有些异兆，因此上心里颇不自在。过了一会，依旧睡着了。

次早起来，对人犹不自言。只见六姐来回道："昨儿办这件绣衣，通通算来，是一百五十两银子。昨夜回来，见夫人睡着了，故没有惊动夫人。"马氏道："干妥也就罢了。"六姐就不再言，只偷眼看看马氏，觉得形容惨淡，倒见得奇异，便随马氏回房子去。

忽见二房的小丫环小柳，从内里转出来，手拿着一折盅茶，怎奈跑得快，恰当转角时，与马氏打个照面，把那折盅茶倒在地上，瓷盅也打得粉碎。马氏登时大怒道："瞎娘贼的臭丫头！没睛子，干什么？"一头说，一头拿了一根竹杆子，往小柳头上打下来，小柳就跪在地上，面色已青一回黄一回，两条腿又打颤得麻了。六姐道："些些年纪，饶她这一遭儿吧。"马氏方才息了怒，转进房里，说道："这年我早防气运不大好了，前儿过了

———————————

① 禳（ráng）——禳解，迷信的人向鬼神祈祷消除灾殃。

除夕,就是新年,府上遭遇了火;我又忘了事,新年又请尼姑来府里,今儿臭丫头倒不是酒,又不是水,却把茶儿拨在身上,这个就是不好的兆头。"六姐道:"这会子不是凭媒论婚,倒茶也没紧要。仗夫人的福气,休说气运不好的话。"马氏方才无话,随把前夜的梦,对六姐说知。六姐道:"想是心中有点思虑,故有此梦,夫人若有怀疑,不如候容师傅到时,求她参详参详也好。"马氏点头称"是"。

果然过了数日,容尼已进府上来,说道:"明儿初九,就是黄道吉日,就开坛念经禳火星吧。"马氏就嘱咐六姐,着管家预备。容尼又道:"昨儿那件绣衣,已送到庵里去,缝的标致得很。只怕这些贵重物,我是空门中人,用着就损了福气。"马氏道:"哪里说?这又不是皇帝龙袍,折什么福?"说了,大家都笑起来。那一夜无话。

次日,容尼又招几个尼姑同来,就在大厅子里摆设香案,开坛念经,都由容尼打点。所有念经,都是各尼在坛上嗷嗷嘈嘈,容尼却日夕都和马氏谈天。马氏忽然想起一事,就把那夜的梦儿,求她参详。容尼一想道:"这梦来得很恶,我们却不敢多说。"马氏道:"怕什么?你只管讲来便是。"容尼仍是欲吞欲吐,马氏早知她的意思,急唤离左右,容尼才说道:"这梦想来,夫人身上很有不利……"说到这时,容尼又掩口住下,又不愿说了。马氏再问了两次,容尼道:"雷火烧身,自然是不好,只在卦上说来,震为雷,震又为长男,这样恐是令长男于夫人身上有点不利,也未可定。"马氏听了,登时面色一变,徐说道:"师傅这话很有道理,我的长男是二房所出,年纪也渐渐长大起来了,我倒要防备他,望师傅休把这话泄漏才好。"容尼道:"此事只有两人知得,哪有泄漏之理?"说罢无话。自此马氏就把长子记在心头了。

过了几天,功德早已完满,又礼过焰口,超了幽,就打发各尼回去。只容尼一人常常来往,马氏徐令管家把府里遇火前后各事,报知周庸佑,随后又议往香港居住。因自从到增沙的宅里,身子不大好,每夜又常发恶梦;二来心中又不愿和二房居住。因此迁居之心愈急,就令冯管家先往香港寻宅子。

因周庸佑向有几位姬人在香港士丹利街居住,因忖向日东横街的宅子,何等宽大,今香港屋价比省城却自不同,哪里寻得这般大宅子?况马氏的性儿,是最好听戏的,竟日连宵,也不见厌,香港哪里使得?若寻了来，不合马氏的意，总是枉言，倒不如命六姐前往，因六姐平日最得马氏的欢心，无论找了什么宅子，马氏料然没有不喜欢的。因此管家转令六姐来港，那六姐自不敢怠慢。

到港后，先到了士丹利街的别宅子，先见了第六房姨太王春桂，诉以寻屋迁寓香港之事。春桂道："这也难说了，马氏夫人好听戏，在东横街府里，差不多要天天唱戏的。若在香港里，要在屋里并建戏台，是万中无一的。倘不合意，就要使性儿骂人，故此事我不敢参议，任从六姐干去便是。"六姐道："与人承买，怕要多延时日，不如权且租赁，待夫人下来，合意的就买了，不合的就另行寻过，岂不甚好？"春桂道："这样也使得。我前儿听得重庆戏院旁边，有所大宅子，或招租，或出卖，均无不合的。这里又近戏场，听戏也容易，不如先与租赁，待夫人到时再酌罢。"六姐道："这样很好，待我走一遭，看看那宅子是什么样的，然后回复夫人定夺便是。"

说了，春桂即令仆妇引六姐前去，六姐看了那街道，虽不甚堂煌，只那所宅子，还是宽大。厅堂房舍也齐备了，紧贴戏院。若加些土木，即在窗儿也能看戏，料然马氏没有不合的。看罢，就即与屋主说合了，订明先租后买，自己先回省城去，把那屋贴挨戏院，看戏怎么方便，及屋里宽敞，一一对马氏说知。马氏道："有这般可巧的地位，是最好的了。我自从过新年后，没一天是安宁的，目下就要搬迁。但望到港时住了，得个平安就罢了。"六姐听了，又把附近重庆戏院的宅子从前住的如何平安，如何吉利，透情说了一会。马氏十分欢喜，便传冯管家进来，说明要立刻迁往香港，眼前就要打点，一两天即要搬妥。所有贵重物件，先自付寄，余外细软，待启程时携带。正是：

　　　　故府方才成瓦砾，香江今又换门楣。

　　要知后事如何，且听下回分解。

第 十 九 回

对绣衣桂尼哭佛殿　窃金珠田姐逮公堂

话说自六姐往香港,租定重庆戏院隔壁的大宅子,回过马氏,就赶紧迁居,仍留二房在羊城居住。一面致嘱令人在省城好寻屋宇,以便回城。因姓周的物业,这时多在省中,况许多亲串及富贵人家,都在省城内来往惯的,自然舍不得羊城地面。怎奈目前难以觅得这般大宅,故要权往香港。就是在香港住了,亦要在羊城留个所在,好便常常来往。二房听嘱,自然不敢怠慢,马氏就打点起程。

是日又是车马盈门,要来送行的,如李庆年的继室、周少西的大娘子、潘家、陈家的金兰姊妹,不能胜数。先由骆管家着人到船上订了房位,行李大小,约三十余件,先押到船上去了。马氏向众人辞别,即携同两女一儿,分登了轿子。六姐和宝蝉跟定轿后,大小丫环一概随行。送行的在后面,又是十来顶轿子,挤挤拥拥,一齐跑出城外。待马氏一干人登了汽船,然后送行的各自回去,不在话下。

且说马氏一程来了香港,登岸后,由六姐引路,先到了新居。因这会是初次进伙,虽在白日,自然提着灯笼进去,说几句吉祥话,道是进伙大吉,一路光明,有什么忌讳的,都嘱咐下人,不许妄说一句。及马氏下轿进门时,又一连放了些爆竹。

马氏进去之后,座犹未暖,王氏春桂已带了一干人过来,问候请安。马氏略坐一会,就把这所宅子看过了,果然好宽旷的所在,虽比不上在东横街的旧府,只是绿牖①珠棂②,粉墙锦幕,这一所西式屋宇,还觉开畅。马氏看罢,就对六姐说道:"这等宅子,倒不用十分改作,只须将窗棂墙壁,重新粉饰,大门外更要装潢装潢,也就罢了。"说了几句,再登楼上一望,果然好一座戏院,宛在目前,管弦音韵,生旦唱情,总听得嘹亮。心中

① 牖(yǒu)——窗户。
② 棂(líng)——窗格子。

自是欢喜,不觉又向六姐叹息道:"这里好是好了,只是能听得唱戏,究不能看得演戏,毕竟是美中不足。我这里还有一个计较,就在楼上多开一个窗子,和戏院的窗子相对,哪怕看不得戏,这样就算是我们府里的戏台了。"王春桂道:"人家的戏院,是花着本钱的,哪里任人讨便宜? 任你怎么设法,怕院主把窗门关闭了,你看得什么来?"马氏道:"你可是疯了! 他们花着本钱,自然要些利。我月中送回银子把过他,哪怕他不从?"六姐道:"夫人也说的是,古人说得好'有钱使得鬼推车',难道院主就见钱不要的不成? 就依夫人说,干去便是。"马氏听了,就唤骆管家上来,着人到重庆戏院,找寻院主说项,这自然没有不妥的,说明每月给回院主四十块银子。马氏即令人将楼上开了窗门,作为听戏的座位。又在楼上设一张炕子,好作抽洋膏子之时,使睡在炕上,就能听戏。那院主得马氏月中帮助数十块钱使用,自然把旁边窗门打开,并附近窗前,都不设座位,免至遮得马氏听戏。果然数天之内,屋内也粉饰得停当,又把门面改得装潢,楼上倒修筑妥了。

过了数天,只见骆管家来回道:"由此再上一条街道,那地方名唤坚道的,有一所大宅子,招人承买。那一带地方,全是富贵人家居住,屋里面大得很,门面又很过得去,像夫人的人家,住在那里,才算是有体面。"马氏道:"你也说的是。昨儿接得周大人回信,这几个月内,就要满任回来。那时节官场来往的多,若不是有这些门户,怎受得车来马往? 但不知要给价银多少,才能买得?"骆管家说:"香港的屋价,比不得羊城,想这间宅子,尽值六七万银子上下。"马氏道:"你只管和他说,若是好的,银子多少没打紧。一来要屋子有些门面,二来住了得个平安,也就好了。"骆管家答个"是",就辞下去了。

次日,只见守门的来回道:"门外有位尼姑,道是由省城来的,她说要与夫人相见。"马氏听了,早知道是容尼,就令人接进里面坐下。容尼道:"前儿夫人来港,我们因进城内做好事,因此未有到府上送行,夫人休怪。"马氏道:"怎么说,师傅是出家人,足迹不到凡尘里,便是师傅来送,我也如何当得起? 今儿因什么事,来香港干什么?"容尼道:"是陈家做功德,请我们念经,要明天才是吉日,方好开坛,故此来拜谒夫人。"马氏道:"没事就过来谈吧,我不知怎地缘故,见了师傅来,就舍不得师傅去,想是前世与佛有缘的了。"容尼道:"凡出家人,倒要与佛门有些缘分,方能出家。我昨儿听得一事,本不欲对夫人说,只夫人若容我说时,就不宜怪我。"马氏道:"有什么好笑事,说来好给我们笑笑,怎地要怪起你来?"容尼道:"我前两天在城内,和人家做好事时,还有两间庵子的尼姑,同一块儿念经。有一位是唤做静坚,是新剃度的中年出家人,谈起贵府的事,她还熟得很,我就起了思疑,我问她有什么缘故? 她只是不说,她还有一个师傅唤做明光,这时节我就暗地里向她师傅问个底细。那明光道:'周大人总对她不住,她就看破了世情,落到空门去。'夫人试想:这个是什么人?"马氏听了,想了想才说道:"此事我不知道,难道大人在外寻风玩月,就闹到庵堂里不成?"

正说话间,忽王氏春桂自外来,直进里面,见了马氏,先见礼,后说道:"今儿来与夫人请安,晚上好在这里楼上听戏。"马氏也笑道:"我只道有心来问候我,原来为着听戏才到来的。"说了,大家笑起来。春桂见有个尼姑在座,就与她见礼。马氏猛想起来,就把容尼的话对春桂说知,问她还有知得来历的没有? 春桂一想道:"我明白了,这人可是年纪二十上下的?"容尼道:"正是,面貌清秀,还加上一点白,是我佛门中罕见的。"春桂道:"可不是呢? 她从前在这里一间娼寮①,叫什么锦绣堂,唤做桂妹的,她本意要随姓张的脱籍②,后来周大人用了五千银子买了回来,不过数月间,妾又进来了。她见周大人当时已有了五七房姬妾,还怕后来不知再多几房,故此托称来这里听戏,就乘机上了省,削发为尼。这时隔今尽有数年了,如何又说起来?"容尼听罢,再把和桂妹相遇的原因,说了一遍。马氏道:"原来如此,看将来这都是周大人的不是,她向在青楼上,是风流惯的了,若不要她,当初就不该带她回来。今落到空门里,难为她挨这般清净。"容尼道:"夫人说的是,亏你还有这点心,待我回城时,见着她,好把夫人的话对她说。"马氏道:"可不是呢,她没睛子浪跟着回了来,今儿还要她挨着苦去,故今年气运就不佳了。"容尼点头称"是"。

过了数日,容尼完了功德,果然回城后,就往找寻桂妹。桂妹见容尼来得诧异,让座后,就问她来意。容尼把马氏上项的话,说了一遍,并劝她

---

① 娼寮——妓院。

② 脱籍——古时妓女由官府编入乐籍,如嫁人或不再作妓女,经官府批准除去乐籍。

还俗。桂妹听了，想了想才答道："是便是了，只当初星士说我命儿生得不好，除是出家，才挡了灾。我只管挨一时过一时也罢了。"容尼见她如此说，只自言自语的说道："可惜落到这样人家！繁华富贵，享的不尽，没来由却要这样。"说了，桂妹只是不答，少顷容尼辞出。

到了夜分，这时正是二月中旬，桂妹在禅房里卷起窗帘一望，只见明月当中，金风飒飒，玉露零零，四无人声，好不清净。想起当初在青楼时，本意随着张郎去，奈姓周的偏拿着银子来压人，若不然就不至流落到这里。想到此情，已不禁长嗟短叹。又怨自己既到周家里，古人说得好"女为悦己者容"，就不该赌一时之气，逃了出来。舍了文绣，穿两件青衣；谢却膏粱，挨两碗淡饭。况且自己只是二十来岁的人，不知挨到几时，才得老去？想来更自苦楚。

忽然扑的一声，禅堂上响动起来，不知有什么缘故？便移步转过来看，看到了台阶花砌之下，却自不敢进去，就思疑是贼子来了。好半晌动也不动，久之没点声息，欲呼人一同来看，只更深夜静，各尼倒熟睡去了，便拼着胆儿进去。这时禅堂上残灯半明半灭，就剔起灯来，瞧了一瞧，是个斋鱼跌在地上，好生诧异。想是猫儿逐鼠子撞跌的，可无疑了。随将斋鱼放回案上，转出来，觉自己不知怎地缘故，衣袜也全湿了。想了一会，才想起，方才立在台阶时，料然露水滴下来的。急地转回房里，要拿衣穿换，忽见房门大开，细想自己去时，早将门掩上，如何又开起来？这时倒不暇计较，忙开了箱子，不觉吓了一跳，原来箱子里不知何故，那绣衣及衣服全失去了。想了又想，可是姓张的这一个，还是姓李的那一个没良心盗了我的不成？此时心上更加愁闷，又抚身上衣裳，早湿遍了，就躺在床上，哪里睡得着？左思右想，自忖当时不逃出来，不至有今日光景。又忆起日间容尼的说话，早不免掉下泪来。况且这会失了衣裳，实在对人说不得的。哭了一会子，就蒙眬睡去。忽然见周庸佑回来，自己告以失衣之事。周庸佑应允自己造过，并允不再声张。桂妹狂嗟之极，不觉醒转来，竟没点人声，只见月由窗外照着房里，却是南柯一梦。回忆梦中光景，愈加大哭起来。

是夜总不曾合眼。次早日影高了才起来，身子觉有些疲倦。满望容尼再来，向她商量一笔银子，好置过衣裳，免对师傅说。

谁想候了两天，才见容尼进来，还未坐下，早说道："你可知得没有，原来周大人已满任回来了，前天已到了香港。我若到港时，就对马夫人说，好迎你回去罢。"桂尼道："这是后话，目前不便说了。便是马夫人现在应允，总怕自己后来要怄气，负气出来，又屈身回去，说也说不响的。"说罢又复哭起来，似还有欲说不说的光景。容尼着实问她因什么缘故，要哭得这样？桂尼这时，才把失去衣裳的事说知，并说不敢告知师傅，要备银子再买。容尼道："备银子是小事，哪有使不得。只不如回家去，究竟安乐些儿。你又没睛子，不识好歹，这些衣裳，还被人算了去。今马夫人是疼你的，还胜在这里挨得慌。"桂尼道："俗语说得好：'出家容易归家难。'你别说谎，马夫人见气运不好，发了点慈心，怕常见面时，就似眼儿里有了钉刺了。周大人是没主鬼，你休多说吧。"容尼道："出家还俗万千千，听不听由得你，我把你意思回复马夫人便是。"说了要去，桂尼又央容尼借银子，并道："你借了，我可向周大人索回这笔数，当是周府题助这里香资便是。"容尼不便强推，就在身上拿来二十来块银子，递过桂尼手上去，即辞了出来，自然要把此事回知马氏。

马氏这时不甚介意，只这时自周庸佑回来，周府里又有一番气象。周庸佑一连几天，都是出门拜客，亦有许多到门拜候的。因是一个大富绅，又是一个官家，哪个不来巴结？倒弄得车马盈门，奔走不暇。偏是当时香港疫症流行，王春桂住的士丹利街，每天差不多有三几人死去，就是马氏住的左右，也不甚平静。因此周庸佑先买了前儿说过的坚道的大屋子，给予马氏居住；又将春桂迁往海旁□记号的楼上，因附近海旁还易吸些空气，况□记字号的生意，是个办馆，供给船上伙食的。那东主姓梁字早田，是自己好朋友，楼上地方又很多。只是生意场中，住眷总有些不便。其中就有位雇用的小厮名唤陈健，生出一件事来。因周庸佑在上海买了两名妓女，除在京将金小宝送与翰林江超，余外一名，即作第九房姬妾，姓金名唤小霞，也带着随任。这时满任而归，连香屏和她都带了回来。除香屏另居别宅，其余都和春桂一块儿居住。那小厮陈健年方十七岁，生得面如傅粉，唇若涂朱，平时服役，凡穿房入屋都惯了，周庸佑为人，平时不大管家事，大事由管家办理，小事就由各房姬妾着家僮仆妇办理而已。这时又有一位梳佣，唤做田姐，本大良人氏，受周家雇用，掌理第九房姨太太的梳妆，或跟随出入，及打点房中各事，倒不能细述。那田姐年纪约二十五六岁，九姨太实在喜欢她，虽然是个梳佣，实在像玉树金兰，作姊妹一般看待了。

那小厮陈健，生性本是奸狡，见田姐有权，常在田姐跟前献过多少殷勤，已非一日。陈健就认田姐作契母①，田姐也认陈健作干儿，外内固是子母相称，里面就设誓全始全终，永不相背的了。且周庸佑既然不怎么管理家事，故九姨太的家务，一应落在田姐的手上。那田姐的一点心，要照顾陈健，自然在九姨太跟前，要抬举他，故此九姨太也看上陈健了。

自古道："尾大不掉，热极生风。"那九姨太与田姐及陈健，既打做一团，所有一切行为，家里人通通知得，只瞒着周庸佑一人。那一日，田姐对九姨太金小霞说道："陈健那人生得这般伶俐，性情也好，品貌也好，不如筹些本钱把过他，好干营生，才不枉他一世。"九姨太点头称"是"。

次日，陈健正在九姨太跟前，九姨太便问他懂得什么生理？陈健听说，就如口角春风，说得天花乱坠，差不多恨天无柱，恨地无环，方是他干营生的手段。九姨太好不欢喜，便与田姐商量，要谋注本钱，好栽培陈健。田姐道："九姨太若是照顾他，有什么难处？"九姨太道："怎么说？我从前跟着大人到任，手上虽赚得几块钱，也不过是珠宝钻石的物件，现银也不大多。自周大人回来，天天在马夫人那里，或在三姨太的宅子，来这里不过一刻半刻，哪容易赚得钱来？"田姐道："你既然有这点心事，就迟三五天也不打紧。"九姨太答个"是"，自此田姐就叫陈健唤九姨太做姨娘，就像亲上加亲，比从前又不同了。

过了数天，九姨太就和田姐计较，好拿些珠宝钻石及金器首饰，变些银子，与陈健作资本，田姐自然没有不赞成的了。果然拿了出来，统共约值五万银子上下，着陈健拿往典肆②，田姐又一同跟了出来，都教陈健托称要做煤炭生意，实则无论典得多少，田姐却与陈健均分。田姐又应允唆九姨太勿将此事对周大人说，免至泄漏出来。

二人计议既定，同往典肆。怎想香港是个法律所在，凡典肆中人，见典物的来得奇异，也有权盘问，且要报明某街某号门牌，典当人某名某姓的。当下陈健直进典肆，田姐也在门外等候。那司当见陈健是小厮装束，忽然拿了价值数万银子的物件来，早生了疑心，便对陈健说道："香港规则，男子不该典当女子物件。你这些贵重物，究从哪里得来？"陈健听说，

①　契母——干妈。

②　典肆——当铺。

不觉面色一变,自忖不好说出主人名字,只怎样说才好?想来想去,只是答不出。偏又事有凑巧,正有暗查进那典肆来查失物,见司当人盘问陈健,那暗查便向陈健更加盘问一回,并说道:"若不说时,就要捉将官里去了。"陈健早慌到了不得,正是:

世情多被私情误,失意原从得意来。

要知后事如何,且听下回分解。

第 二 十 回
定窃案控仆入监牢　谒祖祠分金修屋舍

话说小厮陈健拿了金器珠石往典肆质银，被司当的盘问起来；适暗差又至，盘问得没一句话说。时田姐正在典肆门外，猛然想起，一个男汉，不该典当妇人家的头面，便赶进典肆里说道："这东西是妾来典当的，可不用思疑了。"暗差道："这等贵重的东西，好容易买得，你是什么人家？却从哪里得来？"田姐听了，欲待说将出来，又怕碍着主人的名声，反弄得九姨太不好看。正自踌躇，只得支吾几句。那暗差越看得可疑，便道："你休说多话，你只管带我回去，看你是怎样人家？若不然，我到公堂里，才和你答话。"田姐没得可说，仍复左推右搪，被暗差喝了几句，没奈何，只得与陈健一同出来，回到□记店门首。

那暗差便省得是周家的住宅，只因周庸佑是富埒①王候，贵任参赞的时候，如何反要典当东西？迫得直登楼上，好问个明白。偏是那日该当有事，周庸佑正自外回来，坐在厅子上。那暗差即上前见一个礼，问道："那东西可是大人使人典当的不成？"周庸佑瞧了一瞧，确认是自己的物件，就答道："怎么说？东西是我的，只我这里因什么事要当东西？你没睛子不识人，在这里胡说。"暗差道："我不是横撞着来的，在典肆里看他两人鬼头鬼脑，就跟着了来，哪不知大人不是当东西的人家，只究竟这东西从哪里得来？大人可自省得，休来怪我。"周庸佑听了，正没言可说。

那时田姐和陈健心里像十八个吊桶，魂儿飞上半天，早躲在一处。周庸佑只得先遣那暗差回去，转进金小霞的房子来，像凶神恶煞的问道："家里有什么事要典当东西？怎么没对我说？还是府里没使用，没廉耻，干这勾当？你好说！"金小霞听得，早慌做一团，面色青一回黄一回，没句话可答。暗忖此事他如何懂得？可不是机关泄漏去了。周庸佑见她不说，再问两声，金小霞强答道："哪有这些事，你从哪里听得来？"周庸佑

①　埒(liè)——等同；并立。

道："你还抵赖！"说了，就把那些珠石头面①掷在桌子上，即说道："你且看，这东西是谁人的？"金小霞看了，牙儿打击，脚儿乱摇，暗忖赃证有了，认时，怕姓周的疑到有赔钱养汉的事；不认时，料然抵赖不过。到这个时候，真顾不得七长八短，又顾不得什么情义，只得答道："妾在大人府里，穿也穿不尽，吃也吃不尽，哪还要当东西？且自从跟随大人，妾的行径，大人通通知得了，正是头儿顶得天，脚儿踏得地，哪有三差四错，没来由这东西不知怎地弄了出来，统望大人查过明白，休冤枉好人。"周庸佑道："这东西横竖在你手上，难道有翼能飞，有脚能行？你还强嘴！我怕要割了你的舌头。"金小霞答道："你好没得说，若是查得清，察得明，便是头儿割了，也得甘心。我镇日在屋子里，像唇不离腮，哪有什么事干得来？你也要个主张，好把丑名儿顶在头上，传出外边去好听？"这几句话，说得周庸佑一声儿没言语。暗忖这东西可不是陈健和田姐七手八脚盗了出来，看来都像得八九分。便道："若不是，便是狗奴才盗去了，我要和他们算账。"说了，即出房子来，好着找田姐和陈健。

原来田姐和陈健早匿在一处，打听得周庸佑出来了，田姐即潜到九姨太房子里，把泄漏的缘故，说个透亮。金小霞道："你不仔细，好负累人，险些儿就辩不开。你好对健哥说，由他认了盗这东西，也不是明抢打劫，不过监禁三五月儿，就了事。这时我不负他，暗地里把回两三千银子过他也罢了。若是不然，大家败露，将来也没好处。你快些去，休缠我！怕大人再回转来，就不好看了。"田姐道："这也使得，只如何发付我？料大人再不准我在这里，我如何是好？"九姨太无奈，只得应允田姐，赔补一千银子，田姐方才出来，对陈健商妥，陈健暗忖得回两三千银子也好，纵不认盗得来，总不免一个罪案，没奈何只得允了。

少时，周庸佑寻着了田姐和陈健两人，就报到差馆，说道僮仆偷窃主人物件，立派差拿去了。

到了堂讯之时，陈健直认偷窃不讳。田姐又供称是陈健哄着她，是主人当押东西，因男汉不该当押妇人头面，叫自己跟随去，当下讯得明确，以田姐被控无罪，陈健以偷窃论监禁六月，并充苦工，案才结了。

那一日，周庸佑回转马氏的住宅，马氏听得此事结了案，便向周庸佑

---

①　头面——旧时妇女头上妆饰品的总称。

说道："许多贵重的头面，自然收藏在房子里箱儿柜儿，好容易盗得去？陈健那个小厮，比不得梳佣仆妇，穿房入室的，九丫头不知往哪里去，盗了还不知。你又没主鬼，总不理理儿，镇日在外胡撞，弄出这点事，被外人传将出来，反落得旁人说笑。我早知今年气运不大好，家里常常闹出事，因我命里八字官杀混杂，又日坐羊刃。今岁流年①是子午相冲，怕冲将来，就不是玩的。我曾在太岁爷爷处处作福了，虽我妇人家没什么紧要，只横竖是家里人，但望人凭神力得个平安，只大人你偏不管。今儿闹出事，虽然是偷窃事小，只闭门失盗，究不大好听。"周庸佑道："事过就罢了，何必介意？"马氏道："今宵不好，待明朝，我妇人家不打紧，只大人也要干好些。前儿抛撇了五房到空门去，就不是事？我曾着容师傅请她回来，她不愿，也没可说。只今还有句话，你自从离了乡，倒没有回去。古人说：'富贵不还乡，就如衣锦夜行。'哪有知得？大人不如趁满任回来，回乡谒谒祖宗，拜拜坟墓，好教先人在阴间免埋怨你。"周庸佑道："这话也说得是，我正要回羊城那里走走，一来看少西老弟打理得关库怎么样？二来因宅子烧去了，要另寻一间大宅，将来男婚女嫁，或是在省就亲，倒有个所在。这时就依夫人说，回乡去便是。"马氏道："宅子不易寻得，你来看有什么宅子，我们能够居住。我没奈何，才迁到这里。既然大人肯回乡，我也要同去。因我进门来没有回乡，过门拜祖，就少不得的。"周庸佑听了，点头称"是"，于是着骆子棠管理香港的家事，自与马氏和香屏三姨太及儿女回乡，各事都着冯少伍随着打点，先自回了城。

这时粤海关监督自联元满任之后，已是德声接任。库书里的事，都依旧办去，只二房伍姨太住在增沙别宅，周庸佑与马氏一干人等，都先到增沙别宅子来，正是一别数年，二房的儿子，早长多几岁年纪，且生得一表相貌，周庸佑好不欢喜。当下与二房略谈过家里事，到了次日，那些听得周某回来的，兄兄弟弟，朋朋友友，又纷纷到来拜候。

忙了几天，就着冯少伍先派人回乡，告知自己回来谒祖，一面寻了几号艇，择日乡旋。那些谈瀛社的兄弟，愿同去的有几人，正是富贵迫人来，当时哪个不识周庸佑？

---

①　流年——迷信的人称一年的运道。

当下五号画舫①，第一号是周庸佑和妻妾，第二号是亲串和乡中出来迎接的，第三号是结义兄弟和各朋友，第四号是家人婢仆，第五号是知己武弁②派来的护勇，拥塞河面。船上的牌衔，都是候补知府、尽先补用道、二品顶戴、赏戴花翎及出使英国头等参赞种种名目，不能缕述③。船上又横旗高竖，大书"参赞府周"四个大红字。仪仗执事，摆列船头，浩浩荡荡，由花地经蟾步，沿佛山直望良坑村而去。那船只缓缓而行，在佛山逗留了一夜。那佛山河面原有个分关，那些关差吏役，自然出来款接。

次日晨即起程，不多时，早到了良坑，在海旁用白板搭成浮桥，五号画舫，一字儿停泊。这时，不仅良坑村内老幼男女出来观看，便是左右村乡，都引动拖男带女，前来观看了。河边一带，真是人山人海。周家祠早打扫的洁净，祖祠内外，倒悬红结彩，就中一二绅衿④耆老⑤，也长袍短褂，戴红帽，伺候着。选定那日午时，是天禄贵人拱照，金锣响动，周庸佑即登岸，十数个长随跟着，十来名护勇拥着而行，陪行的就是周少西、冯少伍，其余宾客亲友，都留在船上，另有人招待。先由乡内衿耆，在码头一揖迎接，也一起到了祖祠。但见祠前门新挂一联道："官声蜚异国，圣泽拜当朝。"墙上已遍粘报红，祠内摆设香案，先行三献礼，祭毕，随在两廊会茶。其中陪候的绅耆，俱是说些颂扬话，道是光增乡里，荣及祖宗。祠外族中子侄，有说要演戏的，有说是风水发达的，有的又说道："要在祖祠竖两根桅杆。"其中有懂得事的，就暗地说道："他不是中举人中进士，哪里要竖起桅杆？"你一言，我一语。又因炮声、枪声、鼓乐声、爆竹声、人声喧闹，哪里听得清楚？

少时，各绅耆因周庸佑离乡已久，都要带在乡中四围巡看，此时万人眼中，倒注视一个周庸佑。他头戴亮红顶子，身穿二品袍服，前呼后拥，好不钦羡。其中有想起他少时贫困，今日一旦如此身荣，皆道："怪得说宁欺白须公，莫欺少年穷。"其中女流之辈，就叹道："邓氏娘子早殁了，真是

---

① 画舫——装饰华美的游船。
② 武弁(biàn)——武官；武夫。
③ 缕述——详细叙述。
④ 绅衿(jīn)——旧时泛指地方绅士和在学的人。
⑤ 耆老——年逾六十岁之人。

没福！"这都是世态炎凉，不必细表。

且说周庸佑自巡看乡中，只见那些居民湫陋①，颇觉失了观瞻。又见乡人都奉承得不亦乐乎，暗忖自己发达起来，原出自这乡里，且各乡人如此殷勤，都要有些好意过他们。看乡内不过百来家屋子，就与他们建过，只费十万八万银子，也没打紧。想罢，就对各衿耆说道："各兄弟如此屋舍，怎能住得安？"衿耆齐道："我们人家，哪里比得上周大人？休说这话罢。"周庸佑道："彼此兄弟，自应有福同享，我不如每家给五百银子，各人须把屋子重新筑过，你们还愿意否呢？"各人齐道："如得十大人这般看待，就是感恩不浅，哪有不愿意的道理？"周庸佑大喜，便允每家送五百两银子，为改建屋宇之用，各人好不欢喜。行了一会，再回自己的屋子一看，这时同房的兄弟，又有一番忙碌。他的堂叔父周有成，先上了香烛，待周庸佑祭过先祖，然后回船小憩。一面又令马氏及随回的姬妾，登岸谒祖。

因马氏过门后，向住省港，未曾回乡庙见，这回就算行庙见礼。当下既有许多婶娘姑嫂，前来迎接。但见马氏登岸时，头上那只双凤朝阳髻，髻管是全金，满缀珍珠；钗儿镶大红宝石；簪儿是碧犀②镶的，两旁花管，都用珠花缀成；两耳插着一双核子大的钻石耳塞儿；手上的珠石金玉手钏③，不下六七双；身穿荷兰缎子大褂，扣着五颗钻石纽儿；下穿百蝶裙，裙下双钩，那帮口花儿，也放着两颗钻石；其余头面，仍数不尽。就是各姬妾的头面，也色色动人。乡间女儿，从不曾见过，都哄做一团议论。十来名梳佣美婢随着，先后谒过家庙祖祠，然后回船。是晚良坑村内，自然大排筵席，老老幼幼，都在祠内畅饮，自然猜三道四。忽听得一派喧闹之声，直拥进祖祠里来。正是：

　　　方宴祠中敦族谊，陡惊门外沸人声。

要知乡人因何喧闹起来，且听下回分解。

---

①　湫（jiǎo）陋——低洼简陋。
②　碧犀——碧：青绿色、青白色。犀：犀牛角。碧犀，指青绿色或青白色的犀牛角。
③　钏（chuān）——镯子。

第二十一回

游星洲马氏漏私烟　悲往事伍娘归地府

话说周庸佑因回乡谒祠,族中绅耆子侄,正和他一块儿在祖祠内宴饮①,因闻祠外喧嚷之声,都跑出来观看。原来周有成因吃醉了几杯,到祠外游逛,这时乡中各人,都向周有成说东说西,有说他的兄弟富贵回来,定然有个好处;有的又说道:"你来看,乡中各人,尚得他几百银子起做屋舍,何况他亲房兄弟? 若不是带他做官,就是把大大的本钱过他,好做生意。"说了,谁想周有成就闹起来,嚷道:"你们说得好听,因困穷的时候,可不是识得俺吗? 他自从一路发达起来,哪有一个字回来把过我? 这会子做了官回来谒祖,各人都有银子几百,也算领得他恩典,对着俺就没有一句说过来。你们不知得,就当我是掘得金窖,种得钱树,怕俺明儿就要到田上种瓜种菜;若是不然,只怕饿死了,都没有人知呢!"说了,还是东一句,西一句的蛮闹。

那周庸佑听得,好不脸儿红涨了。当下就有说好说歹的,扶周有成回去,各说道:"你醉了,还不回家,闹什么?"周有成还自絮絮不休,好容易扶他回到屋子里。周庸佑自然见不好意思,有些人劝两句说:"他是醉慌了,大人休要怪他。"周庸佑略点头称是,遂不欢而散。

次早将各船开行,嘱令冯少伍到省,即打点分发,送与乡中各人得银项,不在话下。只周庸佑在省过了两天,因又在羊城关部前添买了一间大宅子,却把第八房的姨太太银仔,迁回这里居住,香屏三姨太仍在素波巷,自己却和马氏回香港去。奈自从九姨太闹出田姐那一案件,马氏却在周庸佑跟前,往往说姬妾们的不是,所以周庸佑也不回九姨太那里去。唯是香港规则,纵然休了妻妾,也要回给伙食的。可巧这时,那□记的办馆生意,也与周庸佑揭借了十万银子,故周庸佑就使□记办馆的老板梁早田,将息项每月交一百四十块银子与九姨太作使用。内中六十块银子当是租

---

① 燕饮——聚会在一起吃酒饭。

项,其余八十块,就是家用的了。因此上各姬妾见周庸佑将九姨太这样看待,倒有些不服。因那田姐本是马氏的随侍近身,留过九姨太使用,这回引蛇入宅,马氏本有些不是,这会偏尽推在九姨太身上,又不责田姐,好没道理! 只虽是如此,怎奈各人都畏忌马氏,哪个敢说个不字来。

闲话不表,且说马氏生平已是憎恶姬妾,这会见周庸佑休了九姨太正如乞儿分食,少一个得一个。那日对周庸佑问起九姨太那里,每月使用给回多少银子? 周庸佑就把□记的揭项利息,交割一百四十块银子的事,对马氏说知。马氏道:"□记老板,是什么人? 大人却把十万两银子就过信他。"周庸佑道:"那老板是姓梁的,为人很广交的,就是北洋海军提督丁军门①,也和他常常来往。其余别的官员绅士,就不消说了。况且又是有家当的人,所以他的生意,还做得很大,不仅供应轮船伙食,兼又租些轮船出外洋去。因此就信他,十万八万也不妨。"马氏道:"原来如此,只他既是常常租些船只出外,我们就乘他船,上外洋逛逛也好。但不知往哪处才好?"周庸佑道:"这都使得,但游北京也好。只北京地面,寒时就雪霜来得厉害,夏时就热到不得了。若要到日本去,惟他国的人,见了缠足的妇人,怕不要哗笑起来吗? 至于金山地方,就不容易登得岸去。单是南海一带,地土温和,到到也好。"马氏道:"果然是好的,不知他何时方有船往那里?"周庸佑听说,就拿了一张新闻纸看看,恰可迟四五天,就是香星轮船开行。这香星轮船,是那梁老板占些股本,现在又是□记字号料理,不如附这船去也罢。马氏听罢,好不欢喜,随说道:"但不知去了何时才得回来?"周庸佑道:"这由得夫人的主意,若多两个月,就多游三两个埠头②,却也不错。"马氏道:"这都容易。但那地方洋膏子究竟怎样? 若是不好的,就要一同带去也好。"周庸佑道:"新加坡那埠,是带不得洋膏子的。若到那里时,那船自然有三五七天停泊。不如先将洋膏藏在船上,待登岸时,或托人到洋膏公司那里说个人情,然后带上岸去便是。"马氏听罢,连说有理,就打定主意,要游南洋去。一面着家人打点行李,又嘱管家骆子棠道:"别处的洋膏,不像我们家里的,我将是游外埠去,只现在所存的二百两洋膏,就从今日赶熬五百两上下,随身带去。"骆子棠答声"理会得",

————————

① 军门——对提督的敬称。

② 埠头——码头。

便下来打点。

因马氏抽的洋膏,是高丽参水熬的,别的自然是抽不得。果然三两天,就熬了洋膏四百多两,连旧日存的,通通六百两上下。到了那日,即带同丫环宝蝉,及新买的丫环碧霞、红月,及梳佣六姐,并自己一子两女,及仆妇几人,与周庸佑起程,即附香星轮船而去。那船主因他们是老板梁早田的好友,致嘱船上人,认真招待。

自从那船开行之后,马氏本向来不惯出门,自然受不得风浪,镇日里只在炕上抽洋膏;若遇风平浪静,就在窗子外望望海景,真是海连天,天连海,倒旷①些眼界。一路经七洲洋、琼州口、安南口,不消六天上下,早到了新加坡埠。马氏令人一面收拾烟具行李,正待将存下的洋膏子交付船上收贮,只见洋烟公司的巡丁,已纷纷登船搜查搭客,有无携带私烟。周庸佑只道他们搜查什么,也不甚留意;一来又忖自己是坐头等房子的人,比不同在大舱的,要乱查乱搜? 谁想一个巡丁,到处一张,只见马氏一个妇人,却有许多婢佣跟随,正在收拾烟具。看那些烟具,好生贵重,料不是等闲的人家,定带备许多洋膏,未必到这时就吸个干净,就即上前查检。原来凡一个烟公司的人役,哪有法儿查得走私,不过看轮船搭客,有无洋膏余存,就拿他错误,这会恰可查到马氏,翻箱倒箧,整整查出五六十大盅,都是洋膏,不下六百两,好生了得! 就对马氏说道:"你可知新加坡规则,烟公司是承了饷办得来,哪容得你把这般大宗私烟来走私?"马氏慌了道:"我们不是走私漏税的人,不过是自己要用的,我家大人就是现时驻英国的钦差参赞,哪里像走私漏税的人?"那巡丁道:"我不管什么三赞两赞,既是有这大宗私烟,就要回公司里报告了。"说了,这时周庸佑正在大餐楼坐着,听说夫人被人搜着私烟,急跑过来,还自威威风风,把巡丁乱喝道:"你们好没眼睛,把夫人来混账!"那巡丁被他喝得无明火起,不理三七二十一,总说要拿烟拿人。周庸佑没法,急求船主,好说个人情。那船主到时差不多喉也干了,那巡丁才允留下马氏各人,只携那几百两洋膏回公司去,听候议罚。

周庸佑与马氏没精打采,只得登岸,先寻一间酒店住下,好托人向烟公司说项。只听得船上人说,香港梁早田和他烟公司人很相好的,急地打

---

① 旷——空而宽阔。

了一张电报回港,叫他回电说情。初时烟公司的管事人,仍坚持要控案重罚。没奈何周庸佑又往新加坡领事府那里,求他代向公司解说。奈罗领事虽见周庸佑曾做英京参赞,本是个同僚,只是自己面目所关,若向公司说不来,那面目怎过得去? 左思右想,才勉强一行,向那公司说道:"这周某是驻伦敦的参赞大人,他本未曾满任,因那龚钦差常向他索借款项,故此回来。这样究竟是一个参赞,若控到公庭,就失去一国的体面了。"这时,那烟公司是潮福人承办,本与广府人没什么感情,怎奈既得了梁早田的电报,又有领事来说项,不好过强,落得做个人情,因此讲来讲去,便允罚了一百块银子,洋膏充公,始免到公堂控告。这场风波,就算是了结。

只虽是了事,奈马氏向来吸的洋膏,是用高丽参或是用土术参熬水煮成的,那时节失了这宗洋膏,究从哪里再觅得来吸食? 便对周庸佑怨道:"我只道一个参赞大人哪事干不来? 偏是些洋膏子就保不住。别家洋膏,我又向来吸不惯的,如何是好?"周庸佑听了,也没言可答,只得又向烟公司说妥,照依时价给了,把那几百两洋膏子买回,以应目前之用。唯马氏自从经过这次风潮,见外国把洋烟搜得这样严密,便把游埠的心都冷了一半,恨不得早日回来,倒觉安乐,便不愿往前处去。周庸佑自然不敢却她意思,在新加坡住了些时,就打算回港。

自马氏洋烟被获一事传到家中,上下人等,通通知得,就中单表二房伍氏,见马氏这般行为,周庸佑百依百顺,倒觉烦恼。俗语说:"十个妇人,九个胸襟狭隘。"觉马氏行为,不过得眼,少不免要恼起病来,因此成了一个阴虚症候。内中心事,向来不敢对周庸佑说一声,因怕周庸佑反对马氏说将出来,反成了一个祸根,只得恼在心里。这日听得马氏在外被人查出私烟,好不失了脸面,愈加伤感,就咯血起来。镇日只有几个丫环服侍,或香屏三姨太及住关部前的八姨太,前来问候一声儿,余外就形影相对,差不多眼儿望穿,也不得周庸佑到来一看。已请过几个大夫到来诊脉,所开方药,都是不相上下的,总没点起色。伍氏自知不起,那日着丫环巧桃请香屏到来,嘱咐后事。

不多时,香屏到了,只见伍氏哭得泪人一般。香屏先问一声安好,随又问道:"姐姐今天病体怎地?"伍氏道:"妾初时见邓大娘子的病,还惜她没点胸襟,今儿又到自己了。你看妾的膝下儿子,长成这般大,还镇日要看人家脸面,没一句话敢说,好不受气! 但不是这样,又不知先死几年了。

一来念儿子未长成,落得隐忍①。今儿这般病症,多是早晚挨不过。妾也本没什么挂碍,偏留下这一块肉,不知将来怎地? 望妹妹体贴为姐,早晚理理儿。"香屏听了,哭道:"姐姐休挂心,万事还有我,只望吉人天相,病痊就是好了。"伍氏道:"妾日来咯血不止,夜来又睡不着,心上觉是怔忡②不定。昨儿大夫说我心血太亏,要撇开愁绪,待三两月,方才保得过。只是愁人一般,哪里撇得开? 况这般怄气的人,死了倒干净。"正说着,只见八姨太过来,看见这个情景,不由得心上不伤感,正欲问她时,伍氏先已说道:"妹子们来得迟,妾先到这里的,还是这样,你们为人,休要多管事,随便过了,还长多两岁呢。"八姨太听了,敢是放声大哭,引动各人,倒哭做一团。伍氏又唤自己儿子到床前,训他休管闲事,奋志读书,早晚仗三姐来教训教训,也要遵从才是。

那儿子十来岁年纪,哪不懂事,听了还哭得凄楚。各人正待与伍氏更衣,忽见伍氏眼儿翻白起来,各人都吓一跳。正是:

　　　生前强似黄粱梦,死后空留白骨寒。

　　毕竟伍氏性命如何,且看下回分解。

---

　① 隐忍——事情藏在内心,勉强忍耐。
　② 怔忡(zhēngchōng)——中医指心悸。

第二十二回

办煤矿马氏丧资　宴娼楼周绅祝寿

话说伍姨太嘱咐了儿子之后，各人欲与她更衣，只见她登时牙关紧闭，面儿白了，眼儿闭了。男男女女，都唤起"观音菩萨救苦救难"的声来。忽停了一会子，那伍姨太又渐渐醒转来了，神色又定了些，这分明是回光返照的时候，略开眼把众人遍视了一回，不觉眼中垂泪，香屏姨太就着梳佣与她梳了头，随又与她换过衣裳，再令丫环打盆水来和她沐浴过了。香屏姨太因坐得疲倦，已出大厅上坐了片时，只见八姨太银仔出来说道："看她情景，料然是不济的了。大人又不在府里，我两个妇人，没爪蟹，若有山高水低，怎样才好？"香屏道："这是没得说了，她若是抖不过来，倒要着人到香港去叫骆管家回来，好把丧事理理儿便罢。"八姨太道："既是如此，就不如赶着打个电报过他，叫骆管家乘夜回来也好。"香屏答个"是"，就一面着人往打电报去，然后两个人一同进伍氏的房子里。见她梳洗过了，衣裳换了，随把伍氏移出大堂上，儿子周应祥在榻前伺候着，动也不动。

少时，见她复气喘上来，忽然喉际响了一声，眼儿翻白，呜呼哀哉，敢是殁了。立即响了几声云板，府里上上下下人等，都到大堂，一起哭起来。第一丫环小柳，正哭得泪人一般。还是仆妇李妈妈有些主见，早拉起香屏姨太来，商量丧事，先着人备办吉祥板，一面分派往各亲朋那里报丧，购买香烛布帛各件，整整忙了一夜。次早，那管家骆子棠已由香港回到了，但见门前挂白，已知伍氏死了，忙进里面问过，各件都陆续打点停妥。到出殡之期，先送枢到庄上停寄，好待周庸佑回来，然后安葬。这时因七旬未满，香屏姨太都在增沙别宅，和儿子应祥一块儿居住，不在话下。

且说马氏和周庸佑在新加坡，自从因携带洋膏误了事，那心上把游埠的事，都冷淡去了，因此一同附搭轮船回港。这时听得二房伍氏殁了，在周庸佑心上，想起她剩下了个儿子，今一旦殁了，自然凄楚。只在马氏跟前，也不敢说出。在马氏心上，也像去了眼前钉刺的一般，不免有些快意，只在周庸佑跟前,转说些怜惜的话,故此周庸佑也不当马氏是怀着歹心的,便回省城去,打点安葬了伍氏。就留长子在城里念书,并在香屏的宅子居住。忙了三两天,便来香港。

　　只自从九姨太闹出这宗事,那周庸佑也不比前时的托大,每天必到各姨太的屋子里走一遭。那日由九姨太那里,回转马氏的大宅子,面上倒有不妥的样子。马氏看了,心里倒有些诧异,就问道:"今天在外,究是有什么事,像无精打采一般?不论什么事,该对妻子说一声儿,不该怀在肚子里去闷杀人。"周庸佑道:"也没什么事,因前儿□记字号的梁老板,借了我十万银子,本要来办广西省江州的煤矿,他说这煤矿是很好的,现在倒有了头绪。怎奈工程太大,煤还没有出来,资本已是完了。看姓梁的本意,是要我再信信他,但工程是没有了期的,因此不大放心。"马氏道:"大人也虑得是,只他既然是资本完了,若不是再办下去,怕眼前十万银子,总没有归还,却又怎好?不如打听他的煤矿怎地,若是靠得住的,再行打算也罢了。"周庸佑答个"是",就转出来。

　　次日,马氏即唤冯少伍上来,问他:"那江州的煤矿,究竟怎么样的?你可有知得没有?"冯少伍道:"这煤矿吗,我听得好是很好的,不如我再打听打听,然后回复夫人便是。"马氏道:"这样也好,你去便来。"冯少伍答声"理会得",就辞出。暗忖马氏这话,料然有些来历,便往找梁早田,问起江州煤矿的事,并说明马氏动问起来,好教梁早田说句实话。梁早田听了,暗忖自己办江州的煤矿,正自欲罢不能,倒不如托冯少伍在马氏跟前说好些,乘机让他们办去,即把那十万银子的欠项,作为清债,岂不甚妙?便对冯少伍说得天花乱坠,又说道:"从来矿务却是天财地宝,我没福气,自愿让过别人。若是马夫人办去,料然有九分稳当的了。"冯少伍一听,暗忖梁早田既愿退手,若马夫人肯办,自己准有个好处,不觉点头称是。急急地回去,又忖马氏为人最好是人奉承她好福气的,便对马氏说称:"梁早田因资本完了,那煤矿自愿退手。"又道:"那煤矿本来是好的很,奈姓梁的没了资本,就可惜了。"马氏道:"既然如此,他又欠我们十万银子,不如与他定明,那煤矿顶手,要回多少银子,等我们办去也好。"冯少伍道:"这自然是好的,先对大人说过,料姓梁的是没有不允了。"马氏听说,就待周庸佑回来,对他说道:"横竖那姓梁的没有银子还过我们,不如索他把煤矿让我们办去吧。"那周庸佑向来听马氏的话,本没有不从,这会说来，又觉有理，便满口应承。随即往寻梁早田说个明白，求他将煤矿准折。梁早田心内好不欢喜，就依原耗资本十万，照七折算计，当为七万银子，让过周家。其余尚欠周家三万银子，连利息，统共五万有余，另行立单，那煤矿就当是凭他福气，必有个好处。

周庸佑倒应允了，马氏就将这矿交冯少伍管理，将股份十份之一拨过冯少伍，另再增资本七万，前去采办。矿内各工人，即依旧开采。

谁想这矿并不是好的，矿质又是不佳，整整办了数月来，总不见些矿苗出现。一来冯少伍办矿不怎在行，二来马氏只是个妇人，懂得什么事？因此上那公司中人，就上下其手，周庸佑又向来不大理事，况都是冯少伍经手，好歹不知，只凭着公司里的人说，所以把马氏的七万银子，弄得干干净净。

冯少伍只怨自己晦气，还亏承顶接办，是由周大人和梁早田说妥，本不干自己的事，只自己究不好意思。且这会折耗了资本，幸是周庸佑不懂得矿务是怎么样的，亏去资本，是自然没话好说，其中侵耗，固所不免，只究从哪里查得出，马氏心上甚是懊悔。幸周庸佑是向来有些度量的，不仅不责骂，反来安慰马氏道："俗语说'破财是挡灾'，耗耗就罢了。且这几万银子，纵然不拿来办矿，究从哪里向姓梁的讨回？休再说罢！"马氏道："是了，妾每说今年气运不大好，破财是意中事，还得儿女平安，就是好的。"

次日，马氏即谓冯少伍道："幸周大人没话说，若是别人，怕不责我们没仔细呢？"冯少伍道："这都是周大人和夫人的好处，我们哪不知得。只今还有一件事，八月二十日，就是周大人的岳降生辰。大人做过官回来，比不同往日，怎么办法才好？"马氏道："我险些忘却了，还亏你们懂得事。但可惜今年周大人的流年，不像往年好，祝寿一事，我不愿张皇，倒是随便也罢。"冯少伍道个"是"，便主意定了，于八月二十，只在家里寻常祝寿，也不唱戏。

只当时自周庸佑回港，那时朋友，今宵秦楼，明夜楚馆，每夜哪里有个空儿？这时就结识得水坑口近香妓院一个妓女，唤做阿琦，年纪十七八上下，生得婀娜身材，眉如偃月，眼似流星，桃花似的面儿，樱桃似的口儿，周庸佑早把她看上了。偏是阿琦的性子，比别人不同，看周庸佑手上有了两块钱，就是百般奉承。亘耐见周庸佑已有十来房姬妾，料回去没有什么好处,因此周庸佑要与她脱籍,仍是左推右搪,那姓周的又不知那阿琦什么的用意,仍把一副肝胆,落在阿琦的身上去了。这会阿琦听得周庸佑是八月二十日生辰,暗忖这个机会,把些好意来过他,不怕他不来供张我。便对周庸佑说道:"明儿二十日是大人的生日,这里薄备一盏儿,好与大人祝寿,一来请同院的姊妹一醉,究竟大人愿意不愿意?妾这里才敢备办来。"周庸佑听了,暗忖自己正满心满意要搭上阿琦,今她反来奉承我,如何不喜欢?便答道:"卿这话我感激的了,但今卿如此破费,实在过意不去?怎叫周某生受?"阿琦道:"休说这话,待大人在府里祝过寿,即请来这里,妾自备办去了。"周庸佑自是欢喜。

到了二十那一日,周家自然有一番忙碌,自家人妇子祝寿后,其次就是亲戚朋友来往的不绝。到了晚上,先在府里把寿筵请过宾客,周庸佑草草用过几杯,就对马氏说:"另有朋友在外与他祝寿,已准备酒筵相待,不好不去。"先嘱咐门上准备了轿子伺候着,随又出大堂,与众亲朋把一回盏,已是散席的时候,先送过宾客出府门去了,余外就留住三五知己,好一同往阿琦那里去。各人听得在周家饮过寿筵,又往近香娟院一醉,哪个不愿同去?将近八点钟时分,一同乘着轿子,望水坑口而来。

到了近香楼,自然由阿琦接进里面,先到厅子上坐定。周庸佑对众人说道:"马夫人说我今年命运不大好,所以这次生日,都是平常做去,府上并没有唱戏。这会又烦阿琦这般相待,热闹得慌。还幸马夫人不知,不然,她定然是不喜欢的。"座中如潘云卿、冯虞屏都说道:"妇人家多忌讳,也不消说,只在花天酒地,却说不去。况又乘着美人这般美意,怎好相却?"正说着,那些妓女,都一队拥上来,先是阿琦向周庸佑祝寿,说些吉祥的话儿,余外各妓,都向周庸佑颂祷。周庸佑一一回发,赏封五块银子,各人称谢。

少时,锣鼓喧天,笙箫彻耳。一班妓女,都一同唱曲子,或唱《汾阳祝寿》,或唱《打金枝》,不一而足。唱罢曲子,自由阿琦肃客入席,周庸佑和各宾客自在厅子里一席,余外各姊妹和一切仆妇,都相继入席,男男女女,统共二十席。这时鬓影衣香,说不尽风流景况。阿琦先敬了周庸佑两盅,其余各妓,又上来敬周庸佑一盅。敬酒已罢,阿琦再与各宾客各姊妹把盏,各宾客又各敬周庸佑一二盅。

那时节，周庸佑一来因茶前酒后，自然开怀畅饮；二来见阿琦如此美意，心已先醉了。饮了一会，觉得酩酊大醉，急令冯少伍打赏六百银子，给与阿琦，席犹未撤，只得令阿琦周旋各宾友，自己先与冯少伍乘着轿子，回府而去。正是：

　　揮手千金来祝寿，缠头①一夜博承欢。

要知后事如何，且听下回分解。

---

　①　缠头——罗锦之类的赏赐。

第二十三回

天师局李庆年弄计　赛金楼佘老五争娟

　　话说周庸佑在近香楼饮了寿筵之后，因夜深了，着冯少伍打发了赏封，先自回府去，马氏接着了，知周庸佑有了酒意，打点睡了去。

　　次日，冯少伍来回道："大人的岳降，已是过了。前儿在附近重庆戏院，买了这所宅子，现在抛荒①去了。因大人说过，要在那里建个花园，怎奈八月是大人的生辰，不便动土兴工。若到十月，又是几位姨太太生辰，只有这九月没事，这会子就要打点打点，在九月内择个日子兴工，不然就是一月延多一月，不知何时才筑得妥了？"马氏答道"是"。又道："你可像在城里旧宅子建筑戏台一般，寻个星士，择个日子，谨慎些儿，休要冲犯着家中人口才是。"冯少伍道："是自然的。但不知拨哪一笔银子兴工？还请夫人示下来。"马氏道："现在大人占了股份的那银行，是不大好，银子起的不易。只是耀记的银店，是我家里存放银的所在，除了咱的，和各姨太存贮的，就在大人名下的，拿张单子起了来使用吧。"冯少伍道："我昨儿到耀记坐坐，听说近来银口也紧些儿，还问我筹付五七万应支，只怕起得不易。若银行里大人放占股份三十来万银子，料然起回三五万不妨。"马氏道："不是这样说，勉强起些，就名声不大好了。既是耀记银行银口紧了，横竖建这花园，不过花费一两万，现省城里十数间行店，哪处起不得？且本年十二宅，那里还未得关书里，那十万银子拨将来，除现存府里不计，我家存放在外的银子正多，任由你在哪一处取拨便是。"冯少伍答声"理会得"，下了来，一而择过日元，却是九月初二日是吉星照着，便好兴工。先自回过马氏，就寻起做的店子估了价，头门外要装潢装潢，内面建所大厅子，预备筵宾宴客之用。余外又建楼台两座，另在靠着戏院之旁，建一所亭子，或要来听戏，或是夏秋纳凉，倒该用着。其余雕栏花砌，色色各备，自不消说了。只因赶紧工程，自然加多匠工。

---

　　①　抛荒——弃置；荒芜。

果然一月上下，早已竣工。是时省港亲朋，因周家花园落成，莫不到来道贺。即在花园里置具，向亲朋道谢。至于省中道贺的亲朋，少不免要回省一遭，邀请亲朋一醉。

周庸佑自与冯少伍回省，到过三姨太、八姨太那里之后，随到谈瀛社。那时一班拜把兄弟，都见周庸佑久不到谈瀛社，这会相逢，料自然有一番热闹。只就中各人虽同是官绅之家，唯一二武员劣弃①，在谈瀛社内，除了花天酒地，却不免呼卢唱雉②，或抹牌为赌。因谈瀛社内面比从前来往的多，今见周庸佑回了来，因前时香港地面，牌馆还多得很，周庸佑在港地一赌，动说万数。这班人见他来了，如何不垂涎？内中一位拜把兄弟李庆年，先怀了一个歹心，早与一位姓洪字子秋的酌议，要藉一个牌九局，弄些法儿，好赚周庸佑十万八万。洪子秋听了大喜，因忖周庸佑钱财多得很，且手段又是阔绰，纵然输了五七万，料然不怎介意；况他向不是江湖子弟，料看不出破绽来。

主意既定，又忖谈瀛社内来往的多，不便设局，便另雇一花舫，泊在谷埠里，说是请周庸佑饮花酌酒③，实则开赌为实。由洪子秋出名，做个东道主，另聘定一位赌徒出手，俗语称此等角式为师巴，都是惯在赌场中讨生活，十出九胜的了。那周庸佑因有李庆年在局，是称兄称弟的朋友，也不防有别的跷蹊，且又不好却洪子秋的好意。

到那一夜，果然修整赴席，统计花舫之内，连姓周的共七人，座中只认得李庆年、洪子秋，余外都是姓洪的朋友。到初更后，因为时尚早，还未入席，先由李庆年说道："现时尚早，不如设一局和玩意儿也好。"那李庆年说了，即有一个人答应着一个好字，跟手又是洪子秋赞成。周庸佑见各人皆已愿意，自己也不好强推，因此亦应允入局。但自忖道：看他们有多少家当，我若赢了他，恐多者不过三五万，少的只怕三五千；若我输了时，就怕十万二十万也未可定，这样可不是白地吃亏？只既允了，不可不从。便相同入局，初赌三两巡，都无别的不妥。再历些时，各人注码渐大起来，初时一注只是三二十金，到此时已是七八千一掷。周庸佑本是好于此道，到

① 劣弃——应为弁，即武官。
② 呼卢唱雉——呼和雉是赌具上的一种颜色，呼卢唱雉即赌博。
③ 饮花酌酒——在妓院饮酒作乐。

这时，自然步步留神。

不提防李庆年请来的赌手工夫还不大周到，心内又小觑周庸佑，料他富贵人家，哪里看得出破绽？自不以为意。谁想周庸佑是个千年修炼的妖精，凭这等技术，不知得过多少钱财，这会正如班门弄斧，不见就罢；仔细一看，如看檐前点水，滴滴玲珑，心中就笑道：这叫做不幸狐狸遇着狼虎，这些小技，能欺骗别人，如何欺骗得我过？今儿又偏撞着我的手里，看他手段，只是把上等牌儿叠在一处，再从骰子打归自己领受。周庸佑先已看真切时，已负去一万银子有余，既托故小解，暗向船上人讨两牌儿，藏在袖子里，回局后略赌些时，周庸佑即下了十五万银子一注，洪子秋心上实在欢喜。又再会局，周庸佑觑定他叠牌，是得过天字牌配个九点，俗语道天九王。周庸佑拿的是文七点，配上一个八点，一色红，各家得了牌儿，正覆着用手摸索，不料姓周的闪眼间将文七点卸下去，再闪一个八点红一色出来，活是一对儿。那洪子秋登时面色变了，明知这一局是中了计，怎奈牌是自己开的，况赌了多时，已胜了一二万银子上下，纵明知是假，此时如何敢说一个假字？肚子里默默不敢说，又用眼看看李庆年。李庆年又碍着周庸佑是拜把兄弟，倒不好意思，只得摇首叹息，诈作不知。周庸佑便催子秋结数，洪子秋哪里有这般方便，拿得十来万银子出来？心上又想道，与李庆年两人分填此数，只目下不敢说出。奈周庸佑又催得紧，要正是无可奈何，便有做好做歹的，劝子秋写了一张单据，交与周庸佑收执，没奈何，只得大家允诺。是夜虽然同饮花筵，却也不欢而散。

各人回去之后，在洪子秋心里，纵然写了一张单据，唯立意图赖这一笔账项，只是周庸佑心上如何放得过？纵然未曾惊动官司，不免天天寻李庆年，叫他转致洪子秋，好早完这笔账。

独李庆年心上好难过，一来自己靠着周家的财势，二来这笔账是自己引洪子秋出来，若是这笔数不清楚，就显然自己不妥当，反令周庸佑思疑自己，如何使得？便乘着轿子，来找洪子秋，劝他还了这笔账。洪子秋心里本不愿意填偿的，自是左推右搪。李庆年心生一计道："那姓周的为人，是很大方的，若不还了他，反被他小觑了。不如索性还了，还显得自己大方。即遇着什么事情，要银用时，与他张挪，不怕不肯。"洪子秋听了，暗忖姓周的确有几百万家财，这话原属不错。遂当面允了李庆年，设法挪了十来万银子，还与周庸佑，取回那张单据，就完结了。后来姓洪的竟因此事致生意倒盘，都是后话不提。

且说姓洪的还了这笔款与周庸佑，满望与周庸佑结交，谁想周庸佑得了这十来万银子，一直跑回香港去，哪里还认得那姓洪的是什么人？自己增了十万，道是意外之财，就把来挥霍去了，也没打紧。因此镇日里在周园里会朋结友，重新又有一班人，如徐雨琴、梁早田，都和一块儿行步，若不在周园夜宴，就赴妓院花筵。

那时周庸佑又结识一个赛凤楼的妓女，唤做雁翎，那雁翎年纪约十六七上下，不仅色艺无双，且出落得精神，别样风流，故周庸佑倒看上她。只是那雁翎既有这等声色，就不仅周庸佑喜欢她，正是车马盈门，除了周庸佑之外，和她知己的，更不知几人。就中单表一位姓佘的，别字静之，排行第五，人就唤他一个佘老五排名。这时正年方二十来岁，生得一表人才。他虽不及周庸佑这般豪富，只是父亲手上尽有数十万的家财。单是父亲在堂，钱财不大到自己手上，纵然是性情豪爽，究不及周庸佑的如取如携，所以当时在雁翎的院子里，虽然与雁翎知己，唯是那天字第一号的挥霍大名，终要让过周庸佑去了。独是青楼地方，虽要二分人才、三分品貌，究竟要十分财力，所以当时佘老五恋着雁翎，周庸佑也恋着雁翎，各有金屋藏娇之意。论起佘老五在雁翎身上，花钱已是不少，还碍周庸佑胜过自己，心上自然不快。但姓佘的年轻貌美，雁翎心上本喜欢他的，怎奈身不自由，若是嫁了佘老五，不过取回身价三五千，只鸨母心上以为若嫁与周庸佑，怕是一万八千也未可定。故此鸨母与雁翎心事，各有不同。

那一日，周庸佑打听得佘老五与雁翎情意相孚，胜过自己，不如落手争先，就寻她鸨母商酌，要携带雁翎回去。鸨母素知周庸佑是广东数一数二的巨富，便取价索他一万银子，周庸佑听了，先自还价七千元，随后也八千银子说妥。鸨母随把此事对雁翎说知，雁翎道："此是妾终身之事，何便草草？待妾先对姓佘的说，若他拿不得八千银子出来，就随姓周的未迟。"鸨母听了，欲待不依，只是香港规则，该由女子择人，本强她不得；况她只是寻佘五加上身价，若他加不上时，就没得可说。想罢，只得允了。

那时周庸佑既说妥身价，早交了定银，已限制雁翎不得应客。雁翎便暗地请佘老五到来，告以姓周的说妥身价之事。佘老五听得八千银子，心上吓一跳，随说道："如何不候我消息，竟先行说妥？是个什么道理？"雁翎道："此事是姓周的和鸨母说来，妾争论几回，才寻你到来一说。你若是筹出这笔银子,不怕妾不随你去。"佘老五道:"父兄在堂,哪里筹得许多? 两三千还易打算,即和亲友借贷,只是要来带卿回去,并非正用,怕难以开口,况又无多时候,如何是好?"雁翎听罢,好不伤感。又说道:"妾若不候君消息,就不到今日了。你来看姓周的十来房姬妾,妾回去怎么样才好? 妾自怨薄命,怎敢怨人?"说罢,泪如雨下。佘老五躺在床上,已没句话说。雁翎又道:"既是无多时候,打算容易,若妾候君十天,却又怎地?"佘老五一听,就在床跃起来说道:"若能候至十天,尽能妥办,断没有误卿的了。"雁翎心上大喜,便唤鸨母进来,告以十天之内,候姓佘的拿银子来,再不随周庸佑去了。鸨母道:"若是真的,老身横竖要钱,任你随东随西,我不打紧。若是误了时,就不是玩的。"佘老五道:"这话分明是小觑人了,难道这八千银子,姓佘的就没有不成?"那鸨母看佘老五发起恼来,就不敢声张。佘老五便与雁翎约以十天为期,断不有误,说罢,出门去了。

鸨母见佘老五仍是有家子弟,恐真个寻了银子出来,就对周庸佑不住,即着人请周庸佑到来,告以佘老五限十天,要携银带雁翎的事。周庸佑听了,本待把交了定银的话,责成鸨母,又怕雁翎不愿,终是枉然。忽转念道:"那雁翎意见,不愿跟随自己,不过碍着有个佘老五而已。若能撤去佘老五,那雁翎自然专心从己,再不挂着别人了。想罢,便回府去,与徐雨琴商量个法子。徐雨琴道:"如此甚易,那佘老五的父亲,与弟向有交情,不如对他父亲说道:他在外眠花宿柳,冶游散荡,请他父亲把佘老五严束,那佘老五自然不敢到雁翎那里去,这便如何带得雁翎? 那时,不怕雁翎不归自己手上。"周庸佑听了,不觉鼓掌称善,着徐雨琴依着干去。正是:

　　　　方藉资财谋赎妓,又施伎俩暗伤人。

要知雁翎随了哪人,且听下回分解。

第二十四回

勤报效书吏进京卿　应恩闱①幼男领乡荐

却说周庸佑因怕佘老五占了雁翎，便与徐雨琴设法计议。徐雨琴道："那佘老五的父亲，与弟却也认识，不如对他父亲说：那老五眠花宿柳，要管束他，那时佘老五怎敢出头来争那雁翎？这算是一条妙计。"周庸佑道："怪不得老兄往常在衙门里有许大声名，原来有这般智慧。小弟实在佩服！就依着干去便是。"

徐雨琴便来拜会佘老五的父亲唤做佘云衢的，说老五如何散荡，如何要携妓从良，一五一十，说个不亦乐乎。还再加上几句道："令郎还不止散荡的，他还说道，与周庸佑比个上下。现赛凤楼的妓女唤做雁翎的，周庸佑愿把一万银子携带她，令郎却又要加点价钱，与周庸佑赌气。老哥试想想那姓周的家财，实在了得，还又视钱财如粪土的，怎能比得他上？令郎尚在年少，若这样看来，怕老哥的家财，不消三两年光景，怕要散个干净的了。"佘云衢听了，好不生气。徐雨琴又道："小弟与老哥忝②在相好，若不把令郎着实管束了，还成个生意场中什么体统呢？"奈佘云衢是个商场中人，正要朴实，循规蹈矩。今听徐雨琴这一番说话，少不免向徐雨琴十分感谢。徐雨琴见说得中窍，越发加上几句，然后辞出来。

佘云衢送徐雨琴去后，就着人往寻佘老五回来。这时佘云衢的店内伙伴，倒听得徐雨琴这一番说话，巴不得先要通知佘老五去。佘老五听得这点消息，向知父亲的性子，是刚烈的人，这会风头火势，自然不好回去见他，便歇了些时，只道父亲这点气略下去了，即回店子里来。谁想父亲佘云衢一见就骂道："不肖儿干得好事！在外花天酒地，全不务些正项儿，倒还罢了；还要把万数的银子，来携带妓女。自古道，'邪花不宜入宅'，可是个生意中人的所为吗？"佘老五被父亲骂了一顿，不敢做声，只遮遮

---

① 闱（wéi）——科举时代称考场为闱。

② 忝（tiǎn）——有愧于，常用作谦辞。

掩掩的转进里面去了。

次日，佘云衢亲自带了佘老五回乡，再不准留在香港来。那佘老五便把对付雁翎的心事，也真无可奈何了。

那雁翎日盼佘老五的消息，总是不见。不觉候了两天，只道他上天下地，料必寻那八千银子到来。不想又候了一天，才见与佘老五同行同走的朋友进来，把徐雨琴弄计的事儿，说了一遍。雁翎不听犹自可，听了真是一盆冷水，从头顶浇下来，好不伤感！暗忖自己只望他拿八千银子来争了一口气，今反被人所算，便是回到周家那里，哪还复有面目见人！因此镇日里只是哭。鸨母见了这个情景，转恐雁翎寻个短见，她死了也没紧要，便白白把一株大大的钱树折去了，如何不防？便急的令人逻守着她，一面着人往寻周庸佑，说称佘老五已不来了，快了结了雁翎的事。

那时周庸佑这边，早由徐雨琴得了消息，知道佘云衢已打发佘老五回乡去，心上自然欢喜，就要立刻取雁翎回来。徐雨琴道："她若不愿意时，带她回来，也没用的。趁这会佘老五不到雁翎那里，我们再往雁翎处温存几天，不怕她的心不转过来。"周庸佑见说得有理，便与徐雨琴再往雁翎那里，盘桓了几天。那雁翎虽然深恨徐雨琴，只当着面实不好发作，就不比前天的镇日哭泣。周庸佑就当她心事忘却佘老五去了，即再过付几千银子，即把雁翎带了回来，雁翎自然不敢不从，就回周家去了。

因当时周庸佑既把第九房金小霞当为休弃了一样，便将雁翎名是第十房，实则活填了第九房去了。是时，周庸佑即多上几房姬妾，各项生意，又不劳自己打点，都是冯少伍、骆子棠、徐雨琴、梁旱田和马氏的亲弟马子良一号竹宾的互相经理，周庸佑只往来省港各地，妻财子禄，倒也过得去，自然心满意足。单碍着关书里的来历，及内面的情形，常常防着官场有什么动弹。计不如从官阶下手，或做个大大的官儿好回来，才把门户撑得住。那时恰是谭督师离任，姓德的第一次署理总督的时候。这姓德的为人很易商酌的，故那时周庸佑在羊城地面，充走官门，较往常实加一倍的势力了。

那一日，徐雨琴正来说道："现在因北方闹了一场干戈，亏李丞相说了和，每年要大笔款赔把过外国去了，所以派俺广东每年多筹二百万款项，库款好不吃紧。那朝上又催迫兴办各省学务，所以广东要办一间唤做武备学堂，尚欠十来万银子，方能开办。闻督衙有人说，若从这里报效一笔款,尽得个大大的保举。大人若要做官时,这机会就不好放过了。现闻有位姓张的,是从南洋起家的人,要报效这笔款,大人总要落手争先为是。不知大人有意没有呢?"周庸佑道:"这亦是一个机会,因小弟曾任过参赞,若加上一点子保举,便不难谋个钦差了。但不知要报效多少才使得呢?"徐雨琴道:"闻说这间武备学堂,欠费用约十五六万上下,就报效一半,留一半让姓张的做去,你道如何?"周庸佑大喜,便令徐雨琴设法干弄,休使别人知得,免至自己的报效,赶不上去。徐雨琴道:"大人休慌,骤然出这十万八万,也不容易。只有那姓张的是大埔人,还有一位姓张的是加应人,或者干得来。究竟衙门手段,不像我们神通,就在小弟手里,定不辱命的了。"徐雨琴说罢去了。周庸佑这里一面令冯少伍打点预备八万银子,另备一二万,好送官场的礼。待报效之后,好望这张保折多说两句好话。冯少伍答声"理会得",周庸佑见打点停妥,只静听徐雨琴的回信。

到了次日,徐雨琴进来说道:"恭喜大人! 这事妥得八九了,明儿先递张禀子,禀明要报效,好待总督批发下来。"徐把禀稿念与周庸佑听。谁想禀尾有两句道:是不敢仰邀奖叙。周庸佑听得,吓了一跳,便问道:"小弟报效这八万金,全为奖叙一层起见,今说不敢仰邀奖叙,可不是白掉了不成?"徐雨琴道:"大人还不懂得官场里的混账,这不过是句套话罢了。怕上头奏将来,说出以资鼓励一句,哪有没奖叙的道理?"周庸佑听罢,方才醒悟,便由徐雨琴代递了这张禀子。果然次日就见督辕批发出来,赞他关怀桑梓①,急功好义,并说明奏请奖赏的话。周庸佑心上大喜,一面交妥那八万银子,同时那姓张的也同周庸佑一般,把八万银子报效去了。德督师就一同把周、张两人保举,周庸佑料得那奏折到京,没有不准的,少不免日望好音。

不消一月上下,早有电旨飞下来,把周庸佑赏给一个四品京堂候补。试想那八万银子,好容易报效得来,朝廷里面,正当库款奇绌的时候,广东又向来著名富商很多的,正要重重的赏给他们,好为将来的劝勉,故此把四品京堂赏给了他们。论起那个四品京堂,虽然只是四品的官衔,只是位置实在尊贵,就是出京见了督抚,也不过是平级的罢了。当下周庸佑好不

---

① 桑梓——故乡。

欢喜，谒祠拜客，周家又有一番热闹了。这时，周庸佑的声名，比从前更加大起来，平时谈瀛社的朋友，自然加倍趋承，便是督抚三司，也常常来往。

在羊城拜过客之后，先自一程返到香港大宅子里，马氏接着，先自道喜，随说道："府里自年前失了火，家内各事，不大如意。今儿虽费了十万银子上下，也没什么紧要。还幸得了个京堂，对着督抚大员，也是平班一辈子，便是关书里什么事，还有哪个敢动弹得来？"周庸佑道："那还止是个京堂，我尽将来要弄个尚书侍郎的地位呢。只这些关里事，夫人休担着惊，因我们在关书里干的事，通通和监督一样，若把我们算将来，怕不要牵连多少监督来呢。任是什么大权大位的人，哪有这般手段？"马氏道："自古道，'吉人自有天相'，统望大人做了大官回来，把从前敲磨我们的官儿，伸了这口气，就是万幸了。"周庸佑道："夫人说得是，这都是夫人的好处，助成俺有今日的地位。若是不然，试看广东几千万人来，哪有几人像俺的功名富贵，件件齐全的呢？"那周庸佑说罢，只口里虽如此说，唯心里究想自雁翎一进了门来，就得个四品的京堂，可知隐助自己发财的，自然是马氏；若隐助自己升官的，料将来又要仗着雁翎的了。肚子里正想得出神，忽报三姨太香屏、六姨太春桂、七姨太凤蝉、九姨太金小霞、十姨太雁翎，都进大屋来，在厅子里伺候，要与大人道喜。周庸佑听了，随转出来，并请马氏换过大褂罗裙，一同到大堂来，和周庸佑并肩儿坐着，受各姨太拜贺，及那几个儿女，都先后道贺毕，也各人发了赏封。随后的就是管家和家人婢仆佣妇，通通叩拜过了，周庸佑即嘱对管家骆子棠，准备家宴。那时港中朋友，听得周庸佑回港的，又纷来道贺，正是车马盈门。周庸佑又要出门回拜，一连忙了几天，周庸佑即在周园子里唱戏设宴，好酬谢到来道贺的宾客。这时，港中绅商富户，差不多也到齐了。自古道："富贵逼人来。"倒也难怪。

单说那夜周园里设宴，男女宾客，衣冠济济。女的由马氏主席，若是各家的侍妾，自由六姨太王氏春桂主席；男的自然是周庸佑主席。先听了一回戏，到入席时，已近三更时分。正杯筹交错间，管家冯少伍忽由羊城附夜轮船回港，周庸佑接着道："少伍在城里打点各事，如何便回？"冯少伍就引周庸佑至一旁说道："现在又因有一个机会，都因国家现在筹款，已分谕各省，如有能报效二万金的，不论生员还是监生，通通作为取中了举人，一体会试。若从这个机会，为两公子图个进身，不仅目下是个举人；且大人在京里，知交正多，再加上一点工夫，恐进士、翰林都是不难到手了。"周庸佑听了，答道："此事甚好，待宾客去后，再说未迟。"说罢，重复入席。未几宾客渐散，冯少伍又道："小弟见有这个机会，特回来说知，不知大人怎地意见？"那周庸佑正自寻思，原来周庸佑的意见，自忖替儿子谋个举人，自是好事。但长子年纪大了，若要谋个举人，自然要谋在长子的身上；但长子是二房所出，料马氏必然不大喜欢；若为次子谋了，怕年纪太少，不免弄出许多笑话来。因此不能对那冯少伍说得定什么主意，便答了一声："明日再说。"

随转回马氏住的大宅子里，先把冯少伍的话，对马氏说知。

那马氏不听犹自可，听了哪有不愿为自己儿子谋个举人的？便一力要周庸佑办去。周庸佑本不敢不从，只究以儿子幼小，恐还被人说笑，况放着长子不谋，反替幼子谋了这个举人，亦对二房不住。想了一会，计不如凑足四万金，替两个儿子一并谋个举人罢了。即把此意对马氏说知，那马氏心上，实不愿长子得个举人，与自己的儿子平等，便道："大人谋一个举人，恐还被人说笑，若谋两个时，怕外间说话越多起来了。"周庸佑听到这话，亦觉有理，心上左思右想，总没占一主意。马氏见周庸佑还自思疑，不如索性自己做主为是。次日便唤冯少伍到来，问他谋举人的路，可是实的？冯少伍道："哪有不实？现在已有了明文，省中早传遍了。夫人若要下手时，就该早些，迟点就恐不及了。"夫人听了，便对冯少伍道："依你干去便了，无论在哪一项设法，尽把二万银子拨来干去。"冯少伍说声"理会得"，随转下来。见马氏有了主意，想是与周庸佑商议定的了，再不必向周庸佑再说，便赶即回城，即把二万银子筹足，报效去。

果然不消一月上下，已发表出来，那幼子早中了一个举人去了。正是：

大人方进京堂秩，幼子旋攀桂苑香。

要知后事如何，且听下回分解。

第二十五回

酌花筵娼院遇丫环　营部屋周家嫁长女

话说冯少伍自把二万银子报效去了，果然一月上下，就有旨把周应昌钦赐了一名举人。那时城厢内外，都知得周家中举的事，只是谁人不识得周家儿子没有什么文墨，就通通知道是财神用事的了。

过了一两天，又知得周应昌是周庸佑的次子，都一齐说道："这又奇了，他长子还大得几岁年纪，今他的次子，也不过是十二三岁的人，就得了举人，可不是一件怪事！"就中又有的说道："你们好不懂事，只为那次子是继室马氏生得，究竟是个嫡子，因此就要与他中个举人了。"又有些说道："这越发奇了！主试的凭文取录，哪有由自己要中哪人，就中哪人的道理？"当下你一言，我一语，直当一件新闻一般谈论。

内中有懂得事的，就道："你们哪里知道，你道那名举人是中的，只是抬了两万银子去，就抬一名举人回来罢了。他的长子是二房庶出，早早没了娘亲，因此继室的马氏，就要与自己儿子谋个举人，哪里还记得二房的儿子呢？"街上谈来说去，也觉得这话有理。那时有科举瘾的学究，倒摇头叹息，有了钱就得举人，便不读书也罢。

只是周府里哪管人说什么话，只家内又得了一名举人，好不高兴。一来马氏见得举人的是自己儿子，更加欢喜。凡平时来往的亲戚朋友，也纷纷派报红拜客，又复车马盈门的到来道贺。且马氏为人，平日最喜人奉承的，这会自己儿子得了举人，那些趋炎附势的，自不免加几句赞颂。说他少年中举，不难中进士，点状元的了。你一句，我一句，都是赞颂得她不亦乐乎，几乎忘记她的举人是用钱得来的了。马氏就令设筵宴待那些宾客。

过了数日，就打算要回乡谒祖，好在祖祠门外竖两支桅杆，方成个体势，这都是后话。而今且说周庸佑自儿子得了举人，连日宴朋会友，又有一番热闹。镇日在周园里宾来客去，夜里就是秦楼楚馆，几无暇晷①。

---

① 暇晷（guǐ）——空闲；没事的时候。

那一夜正与二三知己到赛凤楼来，因那赛凤楼是周庸佑从前在那里携带过雁翎的，到时，自然一辈子欢迎。先到厅上，多半妓女是从前认识的，就问诸妓女中有新到的没有？各人都道："有了一位，是由羊城新到的，唤做细柳。"周庸佑忙令唤她出来，谁想细柳见了周庸佑，转身便回转去了。

周庸佑不知何故，也见得奇异，同座的朋友，如徐雨琴、梁早田的，就知道有些来历，只不敢说出。周庸佑道："究竟她因什么事不肯与人会面？座中又不是要吃人肉的，真是奇了。"说罢，便要唤她再复出来。同院姊妹一连叫了两次，细柳只是不出，也不敢勉强。看官试想：那周庸佑是个有声有势的人，凡是鸨母仆妇，正趋承到了不得的，这时自然惊动院中各人了。那鸨母知道周庸佑要唤细柳，那细柳竟是不出，心上好不吃了一惊，单怕周庸佑生气。一来院中少了一宗大生意，二来又怕那周庸佑一班拍马屁的朋友，反在周庸佑耳边打锣打鼓，不是说争口气，就是说讨脸面，反弄个不便。急的跑上厅来，先向周庸佑那班人说个不是，随向房子里寻着细柳，要她出来。不料细柳对着鸨母只是哭，鸨母忙问她缘故？细柳只是欲言不言的景象，鸨母不知其故，就嚷道："若大的京堂大人，放着几百万的家财，也不辱没你的。你若是怕见人时，就不必到这里了。"细柳道："我不是不见人，只是不见她就罢了。"鸨母正待问时，忽仆妇回道："厅子上的客人催得紧了。"鸨母只得强行拉了细柳出来，细柳犹是不肯，只哪里敢认真违抗，只得一头拭泪，一头到厅上来，低着头也不敢看周庸佑。惟庸□把细柳估量一番，觉也有几分面熟，似曾见过的；但总想不出是什么人。只心上自忖道："她不敢来见我，定然与我有些瓜葛。"再想从前桂妹是出家去了，且又不像她的样子，想来想去，总不知得。这时，徐雨琴一班人又见细柳出来，总不见有什么事，就当是细柳必因初落河下怕见人，故至于此，因此也不怎么见得怪异。

坐了一会子，细柳才转来。但那同院姊妹，少不免随着出来，问问细柳怕见周庸佑是什么缘故？细柳道："我初时是他府上的丫环，唤做瑞香，因那年除夕失火，烧那姓周的东横街大宅子，就与玉哥儿逃了出来。谁想那玉哥儿没点良心，把我骗在那花粉的地面，今又转来这里，因此见他时，就不好意思，就是这个缘故。"姊妹听了，方才明白。

各姊妹便把此事告知鸨母，鸨母听得，只怕周庸佑要起回那细柳，就着各人休得声张。只院中有一名妓女唤做香菱,与徐雨琴本有点交情,就不免把个中情节,对徐雨琴说知,徐雨琴早记在心里。当下厅上正弦歌响动,先后唱完了,然后入席。在周庸佑此时,仍不知细柳是什么人,但觉得好生熟识。一来府里许多房姬妾,丫环不下数十人,且周庸佑向来或在京或出外,便是到英京参赞任时,瑞香年纪尚少,又隔了几年,如何认得许多?所以全不在意。到散席时候,各自回去。

次日,周庸佑又与各朋友在周园聚会,徐雨琴就把昨夜香菱那一番说话,把细柳的来历,细细说来。周庸佑方才醒得,便回府里,对马氏问道:"年来府里的丫环,可有逃走的没有?"马氏道:"年来各房分地居住,也不能知得许多。单是那一年失火时,丫环瑞香却跟着小厮阿玉逃去,至今事隔许多年。若大人不问起来,我险些儿忘却了。"周庸佑道:"从前失婢时,可有出个花红没有?现在阿玉究在哪里呢?"马氏道:"他两人踪迹,实在不知得,大人问她却是何故?"周庸佑道:"现在有人说在赛凤楼当娼的有一妓名细柳,前儿是我们府上的丫环,因失火时逃去的。"马氏道:"是了,想是瑞香无疑了。她脸儿似瓜子样儿,还很白的。"周庸佑道:"是了,她现在妓院干那些生涯,哪个不知得是我们的丫环?这样就名声不大好了。"马氏道:"这样却怎样才好?"周庸佑道:"我若携她回来,她只道回来有什么难处,料然不肯。不如摆布她去别处也罢。若是不然,就着别的朋友携带了她,亦是一件美事。"马氏道:"由得老爷主意,总之,不使她在这埠上来出丑,也就好了。"周庸佑答个"是",然后出来再到周园那里,与徐雨琴筹个善法。雨琴道:"任细柳留在那里,自然失羞;若驱逐她别处去,反又太过张扬,更不好看。虽然是个丫环,究是家门名誉所在,大要仔细。"周庸佑道:"足下所言,与弟意相合,不如足下娶了她也罢。"雨琴道:"此事虽好,只怕细柳心不大愿,也是枉然。"周庸佑道:"须从她鸨母处说妥,若细柳不允时,就设法把她打进保良局去。凡妓女向没知识,听得保良局三个字,早是胆落了,哪怕她不肯?若办妥这件事时,一面向细柳打听小厮阿玉在哪里,然后设法拿他,治他拐良为娼之罪,消了这口气,有何不可?"徐雨琴听了,觉得果然有理,当即允之。就与鸨母商议。

那鸨母见周庸佑是有体面的人,若不允时,怕真个打进保良局,岂不是人财两空?急得没法,唯有应允。便说妥用五百块银子作为两家便宜便罢,于是银子由周庸佑交出,而细柳则由徐雨琴承受。鸨母既妥允,那细柳一来见阿玉这人已靠不住，二来又领过当娼的苦况，三来又忌周庸佑含恨，自没有不从，因此就跟徐雨琴回去，便了却这宗事。

只周庸佑自见过这宗事之后，倒嘱咐各房妻妾，认真管束丫环，免再弄出瑞香之事。至于服侍自己女儿的丫环，更加留心；况且女儿已渐渐长大来了，更不能比从前的托大。再令马氏留意，与女儿打点姻事。单是周庸佑这些门户，要求登对的，实在难得很，这时纵有许多求婚的富家儿，然或富而不贵，又或贵而不富，便是富贵相全的，又或女婿不大当意，倒有难处。

忽一日，梁早田进来道："听说老哥的女公子尚未许字，今有一头好亲事，要与老哥说知。"周庸佑便问："哪一家门户？"早田道："倒是香港数一数二的富户，蔡灿翁的文孙，想尽能对得老哥的门户。"周庸佑道："姓蔡的我也认得，只他哪有如此大年纪的孙儿呢？"梁早田道："姓蔡的当从前未有儿子时，也在亲房中择了个承嗣①子，唤做蔡文扬，早早也中了一名顺天举人。纵后来蔡灿翁生了几个儿子，那蔡文扬承继不得，究竟蔡灿翁曾把数十万的家财发拨过他。且那蔡文扬本生父也有些家财，可见文扬身上应有两副家资的份儿了。如此究是富贵双全的人家，却也不错。"周庸佑道："据老哥说来，尽可使得，待小弟再回家里商酌便是。"便回去对马氏说知，马氏道："闻说蔡灿拨过蔡文扬的不过十万银子，本生父的家财又不知多少。现他已不能承继蔡灿，就算不得与蔡灿结姻家了。尽要查查才好。"周庸佑想了想，随附耳向马氏说道："夫人还有所不知，自己的女儿，吸洋膏子的瘾来得重了，若被别人访访，终是难成。不如过得去也罢了。"马氏点头道"是"。此时已定了几分主意。

偏是管家冯少伍早知得这件事，暗忖主人的大女儿，是奢华惯了的，羊城及乡间富户，料然不怎么喜欢。若香港地面的富商，多半知得他大女儿烟瘾过重，反难成就。看将来倒是速成的罢了。只心上的意，不好明对周庸佑夫妻说出，只得旁敲侧击，力言蔡文扬如何好人品，他的儿子如何好才貌，在庸佑跟前说得天花乱坠。在周庸佑和马氏的本意，总要门户相当，若是女婿的人品才貌，实在不怎么注意。今见冯少伍如此说，亦属有理，便拿定主意，往复梁早田，决意愿与蔡文扬结亲家了。梁早田又复过

---

①　嗣（sì）——接续；继承。

姓蔡的。

自来做媒的人,甘言巧语,差不多树上的雀儿也骗将下来,何况周、蔡两家,都是有名的门户,哪有说不妥的?

那一日再复过周庸佑道:"蔡文扬那里早已允了,只单要一件事,要女家的在羊城就亲,想此事倒易停妥。因在省城办那妆奁,还较易些,不如就允了他罢。"周庸佑听得,也允从了,一面又告马氏。马氏道:"回城就亲,本是不难的。单是我们自东横街大宅遇火之后,其余各屋,都是门面不大堂皇的,到时怕不好看。周庸佑道"夫人忒呆了,我家横竖迟早都要在城谋大屋的,不如赶速置买便是,难道有了银子,反怕屋子买不成?"马氏道:"既是如此,就一面允他亲事,一面嘱咐管家,营谋大屋便是。"因此上就使梁早田做媒,把长女许给那蔡灿的孙子,徐把马氏之意,致嘱冯、骆两管家,认真寻屋子,好预备嫁女。冯、骆两人,也不敢怠慢,轮流的往羊城寻找。究竟合马氏意思的大屋,实在难觅。

不觉数月之久,冯少伍自省来港,对周庸佑说道:"现寻得一家,只怕业主不允出卖,因那业主不是卖屋之人,若他允卖时,真是羊城超前未有的大宅子了。"周庸佑急急地问是谁的宅子来? 正是:

　　成家难得宜家女,买屋防非卖屋人。

要知后事如何,且听下回分解。

第二十六回

周淑姬出阁嫁豪门　德榷使吞金殉宦海

却说冯少伍自羊城返港，说称："现在西关有所大宅子，真是城厢内外曾未见过的敞大华美，只可惜那业主不是卖屋的人，因此颇不易购得。"马氏正不知此屋果属何人的，便问业主是什么名姓？冯少伍道："那屋不过是方才建做好的，业主本贯顺德人氏，前任福建船政大臣的儿子，正署福建兴泉水道，姓黎的唤做学廉，他的家当可近百万上下，看来就不是卖屋的人了。"马氏听得，徐徐答道："果然他不是卖屋的人，只求他相让或者使得。"冯少伍道："说那个让字，不过是好听些罢了。他既不能卖，便是不能让的，而且见他亦难以开口。"马氏道："这话也说得是，不如慢些商量吧。"冯少伍听了，即自辞出。

在周庸佑之意，本不欲要寻什么大屋，奈是马氏喜欢的，觉不好违她，便暗地里与冯少伍商酌好，另寻别家购买将来。冯少伍道："这也难说的了，像东横街旧宅这般大的，还没有呢。马夫人反说较前儿宅子大的加倍，越发难了。大人试想，有这般大的宅子的人家，就不是卖业的人家了。"周庸佑觉得此言有理，即与马氏筹议，奈马氏必要购所大屋子在省城里，好时常来往，便借嫁女的事，赶紧办来。周庸佑道："不如与姓黎的暂时借作嫁女之用，随后再行打算。"马氏道："若他不肯卖时，就借来一用也好。"周庸佑答个"是"，便回城去，好寻姓黎的认识，商量那间屋子的事。

那姓黎的答道："我这宅子是方才建筑成了，哪便借过别人？老哥休说吧。"周庸佑道："既是不能借得，就把来相让，值得多少，小弟照价奉还便是。"姓黎的听了，见自己无可造次，暗忖自己这间屋子，起时费了八万银子上下，我不如说多些，他料然不甘愿出这等多价，这时就可了事。便答道："我这间屋子起来，连工资材料，统费了十六万金。如足下能备办这等价，就把来相让便是。"那姓黎的说这话，分明是估量他不买的了。谁想周庸佑一听，反没半点思疑，又没有求减，就满口应承。姓黎的听了，不禁愕然，自己又难反口，没奈何只得允了。立刻交了几千定银，一面回复马氏，好不欢喜。随备足十六万银两的价银，交易清楚。就打点嫁女的事，却令人分头赶办妆奁。

因周家这一次是儿女婚嫁第一宗事，又是马氏的亲女，自然是要加倍张皇。那马氏的长女，唤做淑姬，又从来娇惯的，因见周家向来多用紫檀床，就着人对蔡家说知，要购办紫檀床一张。蔡家听得，叵耐当时紫檀木很少，若把三五百买张洋式的床子，较还易些；今紫檀床每张不下八百两银子上下，倒没紧要，究竟不易寻得来。只周家如此致嘱，就不好违她，便上天下地，找寻一遍，才找得一张床子，是紫檀木的，却用银子一千一百元买了回家，发复过周家。

那时周家妆奁也办得八九床帐，分冬夏两天，是花罗花绉的；帐钩是一对金嵌花的打成；杭花绉的棉褥子，上面盖着两张美国办来的上等鹤绒被子。至于大排的酸枝大号台椅的两副，二号的两副，两张酸枝机子，上放两个古磁窑的大花瓶。大小时钟表不下十来个，其余罗绉帐轴，也不消说了。至于木料的共三千银子上下，瓷器的二千银子上下，衣服就是京酱宁绸灰鼠皮袄、雪青花绉金貂皮袄、泥金花缎子银鼠皮袄、荷兰缎子的灰鼠花绉箭袖小袄、又局缎银鼠箭袖皮袄各一件，大褂子二件，余外一切贵重衣物裙带，不能细说。统计办服式的费去一万银子上下。头面就是钗环簪珥①，都是镶嵌珍珠，或是钻石不等。手上就是金嵌珍珠镯子一对，金嵌钻石镯子一对。至于金器物件，倒不能说得许多。统计办头面的费去三万银子上下。若特别的就是嵌着大颗珍珠的抹额，与足登那对弓鞋，帮口嵌的钻石，真是罕有见的。还有一宗奇事，是房内几张宫座椅子上，却铺着灰鼠皮，奢华绮丽，实向来未有。各事办得停妥，统共奁具不下六七万银子，另随嫁使用的，约备二万元上下，统共计木料、锡器、瓷器、金银炕盅、房内物件、及床铺被褥、顾绣垫搭、以至皮草衣服、帐轴，与一切台椅，及随嫁使用的银子，总不下十万来两了。

到得出阁之日，先将香港各处家眷，都迁回西关新宅子，若增沙关部前素波巷各宅眷，亦因有了喜事，暂同迁至新宅子里来，那些亲串亲友，先道贺新宅进伙，次又道贺周家嫁女，真是来往的不绝。

---

　　①　簪珥(ěr)——首饰。

　　周家先把门面粉饰一新,挂着一个大大的京卿第匾子,门外先书一联,道是:"韩诗歌孔乐,孟训戒无违。"门外那对灯笼,说不出这样大,写着"京卿第周"四个大字。门内的辉煌装饰,自不消说。到了送奁之日,何止动用五六百人夫,拥塞街道,观者人山人海,有赞他这般富豪的,有叹他太过奢侈的,也不能胜记。

　　过了两天,就是蔡家到来迎娶,自古道:"门户相当,富贵相交,"也不待说。单说周家是日车马盈门,周庸佑和马氏先在大堂受家人拜贺,次就是宾客到来道贺,绅家如潘飞虎、苏如绪、许承昌、刘鹗纯,官家如李子仪、李文桂、李庆年、裴鼎毓之伦①,也先后道贺,便是上至德总督,和一班司道府,以及关监督,都次第来贺。因自周庸佑进衔京卿之后,声势越加大了。巴结的平情相交的,哪里说得许多。男的知客是周少西同姓把弟,女的知客就是周十二宅的大娘子。至于女客来道贺的,如潘家奶奶、陈家奶奶,都是马氏的金兰姊妹,其余潘、苏、许、李、刘各家眷属也到了。这时宾客盈堂,冯少伍也帮着周少西陪候宾客,各事自有骆子棠打点。家人小厮都是正中大厅至左右厢厅,环立伺候使唤,若锦霞、春桂两姨太太,就领各丫环,自宝蝉以下,都伺候堂客茶烟,自余各姨太太,也在后堂伺候陪嫁的女眷,不在话下。统计堂倌共二十余名,都在门内外听候领帖,应接各男女宾客。

　　道喜的或往或来,直至午后,已见蔡家花轿到门,所预备丫环十名,要来赠嫁,也装束伺候,如梳佣及陪嫁的七八人,也打点登轿各事。因省城向例,迎亲的都是日中或午后登轿的较多,是时周家择的时辰,是个申时吉利,马氏便嘱咐后堂陪嫁的,依准申时登轿。

　　因马氏的长女周淑姬,性情向来娇惯,只这会出阁,是自己终身的大事,既是申时吉利,自然不敢不依。淑姬便问各事是否停妥,陪嫁的答道"妥当了",便到炕上再抽几口大大的洋膏子,待养足精神,才好登轿而去。抽了洋膏之后,即令丫环收拾烟具,随嫁却是一对正崖州竹与一对橘红福州漆的洋烟管,烟斗就是谭元记正青草及香娘各一对,并包好那盏七星内外原身车花的洋烟灯。收拾停妥之后,猛然想起一件事,不知可有买定洋膏没有?便着人往问马氏,才知这件紧要的事,未有办到,便快快的

――――――――――

　　① 伦——辈;类。

传骆子棠到来,着他办去。骆子棠道:"向来小姐吸的是金山烟,城中怕不易寻得这般好烟来。除是夫人用参水熬的,把来给过她,较为便捷呢。"马氏道:"我用的所存不多,府中连日有事,又不及再熬,这却使不得。但不知城中哪家字号较好的,快些买罢了。"骆子棠道:"往常城内,就说燕喜堂字号,城外就说是贺隆的好了。若跑进城内,怕回来误了时候,请夫人示下究往哪家才好?"马氏道:"城内来去不易,不如就在城外的罢了。"骆子棠应一声"晓得",即派人往购一百两顶旧的鸦片膏来。谁想那人一去,已是申牌时分,府里人等已催速登轿,马氏心上又恐过了时辰,好不着急。便欲先使女儿登轿,随后再打发人送烟膏去。只是今日过门,明儿才是探房,却也去不得。在周淑姬那里,没有洋膏子随去,自然不肯登轿,只望买烟的快快回来。唯自宝华正中约跑至新豆栏贺隆字号,那路程实在不近,望来望去,总未见回来。外面也不知其中缘故,只是催迫登轿;连周庸佑也不知什么缘故,也不免一同催速。还亏马氏在周庸佑跟前,附耳说了几句话,方知是等候买洋膏子回来,没奈何周庸佑急令马氏把自己用的权给三五两过她,余外买回的,待明天才送进去。一面着人动乐,当即送淑姬出堂,先拜了祖宗,随拜别父母,登了花轿,望蔡家而去。这里不表。

　　周家是晚就在府上款宴来宾,次日,就着儿子们到蔡家探房。及到三朝回门之后,其中都是寻常细故,也不须细述。

　　且说周庸佑正与马氏回往西关新宅子之后,长女已经过门,各房姨太太,也分回各处住宅去了。周庸佑倒是或来或往,在城中除到谈瀛社聚谈之外,或时关书里坐坐。偏是那时海关情景,比往前不同,自鸦片拨归洋关,已少了一宗进款;加之海关向例除凑办皇宫花粉一笔数外,就是办金叶进京。年中办金的不下数万两,海关书吏自然凭这一点抬些金价,好饱私囊。怎奈当时十来年间,金价年年起价,实昂贵得不像往时。海关定例,只照十八换金价,凑办进京。及后价涨,曾经总督李干翔入奏,请海关照金价的时价,解进京去,偏又朝廷不允,还亏当时一位丞相,唤做陵禄,与前监督有点交情,就增加些折为二十四换。只是当时金价已涨至三十八九换的了,因此当时任监督,就受了个大大的亏折。那前任的联元,虽然耗折,还幸在闹姓项下,发了一注大大的意外钱财,故此能回京复命。及到第二任监督的,唤做德声,白白地任了两年监督,亏折未填的,尚有四五十万之多,现届满任之时,怎地筹策? 便向周庸佑商量一个设法,其中商量之意,自不免向周庸佑挪借。

当下周庸佑听了德监督之言,暗忖自己若借了四五十万过他,实在难望他偿还。他便不偿还,我究从哪里讨取? 况自己虽然有几百万的家当,怎奈连年所用,如干了一任参赞;又报效得个京卿;马氏又因办矿务,去了不下十万;今又买大宅子与办长女的妆奁。几件事算来,实在去了不少。况且近来占了那间银行的股份,又不大好景,这样如何借得过他? 虽然自己也靠关里发财,今已让少西老弟做了,年中仅得回十万银子,比从前进项不同。想了便对德声道:"老哥这话,本该如命。只小弟这里连年用的多,很不方便,请向别处设法吧。"德声见周庸佑硬推,心上好过不去,只除了他更没第二条路;况且几十万两银子,有几人能举得起? 便是举得起的,他哪里肯来借过我? 想了便再向周庸佑唤几声兄弟,求他设法。怎奈周庸佑只是不从。

这时因新任监督已经到省,德声此时实不能交代,只得暂时迁出公馆住下。欲待向库书吏及册房商量个掩饰之法,怎又人情冷暖,他已经退任,哪个肯干这宗的事来? 因此也抑郁成病。那新任的文监督,又不时使人来催清楚旧任的账目。德声此时,真无可如何。便对他的跟人说道:"想本官到任后,周庸佑凭着自己所得之资财,却也不少。今事急求他,竟没一点情面,实在料不着的了!"那跟人道:"大人好没识好歹! 你看从前晋监督怎样待他,还有个不好的报答他;况大人待他的万不及晋监督,欲向他挪借几十万,岂不是枉言么?"德声道:"他曾出过几十万金钱,与前任姓联的干个差使,看来是个豪侠的人,如何待俺的却又这样?"那跟人道:"他求心腹来,好同干弄,自然如此,这却比不得的了。"德声听了,不觉长叹了几声。正是:

　　　穷时难得挥金客,过后多忘引线人。

要知后事如何,且看下回分解。

第二十七回
繁华世界极侈穷奢　冷暖人情因财失义

话说海关德监督,因在任时金价昂贵,因此亏缺了数十万库款,填抵不来,向周庸佑借款不遂;又因解任之后,在公馆里,新任的不时来催取清做册数,自己又无法弥补。自念到任以来,周庸佑凭着关里所得的资财不少,如何没点人情,竟不肯挪借,看来求人的就不易了。再想广东是有名的富地,关监督又是有名的优差,自己反弄到这样,不禁愤火中烧,叹道:"世态炎凉,自是常有,何况数十万之多,这却怪他不得。但抵填不来,倒不免个罪名,不如死了吧。"便吞金图个自尽。后来家人知得灌救时,已是不及了。正是:空叹世途多险阻,任随宦海逐浮沉。

当下德监督既已毕命,家人好不苦楚!又不知他与周庸佑借款不遂之事,只道德监督自然是因在任亏缺,无法填补,因求毕命而已。周庸佑听得德声已死,心上倒不免自悔,也前往吊丧,封了三五百银子,把过他的家人,料理丧事。暗忖德声已死,他在任时,还未清结册数,就在这里浮开些数目,也当是前任亏空的,实在无人知觉,况德声在任时,亏缺的实在不少,便是他的家人,哪里知得真数?就将此意通知周乃慈,并与册房商妥,从中浮开十来二十万,哪里查得出来。那时把浮开的数,二一添作五,彼此同分,实不为过。那时造册的,自然没有不允,便议定浮开之数。周乃慈与造册的,共占分一半,周庸佑一人也占分一半。白地增多一注钱财,好不高兴。只可怜公款亏得重,死者受得苦,落得他数人分的肥。大凡书吏的行为,大半这样,倒不必细说了。

且说周家自买了黎氏这所大屋之后,因嫁女事忙得很,未有将宅子另行修造。今各事停妥,正要把这般大宅,加些堂皇华丽,才不负费一场心思,把十六万银子,买了这所料不到的大宅子来。一面传冯少伍寻那建造的人来,审度屋里的形势,好再加改作。偏是那间大屋,十三面相连,中间又隔一间,是姓梁的管业,未曾买得,准要将姓梁的一并买了。那时一面墙直连十三面门面,更加装潢。叵耐那姓梁的又是手上有块钱的人家,不怎么愿将名下管业来转卖。论起那姓梁屋子,本来价值不过五六千银子上下,今见周家有意来拉拢,俗语道:"千金难买相连地,"便硬着索价一万银子。谁想那周庸佑夫妇,皆是视财如水的人,那姓梁的索一万,就依价还了一万,因此一并买了姓梁的宅子,通通相连,差不多把宝华正中约一条长街,占了一半。又将前面分开两个门面,左边的是京卿第,右边的是荣禄第,东西两门面,两个金字匾额,好不辉煌!

两边头门,设有门房轿厅,从两边正门进去,便是一个花局分两旁,甬道中间,一个水池,水池上都是石砌阑干。自东角墙至西角墙,地上俱用雕花街砖砌成。那座花局,都是盆上花景,靠着照墙,对着花局,就是几座倒厅,中分几条白石路,直进正厅。正厅内两旁,便是厢房;正厅左右,又是两座大厅,倒与正厅一式。左边厢厅,就是男书房;右边厢厅,却是管家人等居住。从正厅再进,又分五面大宅,女厅及女书房都在其内。再进也是上房,正中的是马氏居住。从斜角穿过,即是一座大大的花园,园内正中,新建一座洋楼,四面自上盖至墙脚,都粉作白色;四边墙角,俱作圆形;共分两层,上下皆开窗门,中垂白纱,碎花莲幕。里面摆设的自然是洋式台椅。从洋楼直出,却建一座戏台,都是重新另筑的。戏台上预备油饰得金碧辉煌,台前左右,共是三间听戏的座位,正中的如东横街旧宅的戏台一般;中间特设一所房子,好备马氏听戏时睡着好抽洋膏子。花园另有几座亭台楼阁,都十分幽雅。其中如假山水景,自然齐备。至四时花草,如牡丹庄、莲花池、兰花榭、菊花轩,不一而足。直进又是几座花厅,都朝着洋楼,是闲时消遣的所在。凡设筵会客,都在洋楼款待。自大屋至花园,除白石墙脚,都一色水磨青砖。若是台椅的精工,也不能细说。又复搜罗尊重的玩具、陈设。厅房楼阁,两边头门轿厅,当中皆粘封条,如候补知府、分省试用道、尝戴花翎、候补四品京堂、二品顶戴、出使英国参赞等衔名,险些数个不尽。与悬挂的团龙衔匾①,及摆着的衔牌②,也是一般声势。

大厅上的玩器,正中摆着珊瑚树一颗,高约二尺有余。外用玻璃围

---

① 衔匾——写有官衔的匾额。
② 衔牌——书写官衔的木牌。

罩,对着一个洋瓷古窑大花瓶,都供在几子上。余外各厅事,那摆设的齐备,真是无奇不有:如云母石台椅、螺钿台椅、云母石围屏、螺钿围屏,以及纱罗帐幔,着实不能说得许多。除了进伙时,各亲串道贺的对联帐轴之外,凡古今名人字画,倒搜罗不少。山水如米南宫①二樵丹山的遗笔,或悬挂中堂,或是四屏条幅。即近代有名的居古泉先生花卉却也不少。至于翎毛顾绣镜藏的四屏,无不精致,这是用银子购得来的,更是多得很。内堂里便挂起那架洋式大镜子,就是在东横街旧宅时烧不尽的,早当是一件宝物。因买了宝华坊黎姓那宅子,比往时东横街的旧宅,还大的多,所以陈设器具,比旧时还要加倍。可巧那时十二宅周乃慈正在香港开一间金银器及各玩器的店子,唤做□昌字号,搜罗那些贵重器皿,店里真如五都之市,无物不备。往常曾赴各国赛会,实是有名的商店,因此周庸佑就在那□昌店购取无数的贵重物件来,摆设在府里,各座厅堂,都五光十色,便是亲串到来观看的,倒不能识得许多。

至如洋楼里面,又另有一种陈设,摆设的如餐台波台弹弓床子、花晒床子、花旗国各式藤椅、及夏天用的电气风扇,自然色色齐备。或是款待宾客,洋楼上便是金银刀叉,单是一副金色茶具,已费去三千金有余。若至大屋里,如金银炕盅、金银酒杯,或金或银,或象牙的箸子,却也数过不尽。周庸佑这时,把屋子已弄到十分华美,又因从前姓黎的建筑时,都不怎么如意,即把厅前台阶白石,从雕刻以至头门墙上及各墙壁,另行雕刻花草人物,正是踵事增华②,穷奢极侈。又因从前东横街旧宅,一把火便成了灰烬,这会便要小心,所以一切用火油的时款洋灯子,只挂着做个样儿,转把十三面过的大宅里面数十间,全配点电灯,自厅堂房舍,至花园内的楼阁亭台,统共电灯一百六十余个,每昼夜分,就点着,照耀如同白日。自台阶甬道,与头门轿厅,及花园隙地,只用雕花阶砖;余外厅堂房舍,以至亭台楼阁,都铺陈地毡,积几寸厚。所有墙壁,自然油抹一新。至于各房间陈设,更自美丽。

单有一件,因我们广东人思想,凡居住的屋舍及饮食的物件,都很识得精美两个字,只是睡觉的地方,向来不怎讲究,唯是马氏用意,却与别的

---

① 米南宫——即米芾,北宋书画家。

② 踵(zhǒng)事增华——继续以前的事业并更加发展。

不同。因人生所享用的，除了饮食，就是晚上睡觉的时候，才是自己受用的好处。因此床子上就认真装饰起来，凡寻常的床子，多数是用木做成，上用薄板覆盖为顶，用四条木柱上下相合，再用杉条斗合，三面横笋，唤做大床，都是寻常娶亲用的。又有些唤做潮州床，也不过多几个花瓣，床面略加些雕刻而已。若有些势派的人，就要用铁床了。都是数见不鲜。

　　只有马氏心上最爱的就是紫檀床，往上也说过了，她有爱紫檀床的癖，凡听得哪处有紫檀床出售，便是上天落地，总要购了回来，才得安乐。自从宝华坊大宅子进伙之后，住房比旧宅还多。马氏这时，每间房子，必要购置紫檀床一张，那时管家得了马氏之意，哪里还敢怠慢？好容易购得来，便买了二十余张紫檀床子，每间房子安放一张，论起当时紫檀木来的少，那床子的价，自然贵得很。无奈马氏所好，便是周庸佑也不能相强，所以管家就不计价钱的购了来。故单说那二十来张紫檀床子，准值银子二万有余。

　　就二十来张床之中，那马氏一张，更比别张不同：那紫檀木纹的细净，及雕刻的精工，人物花草，面面玲珑活现。除了房中布置华丽，另在床子上配设一只电灯，床上分用四季的纱绫罗绸的锦帐，帐外还挂一对金帐钩，耗费数百金制成。床上的褥子，不下尺厚，还有一对绣枕，却值万来银子。论起那双绣枕，如何有这般贵重？原来那绣枕两头，俱缝配枕花，一双绣枕，统计用枕花四个，每个用真金线缝绣之外，中间夹缀珍珠钻石，那些珠石，自然是上等的，每到夜里灯火光亮时，那珍珠的夜明、钻石的水影，相映成色，直如电光闪烁。计一个枕花，约值三千银子，四个枕花，统计起来，不下万来银子了。实没有分毫说谎的。

　　所有府里各间，即已布置停妥，花园里面又逐渐增置花木。马氏满意，春冬两季，自住在大屋的房子；若是夏秋两季，就要到花园里居住。可巧戏台又已落成，那马氏平生所好那抽吸洋膏一门，自不消说；此外，就不时要听戏的了。这回戏台落成，先请僧道几名，及平时认识的尼姑，如庆叙庵阿苏师傅、莲花庵阿汉师傅、无着地阿容师傅，都请了来，开坛念经，开光①奠土。又因粤俗迷信，每称新建的戏台，煞气重得很，故奠土时，就要驱除煞气，烧了十来万的串炮。过了奠土之后，先演两台扯线宫戏，唤

---

　　① 开光——佛教宗教仪式之一。佛像塑成后，吉日揭幕供奉。

做挡灾,随后便要演有名的戏班。因马氏向来最爱听的是小旦法倌,自从法倌没了,就要听小旦苏倌,凡苏倌所在的那一班,不论什么戏金,都要聘请将来。当时宝华坊周府每年唱戏,不下十来次,因此上小旦苏倌声价骤然增高起来。

这会姓周的新宅子,是第一次唱戏,况因进伙未久,凡亲朋道贺新宅落成的,都请来听戏。且长女过门之后,并未请过子婿到来,这会一并请了前来。香港平日相洽的朋友,如梁早田、徐雨琴等,早先一天到省城的。就是谈瀛社的拜把兄弟,也通通到来了。也有些是现任的官场,倒不免见周庸佑的豪富,到来巴结。前任海关德监督虽然没了,只是他与周庸佑因借款不遂的事,儿子们却没有知得,故德监督的儿子德陵也一同到来。至于女眷到来的,也不能细说。正是名马香车,填塞门外。所有男宾女客,都在周府用过晚餐。又带各人游过府里一切地方,然后请到园子里听戏。内中让各宾朋点戏,各视所爱的打发赏封,都是听堂戏的所不免,亦不劳再表。

偏是德陵到来听戏,内中却有个用意,因不知他父亲与周庸佑因借款不遂,少不免欲向周庸佑移挪一笔银子,满意欲借三五万,好运父亲灵柩回旗。只周庸佑不允借与德声,哪里还认得他的儿子?但他一场美意到来,又不好却他意思,只得借了两千银子过他,就当是恩恤的一样。德陵一场扫兴,心上自然不怎么快意,以为自己老子抬举他得钱不少,如何这样寡情,心上既是不妥,自然面色有些不悦。那周庸佑只作不理,只与各朋友言三说四的周旋。

正在听戏间,兴高采烈的时候,忽冯少伍走进来,向周庸佑身边附耳说了几句话,周庸佑一听,登时面色变了。正是:

穷奢享遍人间福,尽兴偏来意外忧。

要知冯少伍说出什么话来,且听下回分解。

第二十八回
诬奸情狡妾裸衣　赈津饥周绅助款

话说周家正在花园里演戏之时，周庸佑与各亲朋正自高谈雄辩，忽冯少伍走近身旁，附耳说了几句话，周庸佑登时面色变了。各人看得倒见有些奇异，只不好动问。原来冯少伍说的话，却是因关库里那位姓佘的，前儿在周庸佑分儿上用过一笔银子，周庸佑心上不服，竟在南海县衙里告他一张状子，是控他擅吞库款的罪情，因此监禁了几年。这时禁限满了，早已出了狱来，便对人说道："那姓周的在库书内，不知亏空了多少银子，他表里为奸，凭这个假册子，要来侵吞款项。除了自己知得底细，更没有人知得的了。今儿被他控告入狱，如何消得这口气？定要把姓周的痛脚拿了出来，在督抚衙门告他一纸，要彻底查办，方遂心头之愿。"所以冯少伍听得这一番说话，要来对周庸佑说知。那周庸佑听得，好不惊慌，不觉脸上登时七青八黄。各亲朋虽见得奇异，只不好动问。当下各人听了一会戏，自纷纷告别。周庸佑也无心挽留，便送各宾朋去了，场上就停止唱戏。周庸佑回至下处，传冯少伍进来，嘱他认真打听姓佘怎样行动，好打点打点。

只周庸佑虽有这等痛脚落在姓佘的手上，但自从进了四品京堂及做过参赞回来之后，更加体面起来，凡大员大绅，来往的更自不少。上至督抚三司，都有了交情，势力已自大了。心上还自稳着，暗忖姓佘的纵拿得自己痛脚，或未必有这般手段。纵然发露出来，那时打点也未迟。想到此层，又觉不必恐惧，自然安心。镇日无事，只与侍妾们说笑取乐。

但当时各房姬妾，除二房姨太太殁了；桂妹早已看破凡尘，出家受戒；那九姨太太又因弄出陈健窃金珠一案，周庸佑亦不怎么喜欢她。余外虽分居各处，周庸佑也水车似的脚踪儿不时来往。

单是继室马氏是最有权势的人，便是周庸佑也惧她三分。且马氏平日的性子，提起一个妾字，已有十分厌气。独六姨太太王氏春桂，颇能得马氏欢心。就各妾之中，马氏本来最恨二姨太，因她儿子长大，怕将来要执掌大权，自己儿子反要落后。今二姨太虽然殁了，只她的儿子已自长大成人，实如眼中钉刺，满意弄条计儿，好使周庸佑驱逐了他，就是第一个安乐；纵不能驱逐得去，倒要周庸佑憎嫌他才好。那日猛然想起一计，只各人都难与说得，唯六姨太王氏春桂，是自己腹心，尽该用着，且不愁她不允。便唤春桂到来，把心里的事，与春桂商量一遍，都是要唆摆二房儿子之意。春桂听了，因要巴结马氏，自没有不从，只是计将安出？马氏便将方才想的计策，如此如此，附耳细说了一回，春桂不觉点头称善。又因前儿春桂向在香港居住，这会因嫁女及进伙唱戏，来了省城西关大宅子，整整一月有余。今为对付长男之事，倒令春桂休回香港去，在新大宅子一块儿同居，好就便行事。

那春桂自受了马氏计策之后，转不时与二房长子接谈。那长子虽是年纪大了，但横竖是母娘一辈子，也不料有它意，亦当春桂是一片好心，心上倒自感激。或有时为那长子打点衣裳，或有时弄中饭与他吃，府里的人，倒赞春桂贤德。即在周庸佑眼底看着了，倒因二房伍氏弃世之后，这长男虽没什么过处，奈各房都畏惧马氏，不敢关照他，弄得太不像了，今见春桂如此好意，怎不喜欢？因此之故，春桂自然时时照料那长子，那长子又在春桂眼前不时趋承，已非一日，倒觉得无什么奇处。

那一日，周庸佑正在厅子里与管家们谈论，忽听得春桂的房子里连呼救命之声，如呼天唤地一般，家人都吓得一跳，一起飞奔至后堂，周庸佑猛听得，又不知因什么事故，都三步跑出来观看，只见长男应扬正从春桂的房子飞跑出来，一溜烟转奔过花园去了。一时闻房里放声大哭，各丫环在春桂房门外观看，都掩面回步，唯有三五个有些年纪的梳佣，劝解的声，怒骂的声，不绝于耳。都骂道："人面兽心，没廉耻的行货子！"周庸佑摸不着头脑，急走到春桂房子来要看个明白。谁想不看犹自可，看了，只见王氏春桂赤条条的，不挂一丝，挨在床子边，泪流满面。那床顶架子上挂了一条绳子，像个要投缳①自尽的样子。周庸佑正要问个缘故，忽听得春桂哭着骂道："我待他可谓尽心竭力，便是他娘亲在九泉，哪有一点对他不住？今儿他要干那禽兽的行为，眼见得

---

① 投缳(huán)——即投环；上吊。

我没儿没女，就要被人欺负。"周庸佑这时已听得几分。那春桂偷眼见周庸佑已到来，越加大哭，所有房内各梳佣丫环，见了周庸佑，都闪出房门外。周庸佑到这时，才开言问道："究为什么事，弄成这个样子？"春桂呜呜咽咽，且骂且说道："倒是你向来不把家事理理儿，那儿子们又没拘束，致今日把我恩将仇报。"说到这来，方自穿衣，不再说，又是哭。周庸佑厉声道："究为着什么事？你好明明白白说来！"春桂道："羞答答的说怎么？"就中梳佣六姐，忍不住插口道："据六姨太说，大爷要强逼她干没廉耻的勾当，乘她睡着时，潜至房子里，把她衣衫解了，她醒来要自尽的。想六姨太待大爷不错，他因洽熟了，就怀了这般歹心。若不是我们进来救了，他就要冤枉了六姨太的性命了。"正说着，听得房门外一路骂出来，都是骂"没家教，没廉耻，该杀的狗奴才"这等话。周庸佑认得是马氏声音，这时头上无明孽火高千丈，又添上马氏骂了一顿，便要跑去找寻长男，要结果他的性命。

　　跑了几步，忽回头一想，觉长子平素不是这等人，况且青天白日里，哪便干这等事？况他只是一人，未必便能强逼他，就是强逼，将来尽可告诉自己来做主，何至急欲投缳自尽？这件事或有别情，也未可定。越想越像，只到这时，又不好回步，只得行至花园洋楼上，寻见了长男，即骂道："王八羔子！果然你干得好事！"那长子应扬忙跪在地上，哭着说道："儿没有干什么事，不知爹爹动怒为何故？"周庸佑道："俗语说：'过了床头，便是父母。'尽分个伦常道理，何便强逼庶母，干禽兽的行为？"长子应扬道："儿哪有这等事？因六太太待儿很好，儿也记在心头。今天早饭后，六太太说身子不大舒服，儿故进去要问问安，六太太没言没语，起来把绳子挂在床头上，儿正不知何故。欲问时，她再解了衣衫，就连呼救命。儿见不是事，即跑了出来。儿是饮水食饭的人，不是禽兽的没人理，爹爹好查个明白，儿便死也才得甘心。"周庸佑听得这一席话，觉得实在有理。且家中之事，哪有不心知？但此事若仍然冤枉儿子，心上实问不过；若置之不理，那马氏和春桂二人又如何发付？想了一会，方想出一计来，即骂了长子两句道："你自今以后，自己须要谨慎些，再不准你到六太太房子去。"长子应扬答道："纵爹爹不说时，儿也不去了。只可怜孩儿生母弃世，没人依靠，望爹爹顾念才好。"说了大哭起来，周庸佑没话可答，只不免替他可惜，便转身出来。

　　这时因周庸佑跑了过去,各人都跟脚前来。听他要怎样处置长男。今见他没事出来,也见得诧异。但见周庸佑回到大屋后堂,对马氏及各人说道:"此事也没亲眼看见他来,却实在责他不得,你们休再闹了。"马氏道:"早知你是没主脑的人,东一时,西一样,总不见着实管束家人儿子,后来哪有不弄坏的道理?前儿九房弄出事来,失了许多金珠,闹到公堂,至今仍是糊里糊涂。今儿又弄出这般不好听的事,不知以后还要弄到什么田地?"周庸佑道:"不仅事无证据,且家丑不出外传,若没头没脑就喧闹出去,难道家门就增了声价不成?"那时周庸佑只没可奈何,答了马氏几句,心中实在愤恨王氏春桂,竟一言不与春桂再说。唯那马氏仍是不住口的骂了一回。那王春桂在房子里见周庸佑不信这件事,这条计弄长子不得白地出丑一场,觉可羞可恨,只有放声复哭一场,或言服毒,或言跳井,再闹了些时,便有梳佣及丫环们好说歹说的,劝慰了一会子,春桂自见没些意味,只得罢休,马氏也自回房子去了。

　　周庸佑正待随到马氏房里解说,忽见骆子堂进来,说道:"外面有客到来拜访大人呢。"周庸佑正不知何人到了,正好乘势出了来,便来到厅子上,只见几人在厢厅上坐定,都不大认识的。周庸佑便问:"有什么事?"骆子棠就代说道:"他们是善堂里的人,近因北方有乱,残杀外人,被各国进兵,攻破了京城。北省天津地方,因此弄成饥荒,故俺广东就题助义款,前往赈济,所以他们到来,求大人捐款呢。"周庸佑这时心中正有事,听得这话,觉得不耐烦,只是他们是善堂发来的,又不好不周旋。便让他们坐着,问道:"现时助款,以何人为多?"就中一位是姓梁的答道:"这都是随缘乐助,本不能强人的,或多或少,却是未定,总求大人这里踊跃些便是。"周庸佑道:"天津离这里还远得很,却要广东来赈济,却是何故?"姓梁的道:"我们善堂是不分畛域①的,往时各省有了灾荒,没一处不去赈济;何况天津这场灾难,实在厉害,所以各处都踊跃助款。试讲一件事给大人听听:现在上海地面,有名妓女唤做金小宝,她生平琴棋诗画,件件着实使得。她听得天津有这场荒灾,把生平蓄积的,却有三五千银子不等,倒把来助款赈济去了。只是各处助赈虽多,天津荒灾太重,仍不时催促汇款。那金小宝为人,不仅美貌如花,且十分侠气。因自忖平时积蓄的,早

————————

　　①　畛域(zhěn yù)——界限

已出尽，还要想个法子，再续赈济才好。猛然想起自己生平的绝技，却善画兰花，往时有求她画兰花的，倒要出得重资，才肯替人画来。今为赈济事情要紧，便出了一个招牌，与人画兰花。她又说明，凡画兰花所赚的钱财，都把来赈济天津去。所以上海一时风声传出，一来爱她的兰花画得好，二来又敬她为人这般义侠，都到来求她画三两幅不等。你来我往，弄得其门如市，约计她每一天画兰花赚的不下三两百金之多，都尽行助往天津。各人见她如此，不免感动起来，纷纷捐助。这样看来，可见天津灾情的紧要，何况大人是广东有名的富户。怕拿了笔在手一题，将来管叫千万人赶不上。"说了这一场话，在姓梁的本意，志在感动周庸佑，捐助多些。只周庸佑哪有心来听这话？待姓梁的说完，就顺笔题起来写道："周栋臣助银五十大元。"那姓梁的看了，暗忖他是大大的富户，视钱财如粪土的，如何这些好事，他仅助五十元？实在料不到。想了欲再说多几句，只是他仅助五十元，便说千言万语，也是没用。便愤然道："今儿惊动大人，实不好意思。且又要大人捐了五十元之多，可算得慷慨两个字。但闻大人前助南非洲的饥荒，也捐了五千元。助外人的，尚且如此，何以助自己中国的，却区区数十，究竟何故？"周庸佑听了，心中怒道："俺在香港的时候，多过在羊城的时候。我是向受外人保护的，难怪我要帮助外人。且南非洲与香港同是英国的属地，我自然捐助多些。若中国没什么是益我的，且捐多捐少，由我主意，你怎能强得我来？"说罢，拂袖转回后面去了。

　　姓梁的冷笑了一会，对骆子棠道："他前儿做过参赞，又升四品京堂，难道不是中国的不成？且问他有这几百万的家财，可是在中国得的，还是在外国得的？纵不说这话，哪有助外人还紧要过助自己本国的道理？也这般没思想，说多究亦何用？"便起身向骆子棠说一声"有罪"，竟自出门去了。正是：

　　　　虏但守财挥霍易，人非任侠报施难。

　　要知后事如何，且听下回分解。

第二十九回

争家权长子误婚期　重洋文京卿寻侍妾

话说那姓梁的向骆子棠骂了周庸佑一顿，出了门来，意欲将他所题助五十块银子，不要他捐出也罢。但善事的只是乐捐，不要勒捐的，也不能使气，说得这等话。只如此惜财没理之人，反被他抢白了几句，实在不甘。唯是捐多捐少，本不能奈得他何，只好看他悖入的钱，将来怎样结局便罢了。

不表姓梁的自言自语。且说周庸佑回到后堂，见了马氏，仍是面色不悦，急地解说了几句，便说些别的横枝儿话，支使开了。过了三两天，即行发王氏春桂回香港居住，又令长子周应扬返回三房香屏姨太太处居住，免使他和人常常见面，如钉刺一般。又嘱咐家人，休把日前春桂闹出的事，传扬出外，免致出丑，所以家人倒不敢将此事说出去。次日，八姨太也闻得人说，因六房春桂有要寻短见的事，少不免过府来问个缘故，连十二宅周大娘子也过来问候。在马氏这一边说来，倒当这事是认真有的，只责周庸佑不管束他儿子而已。各人听得的，哪不道应扬没道理。毕竟八姨太是有些心计的人，暗地向丫环们问明白，才知是春桂通同要嫁害二房长子的，倒伸出舌头，叹马氏的辣手段，也不免替长子此后担忧。时周庸佑亦听得街外言三语四，恐丫环口唇头不密，越发宣传出来，因此听得丫环对八房姨太说，也把丫环责成一顿。自己单怕外人知得此事，一连十数天，倒不敢出门去，镇日里只与冯、骆两管家谈天说地。

那日正在书房坐着，只见三房香屏姨太那里的家人过来，催周庸佑过去。周庸佑忙问有什么事？家人道："不知三姨太因什么事，昨夜还是好端端的，今儿就有了病，像疯癫一般，乱嚷乱叫起来，因此催大人过去。"周庸佑听了，暗忖三房有这等病，难道是发热燥的，如何一旦便失了常性？倒要看个明白，才好安心。便急的催轿班准备轿子，好过三房的住宅去。一面使人先请医生，一面乘了轿子到来三房的住宅，早见家人像手忙脚乱的样子，又见家人交头接耳，指天画地的说话。周庸佑也不暇细问，先到了后堂,但见丫环仆妇纷纷忙乱,有在神坛前点炷香烛,唤救苦救难菩萨的;有围住唤三姨太,说休要惊吓人的。仔细一望,早见香屏脸色青黄,对周庸佑厉声骂道:"你好没本心!我前时待你不薄,你却负心,乘我中途殁了,就携了我一份大大的家资,席卷去了,跟随别人。我寻了多时,你却躲在这里图快乐,我怎肯甘休?"说了,把两手拳乱捶乱打。周庸佑见了此时光景,真吓了一跳,因三房骂时的声音,却像一个男子汉,急潜身转出厅上,只嘱咐人小心服侍,自忖她因什么有这等病?想了一会,猛然浑身冷汗,觉她如此,难道是她的前夫前关监督晋大人灵魂降附她的身上不成?自古道:"为人莫做亏心事,半夜敲门也不惊。"叵耐自己从前得香屏之时,她却携了晋大人一份家资,却有二三十万上下。今她如此说,可无疑了。又见世俗迷信的,常说过有鬼神附身的事,这时越想越真,唯有浑身打战。

不多时,医士已自到来,家人等都道:"这等症候是医生难治的。"此时周庸佑已没了主意,见人说医生治不得,就立刻发了谢步,打发那医生回去了,便问家人有什么法子医治?人说什么,就依行什么。有说要买柳枝、桃枝,插在家里各处的,柳枝当是取杨枝法雨,桃枝当是桃木剑,好来辟邪;又有说要请茅山师傅的,好驱神捉鬼;又有说要请巫师画净水的符。你一言,我一语,闹做一团,一一办去。仍见香屏忽然口指手画,忽然怒目睁视,急的再请僧道到来,画符念咒,总没见些功效。那些老媪①仆又对着香屏问道:"你要怎么样?只管说。"一声未了,只见香屏厉声道:"我要回三十万两关平银子,方肯罢手。不然,就要到阎王殿上对质的了。"周庸佑听得此语,更加倍惊慌。时丫环婢仆只在门内门外烧衣纸,炷香烛,焚宝帛,闹得天翻地覆,整整看了黄昏时候。香屏又说道:"任你们如何作用,我也不惧。我来自来,去自去。但他好小心些,他眼前命运好了,我且回去,尽有日我到来和她算账。"说了这番话,香屏方渐渐醒转来。

周庸佑此时,好像吃了镇心丸一般,面色方定了些,一面着家人多焚化纸钱宝帛。香屏如梦初觉一般,丫环婢仆渐支使开了。周庸佑即把香屏方才的情景,对香屏说了一遍,这时连香屏也慌了,徐商量延僧道念经忏悔。周庸佑又嘱家人,勿将此事传出,免惹人笑话。

———————————

①　媪(ǎo)——年老的妇女。

　　只经过此事与王春桂的事，恐被人知得，自觉面上不大好看，计留在城里，不如暂往他处。继又想，家资已富到极地，虽得了一个四品京堂，仍是个虚衔，计不若认真寻个官缺较好。况月来家里每闹出事，欲往别处，究不如往北京，一来因家事怕见朋友，避过些时；二来又乘机寻个机会，好做官去。就拿定了主意，赶速起程。

　　突然想起长子应扬，前儿也被人播弄，若自己去了，岂不是更甚？虽有三房香屏照料，但哪里敌得马氏？都要有个设法才使得。便欲与长子先定了婚，好歹多一个姻家来关照关照，自己方去得安乐。只这件大事，自应与马氏商议。当即把此意对马氏说知，马氏听得与长子议婚一事，心上早着了怒气，惟不好发，便答道："儿子年纪尚少，何必速议婚事？"周庸佑道："应扬年纪是不少了，日前六房还说他会干没廉耻的勾当。何以说及亲事，夫人反说他年纪少的话来？"马氏故作惊道："我只道是说儿子应昌的亲事，不知道是说儿子应扬的亲事。我今且与大人说：凡继室的儿子，和那侍妾的儿子，究竟哪个是嫡子？"周庸佑道："自然是继室生的，方是嫡子，何必多说？"马氏道："侍妾生的，只不过是个庶子罢了，还让嫡子大的一辈。哪有嫡子未娶，就议及庶子的亲事？"周庸佑道："承家的自然是论嫡庶，若亲事就该论长幼为先后，却也不同。"马氏道："家里事以庶让嫡，自是正理。若还把嫡的丢了在后，还成个什么体统？我只是不依。"周庸佑道："应扬还长应昌有几岁年纪，若待应昌娶了，方议应扬亲事，可不是误了应扬的婚期。恐外人谈论，实在不好听。夫人想想，这话可是个道理？"马氏道："我也说过了，凡事先嫡后庶，有什么人谈论？若是不然，我哪里依得？"说了更不理会，便转回房里去。

　　周庸佑没精打采，又不敢认真向马氏争论。正在左思右想，忽报马子良字竹宾的来了。周庸佑知是马氏的亲兄来到，急出厅子上迎接，谈了一会，周庸佑即说道："近来欲再进京走一遭，好歹寻个机会，谋个官缺。只不知何日方能回来，因此欲与长男定个亲事。怎想令妹苦要为他儿子完娶了，方准为二房的长子完娶。奈长子还多几岁年纪，恐过耽延了长子的婚事，偏是令妹不从，也没得可说。"马竹宾道，"这样也说不去，承家论嫡庶，完婚的先后，就该论长幼。既是舍妹如此争执，待小弟说一声，看看如何。"说了，即进内面，寻着马氏，先说些闲话，即说及周庸佑的话，把情理解说了一回，马氏只是不允。马竹宾道："俗语说得好：'侍妾生儿，倒是主母有福。'他生母虽然殁了,究竟是妹妹的儿子,休为这事争执。若为长子完娶了,妹妹还见媳妇多早几年呢。"说了这一番话,马氏想了一会,才道:"我的本意,凡事是不能使庶子行先嫡子一步。既是你到来说这话,就依我说,待我的儿子长大时,两人不先不后,一同完娶便是。"马竹宾听了这话,知他的妹妹是再说不来的,便不再说,即转出对周庸佑把上项事说了一遍。周庸佑也没奈何,只得允了。便把儿子婚事不再提议,好待次子长时,再复商量。

马竹宾便问进京要谋什么官缺?周庸佑道:"我若谋什么内外官,外省的不过放个道员,若是内用就什么寺院少卿也罢了。我不如到京后,寻个有势力的,再拜他门下,或再续报效些银子,统来升高一两级便好。且我前儿任过参赞,这会不如谋个驻洋公使的差使,无论放往何国,待三年满任回来,怕不会升到侍郎地步吗?"马竹宾道:"这主意原是不差。且谋放公使的,只靠打点,像姐夫这般声名,这般家当,倒容易到手。但近来外交事重,总求个精通西文的做个得力之人,才有个把握。"周庸佑道:"这话不错。但是一任公使,准有许多参赞随员办事,便是自己不懂西文,也不必忧虑。"马竹宾道:"虽是如此,只靠人不如靠自己,实不如寻个自己亲信之人,熟悉西文的才是。"周庸佑道:"这样说来,自己子姓姻娅中,没有一个可能使得,或者再寻了一房姬妾,要她精通西文的,你道何如?"马竹宾鼓掌道:"如此方是善法,纵有别样交涉事情,尽可密地商量,终不至没头没脑的靠人也罢了。但寻个精通西文的女子,在城中却是不易,倒是香港地方,还易一点。"周庸佑答个"是",便商量同往香港而去。

次日即打叠些行装,与马竹宾一同望香港而来。回到寓里,先请了那一班朋友如梁早田、徐雨琴,一班儿到来商酌,只目下寻的还是不易。徐雨琴道:"能精通西文的女子,定是出于有家之人,怕不嫁人作妾,这样如何寻得?"周庸佑道:"万事钱为主,她若不肯嫁时,多用五七百银子的身价,哪怕她不允?"说罢,各人去了,便分头寻觅。徐雨琴暗忖这个女子,殊不易得,或是洋人父华人母的女子,可能使得,除了这一辈子,更没有了。便把这意对梁早田说,梁早田亦以为然。又同把此意回过周庸佑,周庸佑道:"既是没有,就这一辈也没相干。"徐雨琴便有了主意,向此一辈人寻觅,但仍属难选。或有稍通得西文的,却又面貌不大好,便又另托朋友推荐。

谁想这一事传出，便有些好作弄之徒，到来混闹。就中一友寻了一个，是华人女子，现当西人娼婆的，西文本不大精通，唯英语却实使得，遂将那女子领至一处，请周庸佑相看。那周庸佑和一班朋友，都来看了，觉得面貌也过得去，有点姿色。只那周庸佑和一班朋友，都不大识得西文，纵或懂得咸不咸淡不淡的几句话，哪里知得几多？便是知得时，对面也难看得出。又见那女子动不动说几句英语，一来寻得不易，二来年纪面貌便过得去，自然没有不允。先一日看了，隔日又复再看，都觉无什么不妥，便问什么身价？先时还要二千银子，后来经几番说了，始一千五百银说妥了，先交了定银三百块，随后择日迎她过门。到时另觅一处地方，开过一个门面，然后纳妾。这时各朋友知得的，都来道贺，自不消说。其中有听得的，倒见得可笑。看那周庸佑是不识西文西话的人，那女子便叽里咕噜，说什么话，周庸佑哪里分得出？可怜掷了千多块银子，娶了个颇懂英语、实不大懂西文的娼婆，不仅没点益处，只是叫人弄的笑话。正是：

千金娶得娼为妾，半世多缘妁①误人。

要知后事如何，且听下回分解。

---

① 妁(shuò)——媒人。

第 三 十 回

苦谋差京卿拜阉宦①　死忘情债主籍良朋

话话周栋臣耗了一千五百块银子，要娶个精通西文的女子为妾，不想中了奸人之计，反娶得个交结洋人的娼婆，实在可笑！当时有知得的，不免说长论短。只是周栋臣心里，正如俗语说的："哑子吃黄连，自家苦自家知。"那日对着徐雨琴、马竹宾、梁早田一班儿，都是面面相觑。周栋臣自知着了道儿，也不忍说出，即徐、梁、马三人，一来见对不住周栋臣，二来也不好意思，唯有不言而已。

这时唯商议入京之事。周栋臣道："现时到京去，发放公使之期，尚有数月，尽可打点得来。但从前在投京拜那王爷门下，虽然是得了一个京卿，究竟是仗着报效的款项，又得现在的某某督帅抬举，故有这个地步。只发放公使是一件大事，非有宫廷内里的势力，断断使不得。况且近来那王爷的大权，往往交托他的儿子，□子爷手里，料想打点这两条门路，是少不得的了。"徐雨琴道："若是□子爷那里打点，却不难。只是宫廷里的势力，又靠哪人才好呢？"梁早田道："若是靠那宫廷消息，唯宦官弥殷升正是有权有势，自然要投拜他的门下，只不知道这条路究从哪里入手？"马竹宾道："不如先拜□子爷门下，就由□子爷介绍，投拜弥殷升，有何不可？"周栋臣听罢，鼓掌笑道："此计妙不可言！闻现年发放公使，那□子爷实在有权。只有一件，是煞费踌躇的：因现在广□有一人，唤做汪洁的，他是□军人氏，从两榜太史出身，曾在□□馆当过差使，与那□子爷有个师生情分，少不免替姓汪的设法，好放他一任公使。我若打点不到，必然落后，却又怎好？"马竹宾道："量那些王孙公子，没有不贪财的，钱神用事，哪有不行？况他既有权势，放公使的又不止一国，他有情面，我有钱财，没有做不到的。"各人听了这一席话，都说道有理。

商议停妥，便定议带马竹宾同行，所有一切在香港与广东的事务，都

---

① 阉宦(yān huàn)——太监。

着徐雨琴、梁早田代理。

　　过了数日,就与马竹宾带同新娶精通洋语的侍妾同往。由香港附搭轮船,先到了上海,因去发放公使之期,只有三两月,倒不暇逗留,直望天津而去。就由天津乘车进京,先在南海馆住下。

　　因这时周栋臣巨富之名,喧传京内,那些清苦的京官,自然人人着眼,好望赚一注钱财到手。偏又事有凑巧,那时□子爷正任□部尚书,在那部有一位参堂黄敬绶,却向日与周栋臣有点子交情;惟周栋臣志在投靠□子爷门下,故只知注重交结□部人员,别的却不怎么留意。就此一点原因,便有些京官,因弄不得周栋臣的钱财到手,心中怀着私愤,便要伺察①周栋臣的行动,好为他日弹参地步。这情节今且按下慢表。

　　且说周栋臣那日投刺②拜谒黄敬绶,那黄敬绶接见之下,正如财神入座,好不欢喜。早探得周栋臣口气,要谋放公使的,暗忖向来放任公使的,多是道员,今姓周的已是京卿,又曾任过参赞,正合资格。但图他钱财到手,就不能说得十分容易。因此上先允周栋臣竭力替他设法,周栋臣便自辞去。怎想一连三五天,倒不见回复,料然非财不行,就先送了□万两银子与黄敬绶,道:"略表微意,如它日事情妥了,再行答谢。"果然黄敬绶即在□子爷跟前,替周栋臣先容。次日,就约周栋臣往谒□子爷去。当下姓周的先打点门封,特备了□□两银子,拜了□子爷,认作门生,这都是黄敬绶预早打点的。

　　那□子爷见了周栋臣,少不免勉励几句,道是国家用人之际,稍有机会,是必尽力提拔。周栋臣听了,说了几句感激的话,辞了出来。

　　次日又往谒黄敬绶,告以愿拜谒弥殷升之意,求他转托□子爷介绍。这事正中□子爷的心意,因防自己独力难以做得,并合弥殷升之力,料谋一个公使,自没有不成。因此周栋臣亦备银万两,并拜了弥殷升,也结个师生之谊。其余王公丞相,各有拜谒,不在话下。

　　这时,周栋臣专候□子爷的消息。怎想经过一月有余,倒没什么好音,便与马竹宾筹议再要如何设法。马竹宾道:"听说驻美、俄、日三国公使,都有留任消息。唯本年新增多一个驻某国公使差缺,亦自不少。今如

---

①　伺察——观察。

②　投刺——投名帖求见。

此作难,料必□子爷那里还有些不满意,不如着实托黄敬绶转致□子爷那里,求他包放公使,待事妥之后,应酬如何款项,这样较有把握。"周栋臣听了,亦以为然,便与黄敬绶面说,果然□子爷故作说多,诸般棘手。周栋臣会意,就说妥放得公使之后,奉还□□万两,俱付□子爷送礼打点,以求各处衙门不为阻碍。并定明发出上谕之后,即行交付,这都是当面言明,料无反覆。自说妥之后,因随带入京的银子,除了各项费用,所存无几,若一旦放出公使,这□□万如何筹划? 便一面先自回来香港,打算这□□万两银子,好待将来得差,免至临时无款交付。主意已定,徐向□子爷及黄敬绶辞行,告以回港之意,又复殷殷致意。那□子爷及黄敬绶自然一力担承,并称决无误事。周栋臣便与马竹宾一同回港。

不想马竹宾在船上沾了感冒,就染起病来,又因这时香港时疫流行,恐防染着,当即回至粤城,竟一病殁了。那马夫人自然有一番伤感,倒不必说。单说周栋臣回港之后,满意一个钦使地位,不难到手,只道筹妥这一笔银子后,再无别事。不提防劈头来了一个警报,朝廷因连年国费浩繁,且因赔款又重,又要办理新政,正在司农仰屋的时候,势不免裁省经费。不知哪一个与周栋臣前世没有缘分,竟奏了一本,请裁撤粤海关监督,归并两广总督管理。当时朝廷见有这条路可以省些糜费①,就立时允了,立刻发出电谕,飞到广东那里。这点消息,别人听得犹自可,今入到周栋臣耳朵里,不觉三魂去二,七魄留三,长叹一声道:"是天丧我也。"家人看了这个情景,正不知他因什么缘故,要长嗟短叹起来。

因为周栋臣虽然是个富绅,外人传的,或至有五七百万家当,其实不过两三百万上下。只凭一个关里库书,年中进款,不下二十万两,就是交托周乃慈管理,年中还要取回十万两的。有这一笔银子挥霍,好不高兴! 今一旦将海关监督裁去,便把历年当作邓氏铜山的库书,倒飞到大西洋去了。这时节好不伤感! 况且向来奢侈惯了,若进款少了一大宗,如何应得手头里的挥霍? 又因向日纵多家当,自近年充官场、谋差使,及投拜王爷□官□子爷等等门下,已耗去不少。这会烦恼,实非无因。只对家人如何说得出?

正自纳闷,忽报徐雨琴来了,周栋臣忙接至里面坐定。徐雨琴见周栋

---

① 糜费——浪费。

臣满面愁容,料想为着这裁撤海关监督的缘故,忙问道:"裁撤海关衙门等事,可是真的?"周栋臣道:"这是谕旨,不是传闻,哪有不真?"徐雨琴忙把舌头一伸,徐勉强慰道:"还亏老哥早上已有这般大的家当,若是不然,实在吃亏不少。只少西翁失了这个地位,实在可惜了。"周栋臣听罢,勉强答个"是",徐问道:"梁兄早田为何这两天不见到来?"徐雨琴道:"闻他有了病,颇觉沉重。想年老的人,怕不易调理的。"周栋臣听了,即唤管家骆某进来,先令他派人到梁早田那里问候。又嘱他挥信到省中周乃慈那里,问问他海关裁撤可有什么缪辖?并嘱乃慈将历年各项数目,认真设法打点,免露破绽。去后与徐雨琴再谈了一会,然后雨琴辞去。

栋臣随转后堂,把裁撤海关衙门的事,对马氏说了一遍。马氏道:"我们家当已有,今日便把库书抛了,也没什么紧要。况且大人在京时,谋放公使的事,早打点妥了,拼多使□□万银子,也做个出使大臣,还不胜过做个库书的?"周栋臣道:"这话虽是,但目前少了偌大进项,实在可惜。且一个出使大臣,年中仅得公款□万两,开销恐还要缺本呢?"马氏道:"虽是如此,但将来还可升官,怕不再弄些钱财到手吗?"周栋臣听到这里,暗忖任了公使回来,就来得任京官,也没有钱财可谋的。只马氏如此说,只得罢了。唯是心上十分烦恼,马氏如何得知?

但栋臣仍自忖得任了公使,亦可撑得一时门面,便再一面令冯少伍回省,与周乃慈打点库书数目。因自从挥信与周乃慈那里,仍觉不稳,究不如再派一个人,帮着料理,较易弥缝。去后,又令骆管家打点预备银子□□万两,好待谋得公使,即行汇进京去。

怎奈当时周栋臣虽有殷富之名,且银行里虽占三十余万元股份,偏又生意不大好,难以移动。今海关衙门,又已裁去,亦无从挪取。若把实业变动,实在面上不可看,只得勉强张罗罢了。

是时,周栋臣日在家里,也没有出门会客,梁早田又在病中,单是徐雨琴到来谈话,略解闷儿。忽一日徐雨琴到来,座犹未暖,慌忙说道:"不好了!梁早田已是殁了。"说罢不胜叹息,周栋臣亦以失了一个知己朋友,哪不伤感?忽猛然想起与梁早田交手,尚欠自己十万元银子。便问雨琴以早田有什么遗产?徐雨琴早知他用意,便答道:"早田兄连年生意不好,比不得从前,所以家产通通没有遗下了。"周栋臣道:"古人说得好'百足之虫,虽死不僵。'早田向来干大营生的,未必分毫没有遗下,足下尽该知得的。"徐雨琴想了想，自忖早田虽是好友，究竟已殁了，虽厚交也是不中用，倒不可失周栋臣的欢心。正是人情世故，转面炎凉，因此答道："他遗产确实没有了，港沪两间船务办馆，又不大好，只有□盛字号系办铁器生意，早田兄也占有二万元股本。那□盛店近来办了琼州一个铁矿，十分起色，所以早田兄所占二万股本，股价也值得十万元有余。除是这一副遗下生意，尽过得去。"周栋臣道："彼此实不相瞒，因海关衙门裁撤，兄弟的景象，大不像从前，奈早田兄手上还欠我十万银子，今他有这般生意，就把来准折，也是本该的。"徐雨琴道："既是如此，早田兄有个侄子，唤做梁佳兆，也管理早田兄身后的事，就叫他到来商酌也好。"栋臣答了一个"是"，就着人请梁佳兆过来，告以早田欠他十万银子之事，先问他有什么法子偿还？梁佳兆听得，以为栋臣巨富，向与早田有点交情，未必计较这笔款，尽可说些好话，就作了事。便说道："先叔父殁了，没有资财遗下，负欠一节，很对不住。且先叔父的家人妇子，尚十分寒苦，统望大人念昔日交情罢了。"周栋臣道："往事我也不说，只近来不如意的事，好生了得，不得不要计及。闻他□盛字号生理尚好，就请他名下股份作来准折，你道何如？"梁佳兆见他说到这里，料然说情不得，便托说要问过先叔父的妻子，方敢应允。周栋臣便许他明天到来回复。

　　到了次日，梁佳兆到来，因得了早田妻子的主意，如说不来，就依周栋臣办法。又欲托徐雨琴代他说情，只是爱富嫌贫，交生忘死，实是世人通病，何况雨琴与周栋臣有这般交情，哪里肯替梁家说项？便自托故不出。梁佳兆见雨琴不允代说，又见周栋臣执意甚坚，正是无可如何，只得向周栋臣允了，便把□盛字号那梁早田名下的股份，到状师那里，把股票换过周栋臣的名字，作为了结。

　　这时，梁早田的□记办馆早已转顶与别人，便是周栋臣在□记楼上住的第九房姨太，也迁回土丹利街居住。

　　自从办妥梁早田欠款，周栋臣也觉安乐，以为不至失去十万银子，不免感激徐雨琴了。不想这事才妥，省中周乃慈忽又来了一张电报，吓得周栋臣魂不附体。正是：

　　　　人情冷暖交情淡，世故巇崎①变故多。

　　要知后事如何，且听下回分解。

———————————

　　①　巇崎(xī qí)——形容道路艰难险阻。

第三十一回

黄家儿纳粟捐虚衔　周次女出闺成大礼

　　话说周栋臣把梁早田遗下生意准折了自己欠项，方才满意。那一日，忽又接得省城一张电报，吓了一跳。原来那张电文，非为别事，因当时红单发出，新调两广制帅的，来了一位姓金的，唤做敦元，这人素性酷烈，专一替朝上筹款，是个见财不眨眼的人。凡敲诈富户，勒索报效的手段，好生了得。今朝上调他由四川到来广东。那周栋臣听得这点消息，便是没事的时候，也不免打个寒噤，况已经裁撤了海关衙门，归并总督管理，料库书里历年的数目，将来尽落到他的手上，怕不免发作起来，因此十分忧惧。急低头想了一想，觉得没法可施，没奈何只得再自飞信周少西那里，叫他认真弄妥数目，好免将来露着了马脚。更一面打点，趁他筹款甚急之时，或寻个门径，在新督金敦元跟前打个手眼，想亦万无不了的。想罢，自觉好计。

　　正拟自行发信，忽骆子棠来回道："方才马夫人使人到来，请大人回府去，有话商量。"这等说时，周栋臣正在周园那里，忽听马氏催速回去，不知有什么要事，难道又有了意外不成？急把笔儿放下，忙令轿班掌轿，急回到坚道的大宅子里。直进后堂，见了马氏，面色犹自青黄不定。马氏见了这个情景，摸不着头脑，便先问周栋臣外间有什么事故？周栋臣见问，忙把上项事情说了一遍。马氏道："吓！亏你有若大年纪，经过许多事情，总没些胆子。今一个钦差大臣将到手里，难道就畏忌他人不成？横竖有王爷及□子爷上头做主，便是千百个总督，惧他什么？"周栋臣听到这话，不觉把十成烦恼抛了九成半去了。随说道："夫人说得是，怪不得俗语说：'一言惊醒梦中人'，这事可不用说了。但方才夫人催周某回来，究有什么商议？"马氏道："前儿忘却一件事，也没有对大人说。因大人自进京里去，曾把次女许了一门亲事，大人可知得没有？"周栋臣道："究不知许字哪处的人氏？可是门当户对的？"马氏道："是东官姓黄的，做媒的说原是个将门之子，他的祖父曾在南韶连镇总镇府，他的父亲现任清远游府。论起他父亲，虽是武员，却还是个有文墨的，凡他的衙里公事从没用过老夫子，所有文件都是自己干来。且他的儿子又是一表人物，这头亲事，实在不错。"周栋臣听了，也未说话。马氏又道："只有一件，也不大好的。"周栋臣道："既是不错，因何又说起不好的话来？"马氏道："因为他祖父和他父亲虽是武员，究竟是个官宦人家，但他儿子却没有一点子功名，将来女儿过门，实没有分毫名色，看来女儿是大不愿的。"周栋臣道："他儿子尚在年少，岂料得将来没有功名？但亲家里算个门当户对，也就罢了。"马氏道："不是这样说。俗语'人生但讲前三十'，若待他后来发达，然后得个诰命，怕女儿早已老了。"周栋臣道："亲事已定，也没得可说。"马氏道："他昨儿差做媒的到来，问个真年庚，大约月内就要迎娶，我今有个计较，不如替女婿捐个官衔，无论费什么钱财，他交还也好，他不交还也好，总求女儿过门时，得个诰封名目，岂不甚好？"周栋臣听到这里，心中本不甚愿，只马氏已经决意，却不便勉强，只得随口答个"是"，便即辞出。

　　且说东官黄氏，两代俱任武员，虽然服官年久，究竟家道平常，没有什么积蓄，比较起周庸佑的富厚，实在有天渊之别。又不知周家里向日奢华，只为富贵相交，就凭媒说合这头亲事。偏是黄家太太有些识见，一来因周家太过豪富，心上已是不妥。且闻姓周的几个女人都是染了烟瘾，吸食洋膏，实不计数的，这样将来过了门，如何供给，也不免懊悔起来。只是定亲在前，儿子又已长大，无论如何，就赌家门的气运便罢，不如打算娶了过门，也完了一件大事。那日便择过了日子，送到周家那里，随后又过了大聘。

　　马氏把聘书看过了，看黄家三代填注的却是什么将军，什么总兵游击，倒也辉煌。只女婿名字确是没有官衔的，虽然是知之在前，独是看那聘书，触景生情，心更不悦。忽丫环巧菱前来回道："二小姐要拿聘书看看。"马氏只得交她看去。马氏正在厅上左思右想，忽又见巧菱拿回这封聘书，说道："二小姐也看过了，但小姐有话说，因姑爷没有功名，不知将来过门，亲家的下人向小姐作什么称呼？"马氏听了，明知女儿意见与自己一般，便决意替女婿捐个官阶。即一面传冯少伍到来，告以此意，便一面与家人及次女儿回省城，打点嫁女之事。所有妆奁，着骆子棠办理。都分头打点办事。马氏与一干人等，一程回到宝华坊大屋里。计隔嫁女之期，已是不远，所幸一切衣物都是从前预办，故临事也不至慌忙。是时因周家嫁女一事,各亲眷都到来道贺,马氏自然十分高兴。单是周庸佑因长子年纪已大了,还未娶亲,单嫁去两个女儿,心上固然不乐。马氏哪里管得许多,唯有尽情热闹而已。

那日冯少伍来回道:"现时捐纳,哪有许多名目,不知夫人替二姑爷捐的是实缺,还是虚衔?且要什么花样?"马氏道:"实缺固好,但不必指省,总要头衔上过得去便是。"冯少伍得了主意,便在新海防项下替黄家儿子捐了一个知府,并加上一支花翎①,约费去银子二千余两。领了执照,送到马氏手上,马氏接过了,即使人报知次女,再着骆子棠送到黄家,先告以替姑爷捐纳功名之事,黄家太太道:"小儿年纪尚轻,安知将来没有出身?目下替他捐了功名,亲家夫人太费心了。"骆子棠道:"亲家有所不知,这张执照,我家马夫人实费苦心,原不是为姑爷起见,只为我们二小姐体面起见,却不得不为的。但捐项已费去二千余两,交还与否,任由亲家主意便是。"说了便去。那黄家太太听了,好不气恼!暗忖自己门户虽比不上周家的豪富,亦未必便辱没了周家女儿,今捐了一个官衔,反说为他小姐体面起见,如何忍得过。这二千余两银子若不交还于他,反被他们说笑,且将来儿子不免要受媳妇的气。但家道不大丰,况目前正打点娶亲的事,究从哪里筹这一笔银子?想了一想,猛然想起在南关尚有一间镜海楼,可值得几千银子,不若把来变了,交回这笔银子与周家,还争得这一口气。想罢,觉得有理,便将此意告知丈夫,赶紧着人寻个买主。果然急卖急用,不拘价钱,竟得三千两银子。说妥卖过别人,次日即过二千余两银子送回周府里。两家无话,只打点嫁娶的事。

不觉将近迎娶之期,黄家因周家实在豪富不过的,便竭力办了聘物,凡金银珠宝钻石的头面,统费二万两银子有余,送到周府,这便算聘物,好迎周家小姐过门。是时马氏还不知周庸佑有什么不了的心事,因次日便是次女出阁,急电催周庸佑回省。庸佑无奈,只得乘夜轮由港回省一遭。及到了省城,那一日正是黄家送来聘物之日,送礼的到大厅上,先请亲家大人夫人看验。几个盒子摆在桌子上,都是赤金珍珠钻石各等头面。

时马氏还在房子里抽大烟,周庸佑正在厅上。周庸佑略把双眼一瞧,不觉笑了一笑,随道:"这等头面,我府里房子的门角上比它还多些。"说

---

①　花翎——即孔雀花翎。清代官员的冠饰,有三眼、双眼、单眼之分。

了这一句,仍复坐下。来人听了,自然不悦,唯不便多说。可巧马氏正待
踱出房门,要看看有什么聘物,忽听得周庸佑说这一句话,正不知聘物如
何微薄,便不欲观着,已转身回房。周庸佑见了马氏情景,乘机又转回厢
房里去,厅上只剩了几个下人。送聘物来的见马氏便不把聘物观看,暗忖
聘物至二万余金之多,也不为少,却如此藐视,心上实在不舒服。叵耐亲
事上头,实在紧要,她未把聘物点受,怎敢私自回去,只得忍了气,求周府
家人代请马氏出来点收。那周府家人亦自觉过意不去,便转向马氏请她
出来。奈马氏总置之不理,且说道:“有什么贵重物件! 不看也罢,随便
安置便是。”说了,便令发赏封,交与黄府家人,好打发回去。只黄府家人
哪敢便回,就是周府家人以未经马氏点看聘礼,亦不能遽自收起,因此仍
不取决。整整自巳时等候到未时,黄府家人苦求马氏点收,说无数恳求赏
脸的话。马氏无奈,便勉强出来厅上,略略一看,即令家人收受了,然后黄
府家人回去。那黄府家人受了马氏一肚子气,跑回黄府,即向黄家太太一
五一十说了出来。各人听了,都起个不平的心,只是事已至此,也没得可
说,唯有嘱咐家人,休再多言而已。

　　到了次日,便是迎娶之期,周家妆奁自然早已送妥,其中五光十色,也
不必细表。单说黄家是日备了花轿仪仗头锣执事人役,前到周家,就迎了
周二小姐过门。向来俗例,自然送房之后,便要拜堂谒祖,次即叩拜翁
姑①,自是个常礼。偏是周二小姐向来骄慢,从不下礼于人的,所以拜堂
谒祖,并不叩跪,为翁姑的自然心上不悦。忽陪嫁的扶新娘前来叩拜翁
姑,黄府家人见了,急即备下跪垫,陪嫁的又请黄大人和太太上座受拜。
谁想翁姑方才坐下,周二小姐竟用脚儿把跪垫拨开,并不下跪。陪嫁的见
不好意思,附耳向新娘劝了两句,仍是不从,只用右手掩面,左手递了一盏
茶,向翁姑见礼。这时情景,在男子犹自看得开,若在妇人,如何耐得住?
因此黄家太太愤怒不过,便说道:“娶媳所以奉翁姑,今且如此,何论将
来!”说罢,又忆起送聘物时受马氏揶揄②,不觉眼圈儿也红了。那周小姐
竟说道:“我膝儿无力,实不能跪,且又不惯跪的。今日只为作人媳妇,故
尚允向翁姑奉茶,若是不然,奉茶且不惯做,今为翁姑的还要厌气我,只得

① 翁姑——公婆。
② 揶揄——戏弄,侮辱。

罢了。"一头说,一头把茶盏放在桌子上,再说道:"这两盅茶喝也好,不喝也罢,难道周京堂的女儿便要受罚不成!"话罢,撇开陪嫁的,昂然拂袖竟回房子去。

黄家太太就愤然道:"别人做家姑,只受新娘敬礼,今反要受媳妇儿的气,家门不幸,何至如此!"那周小姐在房里听了,复扬声答道:"口口说是家门不幸,莫不是周家女儿到来就辱没黄家门户不成?"黄家太太听得,更自伤感。当时亲朋戚友及一切家人,都看不过,却又不便出声,只有向黄家太太安慰了一会,扶回后堂去了。

那做新郎的,见父母方做翁姑,便要受气,心实不安,随又向父母说几声不是。黄游府即谓儿子道:"此非吾儿之过,人生经过挫折,方能大器晚成,若能勉力前途,安知他日黄家便不如周氏耶?且吾富虽不及周家,然祖宗清白,尚不失为官宦人家也。"说罢,各人又为之安慰。

谁想黄游府一边说,周小姐竟在房里抽洋膏子,烟枪烟斗之声,响彻厅上,任新翁如何说,都作充耳不闻。各人听得,哪不愤恨。正是:

　　心上只知夸富贵,眼前安识有翁姑?

要知后事如何,且听下回分解。

第三十二回

挟前仇佘子谷索资　使西欧周栋臣奉诏

话说黄府娶亲之日，周女不愿叩拜翁姑，以至一场扫兴，任人言啧啧，她只在房子里抽大烟。各亲朋眷属看见这个情景，倒替黄家生气，只是两姓亲家，久后必要和好，也不便从中插口，只有向黄家父子劝慰一番而罢。

到了次日，便算三朝，广东俗例，新娶的倒要归宁，唤做回门。做新婿的亦须过访岳家，拜谒妻父母，这都是俗例所不免的。是时黄家儿子因想起昨日事情，母亲的怒气还自未息，如何敢过岳家去，因此心上怀了一个疑团，也不敢说出。究竟黄家太太还识得大体，因为昨日新媳如此骄傲，只是女儿家娇惯性成，还是她一人的不是，原不关亲家的事；况马氏能够与自己门户对亲，自然没有什么嫌弃，一来儿子将来日子正长，不该使他与岳父母有些意见，二来又不该因新媳三言两语，就两家失了和气；况周家请新婿的帖儿早已收受。这样想来，儿子过门做新婿的事是少不得的，便着人伺候儿子过门去。可巧金猪果具及新媳回门的一切礼物，早已办妥，计共金猪三百余头，大小礼盒四十余个，都随新媳先自往周府去。到了午后，便有堂倌等伺候，跟随着黄家儿子，乘了一顶轿子，直望宝华正中约而来，已到了周京卿第门外。

是时周府管家，先派定堂倌数名在头上领帖，周应昌先在大厅上听候迎接姐夫。少时堂倌领帖进去，回道："黄姑爷来了。"便传出一个"请"字。便下了轿子，两家堂倌拥着，直进大厅上。除周应昌迎候外，另有管家清客们陪候。随又见周家长婿姓蔡的出来，行相见礼，各人寒暄了一会，便一起陪进后堂，先参过周家堂上祖宗。是时周庸佑已自回港，只请马氏出堂受拜。那马氏自次女回门之后，早知昨日女儿不肯叩拜翁姑之事，不觉良心发现，也自觉得女儿的不是。勿论黄家不是下等的门户，且亲已做成，就不该说别的话。想罢，便出来受拜。看看新婿的年貌，竟是翩翩美少年，又自捐官之后，头上戴的蓝顶花翎，好不辉煌。马氏此时反觉满心欢悦。次又请各姨太太出堂受拜，各姨太太哪里敢当，都托故不出,只朝向上座叩拜而罢。随转回大厅里,少坐片时,即带同往花园游了一会。马氏已打发次女先返夫家。是晚就在花园里的洋楼款待新婿,但见自大厅及后堂,直至花园的洋楼,都是燃着电火,如同白昼。不多时酒菜端上,即肃客入席,各人只说闲谈,并没说别的话。唯有丫环婢仆等,懂得什么事,因听说昨儿二小姐不叩拜翁姑的事,不免言三语四。饮到二更天气,深恐夜深不便回去,黄家儿子就辞不胜酒力。各人也不好勉强,即传令装轿。黄家儿子再进后堂,向马氏辞行,各人齐送出头门外而回。自此周、黄两家也无别事可说。

且说周庸佑自新督到任后,又已裁撤粤海关衙门,归并总督办理,心上正如横着十八个吊桶,挦上挦下,正虑历年库书之事或要发作起来,好不焦躁。意欲在新督面前图些报效,因又转念新督帅这人的性情是话不定的,想起自己在某国做参赞之时,被龚钦差今日借数千,明日借数万,已自怕了。今若在新督帅的面前报效,只怕一开了这条门路,后来要求不绝,反弄个不了。正自纳闷着,忽见阍人①传进一个片子来,回道:"门外有一位客官,说道是在省来的,特来拜候大人。"周庸佑听了,忙接进名片一看,见是佘子谷的片子,不觉头上捏着一把汗。意欲不见,又想他到来,料有个缘故,因为此人是向曾在库书里办事多年,因亏空自己几万银子,曾押他在南海县监里的,今他忽来请见,自然凶多吉少,但不见他终没了期,不如请他进来一见,看看他有什么说话,便传了一个"请"字。

佘子谷直进里面,周庸佑即迎进厅上。茶罢,见佘子谷一团和气,并没有分毫恶意。周庸佑想起前事,心上不免抱歉,便说道:"前儿因为一件小事,一时之气,辱及老哥,好过意不去。"周庸佑说罢,只道佘子谷听了,必然触起前仇,不免生气。谁想佘子谷听了不仅不怒,反笑容满面的说道:"这等事有何过意不去? 自己从前实对大人不住,大人控案,自是照公办事,小弟安可有怨言。"说罢,仍复满脸堆下笑来。周庸佑看得奇异,因忖此人向来不是好相识的,今一旦这样,难道改换了性子不成?

正想象间,忽又见佘子谷说道:"小弟正惟前时对大人不住,先要道歉。且还有一事,还要图报大人的,不知大人愿闻否?"周庸佑道:"说什么图报,但有何事,就请明说,俾得领教。"佘子谷道:"顷在省中,听得一

---

① 阍(hūn)人——看门的人。

事,是新督要清查海关库书数目,这样看来,大人很有关系呢!"周庸佑听到这里,不觉面色登时变了,好一会子才答道:"库书数目,近来是少西老弟该管,我也是交代过了。且库书是承监督命办事,只有上传下例,难道新督要把历任监督都要扳将下来不成?"佘子谷道:"这却未必。只怕他取易不取难。新督为人是机警不过的,若他放开监督一头,把库书舞弊四字责重,将来大人却又怎好?"周庸佑此时面色更自不像,继又说道:"我方才说过,库书数目已交代去了,哪得又要牵缠起来?"佘子谷笑道:"莫说令弟少西接办之后,每年交回十万银子与大人,只算是少西代理,也不算交代清楚。便是交代过了,只前任库书的是大人的母舅,后任库书的是大人的令弟,这样纵大人十分清白,也不免令人难信,何况关里库书的数目又很看不过的,难道大人不知?"周庸佑道:"我曾细想过了,库书里的数目也没什么糊涂,任是新督怎样查法,我也不惧,堂堂总督,未必故意诬陷人来。"佘子谷听到这里,便仰面摇首说道:"亏大人还说这话,可不是疯了!"说了这两句,只仍是仰面而笑,往下又不说了。周庸佑此时见佘子谷说话一步紧一步,心坎中更突突乱跳,徐又说道:"我不是说疯话的人,若老哥能指出什么弊端,只管说来,好给周某听听。"佘子谷道:"自家办事,哪便不知,何待说得? 就在小弟从前手上,何止百件?! 休说真假两道册房,便是新督入涉之地。即大人手里,哪算得是清楚? 如此数目,本没人知得,惟小弟经手多年,实洞若观火。在小弟断不忍发人私弊,只怕好事的对新督说知,道我是最知关库账目的人,那时新督逼小弟到衙指供,试问小弟哪里敢抗一位两广督臣? 况小弟赤贫,像没脚蟹,逃又逃不去,怕还把知情不举的罪名牵累小弟呢!"周庸佑听了,此时真如魂飞天外,魄散九霄,实无言可答,好半晌才说道:"老哥既防牵累,我也难怪。但老哥尊意要如何办法,请说不妨。"佘子谷道:"小弟自然有个计较。一来为大人排难解忧,二来也为自己卸责,当用些银子,向得力的设法解围。若在小弟手上打点办去,准可没事。"周庸佑道:"此计或者使得去,但不知所费多少才得?"佘子谷道:"第一件,趁广西有乱,报效军饷;第二件,打点总督左右人员;至于酬答小弟的,可由大人尊意。"周庸佑听到酬答两个字,不禁愕然! 佘子谷只作不知,庸□只得说道:"报效之事,周某可以自行打点,除此之外,究需费多少呢?"佘子谷附耳细说道:"如此只四十万两,便可了事。"周庸佑吃了一惊,不觉愤然道:"报效之数,尽多于打点之数,如此非百万两不可,难道周某身家就要冤枉去了?"佘子谷故作惊异道:"报效多少出自尊意,唯此四十万两哪还算多?"周庸佑道:"多得很呢。"佘子谷道:"三十五万两若何?"周庸佑道:"这样实不是事了,休来恐吓周某罢。"佘子谷故作怒道:"大人先问自己真情怎样? 还说我恐吓,实太过不近人情。"周庸佑道:"既不是恐吓,哪有如此勒索的道理?"佘子谷道:"既说小弟恐吓,又说小弟勒索,岂大人今日要把傲气凌我不成?"周庸佑此时,也自觉言之太过,暗忖他全知自己的数目,断断不可开罪于他。没奈何,只得忍气,又复说道:"周某脾气不好,或有冒犯,休要见怪。只打点一事,那便费如此之多,请实在说罢了。"佘子谷道:"既大人舍不得,小弟只得念昔日同事之情,把酬答我的,勉强减些。今实在说,统共三十万两何如?"周庸佑不答。佘子谷又道:"二十五万两何如?"周庸佑摇头不答。佘子谷又厉声道:"二十万两又何如?"周庸佑仍摇首不作理会。佘子谷就立即起身离座,说一句"改日再谒",便怫然①而去。

　　自佘子谷去后,周庸佑也懊悔起来,自己痛脚落在他手上,前时又监押过他,私仇未泯,就费二十万两,免他发作自己弊端,自忖本属不错。惟他说一句,便减五万两,实指望他多减两次,是只费十万两,便得了事,怎料他怫然便去。此时若要牵留他,一来不好意思,二来又失身份,今他去了,实在失此机会。想罢,不觉叹息。忽又转念道:他自从不在库书,已成一个穷汉了,他见有财可觅,或者再来寻我也未可定。想罢,复叹息一番。

　　正欲转回后堂,忽家人手持一函,进来回道:"适有京函,由邮政局付到,特来呈进大人观览。"周庸佑听了,便接过手上,拆开一看,却是□京姓李的付来的。内中寥寥几行字,道是□公使一缺,可拿得八九,请照前议,筹定款项,待喜报到时,即行汇上。□上款书栋臣京卿大人鉴,下款自署一个李字。暗忖这姓李的自然是□□中人,大约外部人员转托他替自己设法的,可无疑了。但当时周庸佑接了此函,不免忧喜交集。忧的是海关已经裁了,目下银根又紧,究从哪里寻二十五万银子;喜的是得了一个钦差,或得王公大臣念师生之情,可以设法,新督亦没奈我怎么何。正欲把京函回复,忽马氏一干人等,都缘嫁女之事已完,已回港来了。各人不知周栋臣百感交集,还自喜气洋洋,直到后堂里。

————————

　　①　怫然——生气的样子。

周栋臣待马氏坐定,把方才佘子谷的说话及京中的消息,一五一十说来。马氏听得丈夫将做钦差,越加欢喜,即答道:"佘子谷向受我们工食,有什么势力能倾陷我们来? 若把二十万两来送过他,究不如把二十五万两抬到□京那里。一来得做个钦差,二来更得人帮助,岂不两便?"周栋臣听了,实不敢把佘子谷拿着痛脚的话对马氏说知,今马氏如此说,未尝不以为然,只声声以海关裁撤之后,年中进款渐少为虑。便与马氏商议,在省的各姨太太住宅,都迁回大屋去,好省些费用,又好把各宅子租与他人,得些租项也好。此时马氏亦无言可驳,只得允从。唯要各姨太太都有紫檀床的,方准搬进去,若是不然,就失了大屋的体面,着实不得。因此省城里如增沙素波巷、关部前各周宅,都尽迁回省中大屋,单是八姨太迁到香港□□街居住。若港中住眷,除九姨太因前时闹出之事,不得迁入大屋,余外都一块儿同住了。

周栋臣自此因家事安插停妥,库书的事,暂且不提。惟一面打算□京汇款,在香港□□要提若干万,□□银行要提若干万,倘仍不足,即由马氏私蓄项下挪移。分拨停妥,又因赴任公使之期在即,立催子侄姻眷们赶读西文;纵然懂不得文法,亦该晓得几句洋话,好将来做钦差时候跟自己做个随员,保个保举是为。各子侄姻眷们听得这个消息,都纷到周栋臣跟前献个殷勤,要读英文去。

那一日,周庸佑正在厅子上,与各人谈论将放钦差的消息,忽报京中电报到,庸佑立即令人把电文译出,那电文却是"出使□□国钦差大臣,着周庸佑去",共十四个大字,周庸佑好不欢喜! 正是:

失意昨才悲末路,承恩今又使重洋。

要知后事如何,且听下回分解。

第三十三回

谋参赞汪太史谒钦差　寻短见周乃慈怜侍妾

话说周庸佑自接得京电,即令亲属子侄赶速学习三两月英语,好做随员,待将来满任,倒不难图个保举。那时正议论此事,忽又接得省城一封急电,忙令人译出一看,原来是周乃慈发来的,那电文道是:"事急,知情者勒索甚紧,恐不了,速打算。"共是十五个字。周庸佑看了,此时一个警报已去,第二个警报又来,如何是好? 正纳闷着,忽八姨太太宅子里使人来报道:"启大人,现八姨太太患病,不知何故,头晕去了,几乎不省人事,还亏手指多,得救转来。请问大人,不知请哪个医生来瞧脉才好?"周庸佑听了,哪里还有心料理这等事,只信口道:"小小事,何必大惊小怪,随便请医生也罢了。"去后复又把电文细想,暗忖知情者勒索一语,想又是余子谷那厮了,只不知如何方得那厮心足。

正要寻人商议,只见冯少伍来回道:"昨儿大人因接了喜报,着小弟筹若干银两电汇进京,但昨日预算定的也不能应手,因马夫人放出的银项急切不能起回,故实在未曾汇京。昨因大人有事,是以未复,目下不知在哪一处筹划才好? 因香港自去年倒闭的多,市面银根很紧,耀记那里又是移不动的,至于大人占股的银行里,或者三五万可能移得,只须大人亲往走一遭也好。"周庸佑道:"我只道昨天汇妥了,如何这会才来说,就太不是事了! 就今事不宜迟,总在各处分筹,或一处一两万,或一处三四万,倘不足,就与马夫人商量。如急切仍凑不来,可先电汇一半入京,余待入京陛见时,再随带去便是。"冯少伍说声"理会得"便去,整整跑得两条腿也乏力,方先汇了十五万两入京。

此时便拟复电周乃慈,忽见马氏出来坐着,即问道:"省里来的电究说何事?"周庸佑即把电文语意,对马氏说了一遍。马氏道:"此事何必苦苦担心,目下已做到钦差,拼个库书不做便罢。若来勒索的便要送银子,哪里送得许多呢!"周庸佑听得,又好恼,又好笑,即答道:"只怕不做库书还不了事,却又怎好?"马氏道:"万事放开,没有不了的。不仅今时已做钦差,争得门面,难道往时投在王爷门下,他就不替人设法吗?"说罢,周庸佑正欲再言,忽见港中各朋友都纷纷来道贺。都是听得庸佑派往外国出使,特来贺喜的。马氏即回后堂去。周庸佑接见各友,也无心应酬,只略略周旋一会。

　　各人去了,周庸佑单留徐雨琴坐下,要商量发付省中事情。惟说来说去,此事非财不行,且动费一百或数十万,从哪里筹得? 原来周庸佑的家当,虽宣传五七百万之多,实不过二百万两上下,因有库书里年年一宗大进款,故摆出大大的架子来。今海关裁了,已是拮据①,况近来为上了官瘾,已去了将近百万,欲要变卖产业,又太失体面;纵真个变业,可不是一副身家,白地去得干净? 所以想报效金督帅及送款佘子谷两件事,实是不易。但除此之外,又无别法可以挽留。即留下徐雨琴商议,亦只面面相觑②,更无善策。

　　正像楚囚相对的时候,只见阍人又拿了一个名片进来,道是有客要来拜候。周庸佑此时实在无心会客,只得接过那名片一看,原来是汪怀恩的片子。周庸佑暗忖道:此人与我向不相识,今一旦要来看我,究有何事? 莫不又是佘子谷一辈要来勒索我的不成? 正自言自语,徐雨琴从旁看了那片子,即插口道:"此人是广东翰林,尚未散馆的,他平日行为,颇不利人口,但既已到来,必然有事求见,不如接见他,且看情形如何。或者凭他在省城里调停一二,亦无不可,因此人在城里颇有肢爪的,就先见他也不妨。"周庸佑亦以为是,即传出一个"请"字。

　　旋见汪怀恩进来,让座后,说些仰慕的话,周庸佑即问汪怀恩:"到来有什么见教?"汪怀恩道:"小弟因知老哥已派做出使大臣,小弟实欲附骥③,做个随员,不揣冒昧,愿作毛遂,不知老哥能见允否?"周庸佑听了,因此时心中正自烦恼,实无心理及此事,即信口答道:"足下如能相助很好,只目下诸事纷纷,尚未有议,及到时,再请足下商酌便是。"汪怀恩道:"老哥想为海关事情,所以烦恼,但此事何必忧虑,若能在粤督手上打点多少,料没有不妥的。"周庸佑听了,因他是一个翰林,或能与制府讲些说

---

　　①　拮据——缺少钱。

　　②　觑(qù)——看;瞧。

　　③　附骥——比喻依附名人而出名。

话,也未可定,即说道:"如此甚好,不知足下能替兄弟打点否?"汪怀恩道:"此事自当尽力。老哥请一面打点赴京陛见①,及选用翻译随员,自是要着。且现时谋在洋务保举的多,实不患无人。昔日有赴美国出使的,每名随员索银三千,又带留学生数十名,每名索银一二千不等,都纷纷踵门②求差使,老哥就依这样干去,尽多得五七万银子,作赴任的费用。惟论价放缺而外,仍要拣择人才便是。"周庸佑听到这里,见又得一条财路,不觉心略欢喜。此时两人正说得投机,周庸佑便留汪怀恩晚膳。随带到厢房里座谈,并介绍与徐雨琴相见。三人一见如故,把周乃慈来电议个办法。汪怀恩道:"若此时回电,未免太过张扬,书信往返,又防泄漏,不如小弟明日先回城去,老哥有何嘱咐,待小弟当面转致令弟,并与令弟设法调停便是。"周、徐二人都齐声道"是"。未几用过晚膳,三人即作竟夕③之谈,大都是商量海关事情,及赴京两事而已。次早,汪怀恩即辞回省城去。

原来汪怀恩欲谋充参赞,心里非不知周庸佑因库书事棘手,但料周庸佑是几百万财主,且又有北京王公势力,实不难花费些,调停妥当,因此便胆充帮助周庸佑,意欲庸佑感激,后来那个参赞稳到手上,怎不心满意足。一程回到省城,甫卸下行李,便往光雅里请见周乃慈。谁想乃慈这时纳闷在家,素知汪怀恩这人是遇事生风,吃人不眨眼的,又怕他仍是到来勒索的,不愿接见,又不知他是受周庸佑所托,即嘱令家人回道:"周老爷不在家里。"汪怀恩只得回去。

在当时周庸佑在港,只道汪怀恩替自己转致周乃慈,便不再复函电。那汪怀恩又志在面见周乃慈说话,好讨好周庸佑,不料连往光雅里几次,周乃慈总不会面,没奈何只得复信告知庸佑,说明周少西不肯见面。这时节已多延了几天。周庸佑看了汪怀恩之信,吃了一惊,即赶紧飞函到省,着周少西与汪怀恩相见,好多一二人商议。

周乃慈得了这信,反长叹一声,即复周庸佑一函,那函道:

栋臣十兄大人庭右,谨复者:连日风声鹤唳,此事势将发作矣。

---

① 陛见——臣下参见皇帝、君王、王侯。

② 踵(zhǒng)门——亲到。

③ 竟夕——终夜;通宵。

据弟打听，非备款百万，不能了事。似此从何筹划？前数天不见兄长复示，五内如焚。今承钧谕，方知着弟与汪怀恩太史商议。窃谓兄长此举，所差实甚。因汪太史平日声名狼藉，最不见重于官场，日前新督帅参劾①劣绅十七名，实以汪某居首，是此人断非金督所喜欢者。托以调停，实于事无济，弟决不愿与之商酌也。此外有何良策，希即电示。专此，敬颂

钧安　　　　　　　　　　　　　　　　　弟乃慈顿首

周庸佑看罢，亦觉无法。因乃慈之意，实欲庸佑出资息事，只周庸佑哪里肯把百万银子来打点这事，便再复函于少西，谓将来尽可无事，以作安慰之语而已。

　　周乃慈见庸佑如此，料知此事实在不了，便欲逃往香港去，好预先避祸。即函请李庆年到府里来商议。问李庆年有何解救之法。李庆年道："此事实在难说。因小弟同在洋务局，自新督帅到来，已经撤差，因上海盛少保荐了一位姓温的到来，代小弟之任，故小弟现时实无分毫势力。至昔日一班兄弟，如裴鼎毓、李子仪、李文桂，都先后撤参，或充军，或逃走，已四处星散。便是潘、苏两大绅，也不像从前了。因此老兄近来所遭事变，各兄弟都不能为力，就是这个缘故。"周乃慈道："既是如此，弟此时亦无法可设，意欲逃往香港，你道何如？"李庆年道："何必如此。以老兄的罪案，不过亏空库款，极地亦只抄家而已。老兄逃与不逃，终之抄家便了。不如把家产转些名字，便可不必多虑。"周乃慈听了，暗忖金督性子与别人不同，若把家产变名，恐罪上加罪，遂犹豫不决。

　　少顷，李庆年辞去，周乃慈此时正如十八个吊桶，在肚子里捋上捋下，行坐不宁，即转入后堂，妻妾纷问现在事情怎样，周乃慈惟摇首道："此事不能说得许多，但听它如何便了。"说罢，便转进房子里躺下。

　　忽家人报潘大人来拜候，周乃慈就知是潘飞虎到来，即出厅上接见。潘飞虎即开言道："老兄可有知得没有？昨儿佘子谷禀到督衙，说称在海关库书里办事多年，凡周栋臣等如何舞弊，彼通通知悉。因此，金督将传佘子谷进衙盘核数目，这样看来，那佘子谷定然要发作私愤。未知足下日前数目如何？总须打点才是。"周乃慈道："海关裁撤之后，数目都在督衙

---

　　① 参劾（hé）——检举官吏的过失，揭发罪状。

里,初时不料裁关上谕如此快捷,所以打点数目已无及了。"潘飞虎道:"此亦是老兄失于打点。因裁撤海关之事,已纷传多时,如何不预早思量?今更闻佘子谷说库书数目糊涂,尽在三四百万。这等说,似此如何是好。"周乃慈听了,几欲垂泪,潘飞虎只得安慰了一会而去。

周乃慈复转后堂,一言未发,即进房打睡。第三房姨太太李香桃见了这个情景,就知有些不妥,即随进房里去,见周乃慈躺在烟炕上,双眼掉泪。香桃行近烟炕前,正欲安慰几句,不想话未说出,早陪下几点泪来。周乃慈道:"你因什么事却哭起来?"香桃道:"近见老爷神魂不定,寝食不安,料必有事不妥,妾又不敢动问,恐触老爷烦恼,细想丈夫流血不流泪,今见老爷这样,未免有情,安得不哭。"周乃慈这会更触起心事,越哭起来,随道:"卿意很好,实不负此数年恩义,然某命运不好,以至于此,实无得可说。回想从前,以至今日,真如大梦一场,复何所介念?所念者唯卿等耳!"香桃道:"钱财二字,得失何须计较,老爷当自珍重,何必作此言,令妾心酸。"周乃慈道:"香港□昌字号,尚值钱不少,余外香港产业,尚足备卿等及儿子衣食。我倘有不幸,任聊等所为便是。"香桃听罢,越加大哭。

周乃慈递帕子使香桃拭泪,即令香桃出房子去。香桃见周乃慈说话不详,恐他或有意外,因此不欲离房。周乃慈此时自忖道:"当初周栋臣着自己入库书代理,只道是好意,将来更加发达,不意今日弄到这个地步。想栋臣拥几百万家资,倘肯报效调停,有何不妥?今只知谋升官,便置身局外。自己区区几十万家当,怎能斡旋得来?又想昔日盛时,几多称兄称弟,今日即来问候的,还有几人?正是富贵有亲朋,穷困无兄弟,为人如此,亦复何用!况金督帅性如烈火,将来性命或不免可虑,与其受辱,不如先自打算。"便托称要喝龙井茶,使香桃往取,香桃只当他是真意,即出房外。周乃慈潜闭上房门,便要图个自尽。正是:

繁华享尽千般福,性命翻成一旦休。

要知周乃慈性命如何,且听下回分解。

第三十四回

留遗物惨终归地府　送年庚许字配豪门

话说周乃慈托称取龙井茶，遣香桃出房去了，便闭上房门，欲寻自尽。那香桃忽回，望见他把房门闭了，实防周乃慈弄出意外，急地回转叫门，一头哭，一头大声叫喊。家人都闻声齐集，一同叫门。周乃慈暗忖：若不开门，她各人必然撬门而入，纵然死也死不去。没奈何，只得把房门复开了，忍着泪，问各人叫门是什么缘故？各人都无话可说，只相向垂泪。周乃慈道："我因眼倦得慌，欲掩上房门，睡歇些时，也并无别故，你们反大惊小怪，实在不成事体。"各人听罢，又不敢说出防他自尽的话，只得含糊说几句，要进来伺候。周乃慈听了，都命退出，唯侍妾香桃仍在房子里不去。

周乃慈早知其意，亦躺在烟炕上一言不发。香桃垂泪道："人生得失有定，若一时失意，何便如此？老爷纵不自爱，亦思儿女满堂，皆靠老爷成立。设有不幸，家人还向谁人倚靠？万望老爷撇开心事，也免妻妾彷徨，儿女啼哭才是。"周乃慈听了，叹一口气道："自从十哥把库书事托某管理，只道连年应有个好处。不想十来年间，纵获得百十万，今日便是祸患临头。从前先我在库书成家的人，便置身事外。某自问生平，无什么亏心事，只做了几年库书，便至性命交关，岂不可恨！倘若是兄弟相顾的，各人把三几十万报效，将来尽可没事，今枉说从前称兄称弟，只某一人独受灾磨，生亦何用？"说罢，更想起自己生平的不值处，倍加大哭起来。香桃便拿出绣帕，替周乃慈拭泪，随道："既是如此，趁事情还未发作，不如打叠细软，逃出外洋，图个半世安乐，岂不甚好？"周乃慈道："某初时也作此想，只想到兄弟朋友四个字，多半是富贵交游，及祸患到来，转眼便不相识，纵然逃往它处，更有谁人好相识，即自问亦无面目见人。且金督帅说我们是侵吞库款，若在通商之国，只一张照会，便可提解回来了，这时反做了一个逃犯，反是罪上加罪，如何是好？"香桃听罢，亦无言可说，唯再复安慰一回而罢。自此一连日夜，都轮流在周乃慈左右，防他自寻短见。凡有朋友到来拜会，非平日亲信的到，一概挡驾，免乃慈说起库书的事，又要伤感起来。

　　惟周乃慈独坐屋里,更加烦闷,只不时通信各处朋友,打探事情如何。忽一日接得一处消息,说到佘子谷现在又禀到粤督这里,说到海关库书,历来舞弊,如何欺瞒金价,如何设真假两册房,欺弄朝廷。凡库款未经监督满任晋京,本来移动不得的,又如何擅拿存放收息。又称自洋关归并,及鸦片归入海关办理以后,如何舞弄。把数十年傅、周两姓经手的库书事务,和盘托出。又称数十年来傅、周两姓相继任海关库书,兄弟甥舅,私相授受,互为狼狈,无怪近来关税总无起色。若库书吏役,反得富堪敌国,坐拥膏腴①。当此库款支绌之秋,自当彻底根究,化私为公,以裕饷源,而杜将来效尤积弊等语。金督帅见了,登时大怒。又因当时□□军务正在吃紧,军饷又复告竭,仰屋而嗟,捋肠捋脏之际,忽然有悟,想得一计,就在傅、周两姓筹一笔款项,好填这项数目,却也不错。因此就立刻传佘子谷到衙,拣齐账项卷宗,交佘子谷逐一盘驳。一来因周庸佑已经有旨放了钦差,出使□□国大臣,若不从速办理,怕周庸佑赴任去了,又多费一重手脚。又防周乃慈仍逃海外而去。便一面令人看管周乃慈,一面令佘子谷从速盘核库书数目。

　　此时周乃慈更如坐针毡,料知这场祸机发作,非同小可,抄家两字是断然免不得的。惟自己看淡世情,早置死生于度外。单是妻妾儿女,将来衣食所靠是紧要的。便欲把在内地的生意产业,一概改转他人名字。偏是那时金督帅为人严猛,又是不徇情面的,凡与周乃慈同股开张生意的人,皆畏祸不敢使周乃慈改易名字。便是所置买的产业,亦无人敢出名替他设法。周乃慈暗忖这个情景,内地的家当料然不能保全,悔当时不早在海外置些家业,谋个退步。想罢叹了一声,只得打发妻子暗地携些细软珠石等贵重物件,先避到香港居住。这时香港总督与粤省金督帅又很有点子交情,更防香港产业亦保全不得,即令把在香港所置的产业改换姓名,即金银玩器生意的□昌字号,亦改名当作他人物业去了。那妻子们有些避到香港,有些仍留在省城光雅里大宅子里,伺候周乃慈,并听候消息。

　　前时周乃慈犹函电纷驰,到周庸佑那里催他设法,只到了这时,见周

────────────

　　①　膏腴(yú)——肥美的食物;富贵。

庸佑总舍不得钱钞斡旋①，但天天打算赴京莅任，正如燕巢危幕，不知大厦之将倾，因此周乃慈更不与周庸佑商量弥缝的法子，只听候金督如何办法，作个祸来顺受也罢了。还亏那时看守周乃慈宅子的差人，得些好意，只作循行故事的看守，所以周乃慈也不时令人打探消息。

那一日，忽见傅成的次子傅子育到来，乃慈料知有些机密事故，即出厅上相见。看见傅子育仓皇之相，料然不是好的消息。坐犹未定，傅子育即附耳说道："近日声气更自不好，闻家父从前经手的事都要一并发作来了。试想二十年来，家父已把库书的名让给贵兄弟做去，这回仍要发作，如何是好？"周乃慈听罢，目定口呆，一句话也说不出。暗想傅家且不能免罪，何况自己现当库书的？原来傅家自失了库书一席，家道中落之后，傅成长子傅子瑞中了举人，出仕做官，家道复兴，这时家当不下有百万上下，所以金督帅要一并查办起来。傅子育听得消息，正寻周乃慈商议，今见乃慈没句话答，心中十分着急，便又问道："不知贵兄弟近日有什么法子打点？"周乃慈摇首答道："哪里还打点得来？只听得如何办法便是。"傅子育道："天下哪有敛手待毙的？不如和同三家，并约潘氏，各出些款项，报效赎罪，你道如何？"周乃慈道："小弟早见及此，惜家兄为人优柔寡断，凡事只得马氏嫂嫂主裁。那马氏又是安不知危的，只道拜得权臣门下，做了钦差，就看事情不在眼内，雷火临头，还要顾住荷囊呢！"傅子育道："昨日小弟打个电报到四川家兄任上，据家兄回电，亦作此想。如我们三家及姓潘的凑集巨款，他准可在川督那里托他致电粤督，说个人情。足下此时即电与令兄商酌，亦是不迟。"周乃慈道："原来老哥还不知，家兄凡有主意时，就求北京权贵。说个报效赎罪的人情，那可使不得。他欲只是不理，只道他身在洋界，可以没事。不知查抄起来，反恐因小失大，他却如何懂得？我也懒和他再说了。"傅子育听罢，觉报效之事，非巨款不可，若周氏不允，自己料难斡旋得来。亦知周庸佑是个守财奴，除了捐功名、结权贵之外，便一毛不拔的，说多也是无用，便起辞回去。

这里周乃慈自听得傅子育所说，暗忖傅家仍且不免，何况自己，因此更加纳闷，即转回房子里去。香桃更不敢动问，免至又触起周乃慈的愁思。乃慈独自思量，觉风声一天紧似一天，它日怕查抄家产之外，更要拘

---

① 斡（wò）旋——调解；解决两方争端。

入监牢,若到断头台上,岂不更是凄惨?便决意寻个自尽。意欲投缳,又恐被人救下,死也死不去。便托称要吃洋膏子解闷,着人买了洋膏二两回来。日中却不动声息,仍与侍妾们谈天,就中也不免有安慰妻妾之语。意欲把家事嘱咐一番,只怕更动家人思疑,便一连挥了十数通书信,或是嘱咐儿子,或是嘱咐妻妾,或是嘱咐商业中受托之人,也不能细表。

徐又略对香桃说道:"此案未知将来如何处置,倘有不幸,你当另寻好人家,不必在这里空房寂守。"香桃哭道:"妾受老爷厚恩,誓死不足图报,安肯琵琶别抱①,以负老爷,望老爷安心罢。"说罢,放声大哭。周乃慈道:"吾非不知汝心,只来日方长,你年尚青春,好不难过。"香桃道:"勿论家业未必全至落空,且儿子在堂,尚有可靠;纵或不然,妾宁沿门托钵,以全终始,方称妾心。"周乃慈道:"便是男子中道丧妻,何尝不续娶?可见女子改嫁,未尝非理。世人临终时,每嘱妻妾守节,强人所难,周某必不为也。"香桃道:"虽是如此,只是老爷盛时,多蒙见爱,怎忍以今日时蹇运衰之故,便忘恩改节。"周乃慈道:"全始全终,自是好事。任由卿意,吾不相强。"说罢,各垂泪无言。

将近晚膳时候,周乃慈勉强喝了几口稀饭,随把手上火钻戒指除下,递与香桃道:"今临危,别无可赠,只借此作将来纪念罢了。"香桃含泪接过,答道:"老爷见赐,妾不敢不受。只老爷万勿灰心,自萌短见。"周乃慈强笑道:"哪有如此?卿可放心。"自此无话。

到了三更时分,乃慈劝香桃打睡,香桃不肯,周乃慈道:"我断断不萌短见,以负卿意,只是卿连夜不曾合眼,亦该躺歇些时。若困极致病,反惹人忧,如何使得?"香桃无奈,便横着身儿躺在烟炕上。周乃慈仍对着抽大烟。香桃因连夜未睡,眼倦已极,不多时便睡着了。乃慈此时想起前情后事,忧愤益深,自忖欲求死所,正在此时。又恐香桃是装睡的,轻轻唤了香桃几声,确已熟睡不应,便拿那盅洋膏子,连叫几声"十哥误我",就纳在口里,一吸而尽,不觉双眼泪流不止。

挨到四更时分,肚子里洋烟气发作将来,手脚乱抓,大呼小叫。香桃从梦中惊醒,见周乃慈这个情景,急把洋膏盅子一看,已是点滴不存,已知他服洋膏子去了,一惊非小!连唤几声老爷,已是不应,只是双眼翻白。

---

① 琵琶别抱——指妇女改嫁。

香桃是不经事的,此时手忙脚乱,急开门呼唤家人。不多时家人齐集,都知周乃慈服毒自尽,一面设法灌救,又令人往寻医生。香桃高声唤"救苦救难观音菩萨"。谁想服毒已久,一切灌救之法通通无效,将近五更,呜呼一命,敢是死了。

府中上下人等,一齐举哀大哭,连忙着人寻男巫的引魂开路。是时因家中祸事未妥,一切丧礼,都无暇粉饰,只着家人从速办妥。次早,各人都分头办事,就日开丧。先购吉祥板成殓,并电致香港住宅报丧。时港中家人接得凶耗,也知得奔丧事重,即日附轮回省。各人想起周乃慈生时何等声势,今乃至死于自尽,好不凄惨!又想乃慈生平待人,颇有义理,且好恩恤家人及子侄辈,因此各人都替他哀感。其余妻妾儿女,自然悲戚,就中侍妾香桃,尤哭得死去活来。但周乃慈因畏祸自尽,凡属姻眷,都因周家大祸将作,恐被株连,不敢相认,自不敢到来祭奠。这都是人情世故自然的,也不必多说。因此丧事便草草办妥,亦不敢装潢,只在门前挂白,堂上供奉灵位。家人妇子,即前往避香港的,都愿留在家中守灵。

次日,就接得香港马氏来了一函,家人只道此函便算吊丧,便拆开一看。原来马氏的三女儿名唤淑英的,要许配姓许的,那姓许的是番禺人氏,世居□□街,名唤崇兰,别号少芝,他父亲名炳尧,号芝轩,由举人报捐道员,是个簪缨①门第,世代科名。当时仍有一位嫡堂叔祖父任闽浙总督,并曾任礼部大堂,是以门户十分显赫。周庸佑因此时风声鹤唳,正要与这等声势门户结亲,好作个援应。马氏这一函,就是托他们查访女婿的意思。惟周乃慈家内正因丧事未了,祸事将发,哪里还有这等闲心替人访查女婿?香桃更说道:"任我们怎样忧心,她却作没事人。既要打点丈夫做官,又要打点儿女婚嫁,难道他们就可安乐无事,我们就要独自担忧不成?"便把那函掷下,也不回复去。

且说周庸佑自从得周乃慈凶耗,就知事情实在不妙,只心里虽如此着闷,惟口中仍把海关事不提,强作镇定。若至马氏,更自安闲,以为丈夫今做钦差,定得北京权贵照应,自不必畏惧金督。且身在香港,又非金督权力所及。想到这里,更无忧无虑,惟周庸佑口虽不言,仍时时提心吊胆。

那日正在厅上纳闷,忽门上呈上一函,是新任港督送来,因开茶会,请

① 簪缨——达官贵人的冠饰。代指显贵。

埠上绅商谈叙,并请周庸佑的。正是:

      方结茑萝①收快婿,又逢茶会谒洋官。

  要知后事如何,且听下回分解。

----

① 茑萝(niǎo luó)———一种缠绕茎一年生草本植物。比喻男女结合。

第三十五回

赴京城中途惊噩耗　查库项大府劾钦差

话说周庸佑那日接得港督请函,明日要赴茶会。原来西国文明政体,每一埠总督到任后,即开茶会筵宴,与地方绅商款洽。那周庸佑是港中大商,自然一并请他去赴叙。

次日,周庸佑肃整衣冠,前往港督里。这时港内绅商云集,都互相欢笑,只周庸佑心中有事,未免愁眉不展。各人看了他容貌,不仅消瘦了几分,且他始终是无言默坐,竟没有与人周旋会话。各人此时都听得金督帅要参他的风声,不免暗忖,他一世之雄,而今安在? 其中自然有怜他昔日奢华,今时失意;又有暗说他财帛来的不大光明,应有今日结果的;又有等不知他近日惊心的事,仍钦羡他怎么豪富,今又由京卿转放钦差的。种种谈论,倒不能尽。

说不多时,港督到各处座位与绅商周旋。时周庸佑正与港绅韦宝臣对坐,港督见周庸佑坐着不言不语,又不知他是什么人,便向韦宝臣用英语问周庸佑是什么人,并做什么生意。韦宝臣答过了,随用华语对周庸佑说道:“方才大人问及足下是什么名字,小弟答称足下向是港中富商,占有□□银行数十万元股本,又开张□记银号,且产业在港仍是不少。前数年曾任驻英使署参赞,近时适放驻□□国钦差,这等说。”那韦宝臣对他说罢,周庸佑听了,只强作微笑,仍没一句话说。各人倒知他心里事实在不少,故无心应酬。周庸佑实自知这场祸机早晚必然发作,哪复有心谈天说地,只得随众绅商坐一会,即复随众散去。

回家后,想起日间韦宝臣所述的话,自觉从前何等声势,今日弄到这样,岂不可恼! 又想这回祸机将发,各事须靠人奔走,往时朋友,如梁早田、徐雨琴及妻弟马竹宾,已先后身故,只怕世态炎凉,此后各事更靠何人帮理? 不觉低头一想,猛然想起还有一位周勉墀,是自己亲侄子,尽该请他到来,好将来赴京后交托家事。只他父亲是自己胞兄,他生时原有三五万家当,因子侄幼小,交自己代理。只为自己未曾发达以前,将兄长交托的三五万用去了，后来自己有了家当，那侄子到来问及家资，自己恐失体面，不敢认有这笔数，想来实对侄子不住。今番有事求他，未知他肯否顾我？想罢，不觉长叹一声。继又忖俗语说："打虎不离亲兄弟"，到今日正该自悔，好结识他，便挥了一函，请周勉墀到来，商酌家事。

时周勉墀尚在城里，向得周乃慈照顾，因此营业亦稍有些家当。这回听得叔父周庸佑忽然要请自己，倒觉得奇异，自觉想起前根后柢①，实不应与他往来，难道他因今日情景，见横竖家财难保，就要把吞欠自己父亲的，要交还自己不成？细想此人未必有这般好心肝。但叔侄份上，他做不仁，自己也不该做不义，今若要不去，便似有个幸灾乐祸之心，如何使得？计不如索性走一遭才是。便即日附轮到港，先到坚道大宅子见了周庸佑，即唤声"十叔父"，问一个安。时周庸佑见了周勉墀，忆起前事，实对他不住的，今事急求他到来，自问好不羞愧，便咽着喉，唤一声"贤侄"，说道："前事也不必说了，只愚叔父今日到这个地步，你可知道？"周勉墀听了，只强作安慰几句。实心里几乎要赔下几点泪来。徐又问道："十叔父，为今之计，究竟怎样？"周庸佑道："前儿汪翰林到来，求充参赞，愚顺托他打点省中情事，今却没有回报，想是不济了。随后又有姓□的到来，道是金督帅最得用之人，愿替俺设法。俺早已听得他的名字，因此送了二万银子，托他在金督跟前说个人情，到今又通通没有回复，想来实在危险，不知贤侄在省城听得什么风声？"周勉墀道："佘子谷那人要发作叔父，叔父想已知得。少西十二叔且要自尽，其他可想。天幸叔父身在香港，今日三十六计，实走为上计。"

说到这里，可巧马氏出来，周勉墀与婶娘见礼。马氏问起情由，就把方才叔侄的话说了一遍。马氏道："既是如此，不如先进京去，借引见赴任为名，就求京里有力的官场设法也好。"周庸佑听了，亦以此计为是，便决意进京，再在半路听过声气未迟。想罢，即把家事嘱托周勉墀，又唤骆子棠、冯少伍两管家嘱咐了一番。再想省城大屋，尚有几房姨太太，本待一并唤来香港，只恐太过张扬；况金督帅纵然发作此事，未必罪及妻孥②，目前可暂作不理。是夜一宿无话。

---

① 柢(dǐ)——树根。
② 妻孥(nú)——妻子儿女的统称。

次日即打点起程，单是从前谋放钦差，应允缴交□□□万元，此项实欠交一半，就嘱马氏及冯、骆两管家打算预备此项。如果自己无事，即行汇进北京；如万一不妥，此款即不必再汇，一面挪了几万银子，作自己使用，就带了八姨太并随从人等，附轮望申江进发。那时上海还有一间广祥盛字号，系从前梁早田的好友，是梁早田介绍周庸佑认识的。所以周庸佑到申江，仍在这广祥盛店子住下。再听过消息。然后北上，不在话下。

且说金督帅因当时饷项支绌，今一旦兼管海关事务，正要清查这一笔款项，忽又得佘子谷到衙帮助盘算，正中其意。又想周庸佑兄弟二人，都在香港营业的多，省城产业有限；若姓傅的家财，自然全在省里，不如连姓傅的一并查抄，哪怕不凑成一宗巨款。便把数十年来关库的数目，自姓傅的起，至周乃慈止，通通发作将来。又忖，任册房的是潘氏，虽然是由监督及书吏嘱咐注册的，唯他任的是假册房，也有个通同舞弊、知情不举的罪名。且他原有几十万家当，就不能放饶他。主意已定，因周庸佑已放□□国的钦差，恐他赴任后难以发作，便立即知照□□国领事府，道是"姓周的原有关库数目未清，贵国若准他赴任，到时撤他回来，就要损失两国体面，因此预先说明。"那□□国领事得了这个消息，即电知驻北京公使去后，□□驻京公使自然要诘问外部大臣。金督又一面令幕府缮折①，电参周庸佑亏空库款甚巨，须要彻底清查。并道周某以书吏起家，侵吞致富，复夤缘②以得优差，不仅无以肃官方，亦无以重库款，若不从重严办，窃恐互相效尤，流弊伊于胡底等语。折上，朝廷大怒，立命金督认真查究，不得稍事姑容。

时周库书自抵申江，只与八姨太同行，余外留在省港的朋友，都不时打听消息如何，随时报告，这会听得金督参折考语。魂不附体。随后又接得京中消息，知道金督上折，朝廷览奏震怒，要着金督认真查办。周庸佑一连接得两道消息，几乎掉下泪来。便又打电到京，求权贵设法。无奈金督性如烈火，又因这件事情重大，没一个敢替他说情，只以不能为力等语，回复周庸佑。那庸佑此时如坐针毡，料北京这条路是去不得的，除是逃往外洋，更没第二条路。只目下又不知家中妻妾儿女怎样，如何放心去得？

---

① 缮折——抄写折子。
② 夤缘——攀附上升。比喻拉关系，向上巴结。

　　适是晚正是广祥盛的东主陈若农请宴，先日知单早已应允赴席，自然不好失约，惟心里事又不欲尽情告人，只得勉强应酬而已。当下同席的原有八九人，都是广肇帮内周庸佑往日认识的朋友。因是时粤中要发作库书的事，沪①上朋友听得，都是半信半疑，今又见周庸佑要赴京，那些朋友倒当周庸佑是个没事之人，自然依旧巴结巴结。"十哥"前、"十哥"后，唤个不绝。那周庸佑所招的妓女，唤作张凤仙，素知周庸佑是南粤一个巨富的，又是花丛中阔绰的头等人物，便加倍奉承。即至娘儿们见凤仙有了个这般阔的姐夫，也替凤仙欢喜，"千大人"、"万大人"的呼唤声，哪里听得清楚。先自笙歌弦管，唱了一回书，陈若农随后肃客人席。那周庸佑叫局的，自然陪候不离，即从前认识的妓女，也到来过席。

　　这席间虽这般热闹，惟周庸佑心中一团积闷，实未尝放下。酒至半酣，各人正举杯递盏，忽见广祥盛的店伴跑了进来。在别人犹不知有什么事故，只是周庸佑心中有事，分外眼快，一眼早见了广祥盛的店伴。料他慌忙到来，不是好意。那店伴一言未发，即暗扯陈若农到静处，告说道："方才工部局差人到店查问，是否有广东海关库书吏，由京堂新放□□国钦差的，唤做周庸佑这个人？当时店伴只推说不识此人。惟工部局差人又说道：'姓周的别号栋臣，向来到沪，都在你们店子里进出，如何还推不识？'店中各伴没奈何，便问他什么缘故？据差人说来，原来那姓周的是亏空库款，逃来这里的，后由粤东金督帅参了一本，又知他走到沪上，因此密电本埠袁道台，要将周庸佑扣留的。今袁道台见他未有到衙拜会，料然不在唐界，所以照会租界洋官，要查拿此人。后来说了许多话，那差人方始回去。"陈若农听了，一惊非小，暗忖这个情节，是个侵吞库款的私罪重犯，凡在通商的国都，要递解回去的，何况这上海是个公共租界，若收留他，也有个罪名。且自己原籍广东，那金督为人，这脾气又是不同别人的，总怕连自己也要拖累，这样总要商量个善法。便嘱令来的店伴先自回去，休要泄漏风声，然后从长计算。

　　那店伴去后，陈若农即扯周庸佑出来，把店伴说的上项事情，说了一遍。周庸佑听得，登时面色变得七青八黄，没句话说，只求陈若农怜悯，设法收藏而已。陈若农此时真是人面着情，方才请宴，怎好当堂翻脸？且又

_____

　　①　沪——上海的简称。

相识在前，不得不留些情面。惟究竟没什么法子，两人只面面相觑。陈若农再看周庸佑这个情形，实在不忍，不觉心生一计，即对周庸佑说道："多说也是无用，小弟总要对得住老哥。但今晚方才有差人查问，料然回去下处不得，若住别处，又恐张扬。今张凤仙如此款洽，就当多喝两杯，住凤仙寓里一宿，待小弟明天寻个秘密所在便是。"庸佑答声"是"，随复入席。各朋友见他俩细语良久，早知有些事情，但究不知得底细，只再欢饮了一会。周庸佑托称不胜酒力，张凤仙就令娘儿们扶周大人回寓里服侍去后，陈若农又密嘱各友休对人说周某寓在哪里。

次日，陈若农即着人到工部局力言周庸佑不在他处。工部局即派人再搜查一次，确没有此人。若农即暗引周庸佑回去，在密室里躲藏，待要逃往何处，打听过船期，然后发付，不在话下。

这时粤中消息，纷传周庸佑在上海道署被留，其实总没此事。金督帅见拿周庸佑不得，心中已自着恼，忽接北京来了一张电报，正是某王爷欲与周庸佑说情的。那电文之意，道是"周某之罪，确是难恕，但不必太过诛求，亦不必株连太甚"这等话。金督帅看了，越加大怒，暗忖周庸佑全凭得京中权贵之力，所以弄到今日，屡次劝他报效赎罪，种种置之不理，实是恃着王爷，就瞧自己不在眼里。我今日办这一个书吏，看王爷奈我怎么何？因此连忙又参了一本，略谓"周庸佑兄弟既吞巨款，在洋界置买财产，今庸佑闻罪先遁，作海外逍遥，实罪大恶极。除周乃慈已服毒自尽外，请将周庸佑先行革职，然后抄查家产备抵"等语。并词连先任库书傅成，通同舞弊，潘云卿一律查抄家产。折上，即行准奏，将周庸佑革职，并传谕各省缉拿治罪。正是：

> 梦熟黄粱都幻境，名登白简①即危途。

毕竟周庸佑怎能脱身，且听下回分解。

---

① 白简——古时弹劾官员的奏章。

第三十六回

潘云卿逾垣逃险地　李香桃奉主入监牢

话说朝廷自再接得金督所奏，即传谕各处关卡，一体把周庸佑查拿治罪。周庸佑这时在上海，正如荆天棘地，明知上海是个租界自己断然靠这里不住，只朝廷正在风头火势，关卡的吏役人员，个个当拿得周庸佑便有重赏。因此查得十分严密，这样如何逃得出？唯有躲得一时，过一时罢了。且说金督自奏准查抄周、潘、傅三姓家产之后，早由佘子谷报说姓潘的是管理假册房事，又打听得傅成已经去世，唯他产业全在城里，料瞒不去。除周乃慈已经自尽之外，周庸佑在逃，单恐四家产业或改换名字，立即出了一张告示，不准人承买周、潘、傅四家遗产，违的从重治罪。又听得四人之中，潘云卿尚在城内，立刻即用电话调番禺县令，率差即往拿捕。县令不敢怠慢，得令即行。

还亏潘云卿耳目灵通，立令家人将旧日存在家里的假册稿本抛在井里。正要打点逃走，说时迟，那时快，潘云卿尚未逃出，差勇早已到门。初时潘云卿只道大吏查办的只周、傅二家，自己做的册房，只是奉命注数，或在法外，迨后听得连自己参劾了，道是通同作弊，知情不举的罪名，就知自己有些不便，镇日将大门紧闭。这会差勇到来，先被家人察悉，报知潘云卿。那云卿吓得一跳，真不料差勇来得这般快，当令家人把头门权且挡住，即飞登屋面逾垣①逃过别家，即从瓦面上转过十数家平日亲信的下了去。随改换装束，好掩人耳目。先逃走往香港，再行打算。

是时县令领差勇进了屋里，即着差勇在屋里分头查搜，男男女女俱全，单不见了潘云卿。便责他家人迟迟开门之罪。那家人答道："实不知是贵差到来，见呼门紧急，恐是盗贼，因此问明，方敢开门的便是。"那县令听罢大怒，即喝道："放你的狗屁！是本官到来，还说恐是盗贼，这是什么话？"那家人听了，惶恐不过，唯有叩头谢罪道："是奉主人之命，没事不

---

① 垣(yuán)——墙。

得擅自启门，因此问过主人，才敢开放。"那县令道："你主人潘云卿往哪里去？"那家人道："实在不知，已出门几天了。"县令又喝道："胡说，方才你说是问过主人才敢启门，如何又说是主人出门几天了呢？"那家人听得，自知失言，急地转口道："小的说的主人是说奶奶，不是说老爷呢。"县令见他牙尖口利，意欲把他拿住，见他只是个使唤的人，怪他不得，即把他喝退。

随盘问云卿的妻妾们："云卿究往哪里去了？"妻妾们都说不知，皆说是出门几天，不知他现在哪里。

那县令没奈何，就令差役四围搜查，一来要查他产业的记号，二来最要的是搜他有什么在关库舞弊的凭据，务令上天钻地，都要搜了出来。即将屋里自他妻妾儿女以至家人，都令立在一处。随唤各人陆续把各号衣箱开了锁，所有金银珠宝头面，以至衣服，都令登记簿内。随又把家私一一登记，再把各人身上通通搜过，内中有些田地及屋宇契纸，与生意股票，都登注明白，总没有关里通同库书舞弊的证据。那差人搜了又搜，连板罅①墙孔都看过了，只哪里有个影儿？那屋又没有地穴，料然是预早知罪，先毁灭形迹的可无疑了。县令即对他家人妇子说道："奉大宪之命，除了身上所穿衣服，余外概不能乱动。"那些家人妇子个个面如土色，更有些双眼垂泪，皆请给回些粗布衣裳替换，县令即准他们各拿两套。正拟把封条粘在门外，然后留差役看守，即拟回衙复命，谁想那差役仍四处巡视，巡到那井边，看看井里，见有碎纸在水上浮起，不觉起了疑心。随禀过县令，即把竹竿捞来观看，觉有数目字样，料然是把舞弊的假册凭据抛在井里去了。立令人把井水打干，看看果然是向日海关库里假册子的稿本，落在井里，只是浸在水底，浸了多时，所有字迹都糊涂难辨。县令没奈何，只得把来包好，便嘉奖了这查看井里的差役一番。即留差役看守，把门外粘了封皮，即回衙而去。

是时周、傅各家，皆已分头多派差人看守。因傅家和周庸佑产业最多，惟周乃慈是现充库书的，罪名较重，傅成、周庸佑两家已派差投把守，随后查封，同时又令南海县先到周乃慈屋里查验。这时周乃慈的家眷，因乃慈死未过七旬，因此全在屋里，没有离去。那南海令会同警官，带领巡

———————
①　罅（xià）——缝隙。

勇,先派两名在门外把守,即进屋搜查。那周乃慈家眷见官勇来了,早知有些不妥,只有听候如何搜查而已。当时后厅里尚奉着周乃慈灵位,烟火熏蒸,灯烛明亮,南令先问家里尚有男女若干名口,家人一一答过,随用纸笔登记了。南令又道:"周乃慈畏罪自尽,生前舞弊营私,侵吞库款,可无疑的了。现在大宪奏准查办,你们想已知道了。家内究有存得关库里向来数目底本没有? 好好拿出,倘若匿藏,就是罪上加罪,休要后悔。"家人答道:"屋里不是库书办公之地,哪有数目存起? 公祖若不见信,可令贵差搜查便是。"南令道:"你们也会得说,只怕大宪跟前说不得这样话。乃慈虽死,他儿子究在哪里?"时周乃慈的儿子周景芬,正在家内,年纪尚轻,那周乃慈的妻妾们,即引周景芬出来。

见了南令,即伏地叩首,南令道:"你父在生时的罪名,想你也知道了。"那周景芬年幼,胡混答道:"已知道了。"家人只替说道:"父亲生时在库里办事,都承上传下例,便是册房里,那数目,倒是监督大人吩示的,方敢填注,该与不该,他不是自作自为的。"南令怒道:"他的罪过,哪不知得。你还要替他强辩吗?"家人听了,不敢出声。南令又道:"他在库书里应得薪水若干? 何以家业这般殷富? 门户这般阔绰? 还敢在本官跟前撒谎! 怕大宪闻知,你们不免同罪呢?"家人又无话说。南令又问周景芬道:"周乃慈遗下在省的产业生意,究有多少? 在港的产业生意,又有多少? 某号、某地、某屋,当要一一报说出来。"周景芬听罢,没言可答,只推不知。家人又替他说道:"他只是个小孩子,他父亲的事,他如何知得? 且罪人不及妻孥,望公祖见谅。"南令听了,更怒道:"可好撒刁! 说那罪人不及妻孥的话,难道要与本官谈论国律不成?"随又道:"本官也不管他年幼不年幼,他老子的事,也不管他知与不知,本官只依着大宪嘱咐下来的办理。"说罢,即令差勇四处查缉。先点查家私器具之后,随令各家人把衣箱通通开了锁,除金银珠宝头面及衣服细软之外,只余少少地屋契纸及占股生意的股票。南令道:"他哪止这些家当!"再令差勇细细检查,凡片纸只字,及亲朋来往的书信,也通通检起。随令自他妻妾儿女以至家员婢仆,都把浑身上下搜过,除所穿衣衫外,所有小小贵重的头面,都要掷下来,家里人一概都出进不得。这时差勇检查,虽然当官点视,其暗中上下其手的,实所不免。

正在查点间,忽衙里打电话来报道:"番令在潘云卿屋里捞出册子。"

南令听得,急令人把井里捞过,独空空没有一物,只得罢了。随把记事簿登录清楚,即着差人看守家人,随拟回衙,要带周景芬同去,那家人听了,都惊哭起来。纷纷向南令求情道:"他年纪幼小,识不得什么事?"南令哪里肯依,即答道:"此是大宪主意,本官若奉行不力,也有个处分。"那家人听了,倒道南令本不为已甚,不通大吏过严罢了,便苦求南令休把周景芬带去。

那周景芬只是十来岁的人,听得一个拿字,早吓得魂不附体。意欲逃进房子里,怎奈差役们十居其九,都是马屁凭官势,一声喝起,即把周景芬执住,那周景芬号啕大哭起来。这时家人妇子,七手八脚,有跪向南令扯住袍角求饶的,有与差役乱挣乱扯的,哭泣的声,哀求的声,闹作一团。南令见这个情景,即略安慰他道:"只带去回复大帅,料是问过产业号数,就可放回,可不必忧虑。"家人至此,也没可奈何,料然求亦不得,只听他罢了。

南令正拟出门,忽一声娇喘喘的哀声,一个女子从里面跑出,扯住周景芬,伏地不起。周景芬又不愿行,那女子只乱呼乱叫,引动家人,又复大哭起来。南令听得,也觉酸鼻。细视那女子年约二十上下,穿的浑身缟素衣裳,裙下那双小弓鞋,扪①着白布,头上没有梳妆,披头散发,虽在哀恸之中,仍不失那种娇艳之态。南令见她如此凄惨,便问那个女子是周乃慈的什么人,差勇有知得的,上前答道:"这女子就是周乃慈的侍妾,唤做李香桃的便是。"南令听了,觉有一种可怜,只就大宪嘱示,哪里还敢抗违,唯有再劝慰道:"此番带他同去,料无别的,问明家业清楚,就可放回了。倘若故意抗拒,怕大帅发怒时,哪里抵挡得住?"时香桃也不听得南令说什么话,唯凄楚至极,左手牵住周景芬,右手执着帕子,掩面大哭。不觉松了手,差役即扯周景芬而去。香桃坐在地上,把双脚乱撑地哭了一会,又回周乃慈灵前大哭。家人见她只是一个侍妾,景芬又不是她所出,却如此感切,自然相感大恸,不在话下。

且说周景芬被南令带了回署,随带往见金督帅缴令。金督把他盘问一切,凡是周乃慈的产业,周景芬有知得的,有不知得的,都据实供出。金督又问周乃慈是否确实自尽,也通通答过了。金督帅随令把乃慈从前侵吞库款数目拿了出来,这都是佘子谷经手,按他父乃慈替充库书若干年,

---

①　扪(mén)——按,摸。

共吞亏若干数录出来的,着周景芬打印指模作实。周景芬供道:"先父只替十伯父周兆熊①办库书事,也非自己干来。"金督怒道:"你父明明接充库书,纵是替人干的,也是知情不举,应与同罪。且问你们享受的产业,若不是侵吞巨款,究从哪里得来? 还要强辩做什么!"那周景芬被责无语。金督又勒令打印指模,周景芬又道:"纵如大人所言,只是先父干事,小子年轻,向没有知得,应不干小子的事,望大人见恕。"金督拍案大怒,周景芬早已心慌,被强不过,没奈何把指模打印了。

金督即令把周景芬押过一处,并令将周庸佑、周乃慈家属一并拘留。

南令得令,即回衙里,旋又再到光雅里周乃慈住宅,传金督令,将家属一并拘留。家人闻耗,各自仓皇无措,有思逃遁的,俱被拘住,其余使唤的人,力陈不是周家的人,只受工钱雇用,恳恩宽免拘究,都一概不允。各人呜呜咽咽啼哭,神不守舍,只香桃对各家人说道:"罪及妻孥,有什么可说! 且祸来顺受,哭泣做什么? 只可惜的是景芬年少被禁,他父当库书时,他有多大年纪,以没有知识的人,替他父受苦,如何不感伤! 至于老爷自尽之后,七旬未满,骨肉未寒,骤遭此祸,不知怎样处置才好?"说了,自己也哭起来。

这时警勇及南差同时把各人拘住,惟李香桃仍一头啼哭,一头打点灵前香火。差勇喝她起行,她却不恤②,只陆续收拾灵前摆设的器具,又再在灵前添炷香烛,烧过宝帛,一面要使人叫轿子。差役喝道:"犯罪的人坐不得轿子!"香桃道:"妾犯何罪? 你们休凭官势,当妾是犯人来看待。没论是非曲直是老爷干来,我只是个侍妾,罪在哪里? 若不能坐得轿子,叫妾如何行去?"说了即坐在地上不行。南令听了,见她理直气壮,且又情词可悯,就着人替她叫一顶轿子,一面押她家属起行。那香桃听得轿子来了,就在灵前哭了一场,随捧起周乃慈的灵位。各人问她捧主的缘故,她道:"留在屋里,没人奉侍香火,故要携带同去,免他阴魂寥落。"说罢,便步出大门外,乘着轿子而去。正是:

　　　　有生难得佳人义,已死犹思故主恩。

要知后事如何,且听下回分解。

────────────

① 周兆熊——即周庸佑,字栋臣充库书之用名。

② 不恤(xù)——不顾及;不顾惜。

第三十七回

奉督谕抄检周京堂　匿资财避居香港界

话说周乃慈家里,因督帅传示南令,要押留家属,李香桃即奉了周乃慈的灵位而出。南令见她如此悲苦,亦觉可怜,也体谅她,准她乘着轿子而去。所有内里衣箱什物,粘了封皮,又把封皮粘了头门。南令即令差役押着周乃慈家属,一程回到署内,用电话禀过大吏。随着大吏由电话复示,将周乃慈家属暂留南署,听候发落,并说委员前往查抄周庸佑大屋,并未回来,须往察看,至于傅成大屋,已由番令查封,待回禀后,然后一并发落这等说。

南令听了,不敢怠慢,即令差役看守周乃慈家属,自乘轿子直到宝华正中约周京卿第里。只见街头街尾,立着行人,拥挤观望。统计周庸佑大屋,分东西两大门,一头是京卿第,一头就是荣禄第,都有差役立守。南令却由京卿第一门而进。

这时周庸佑府里,自周乃慈自尽之后,早知有所不妙。因日前有自称督署红员姓张的打饥荒,去了五万银子,只道他手上可以打点参案,后来没得消息,想姓张的是假冒无疑了。至于汪太史,更是空口讲白话,更属不济。即至北京内里,凡庸佑平日巴结的大员,且不能设法,眼见是不能挽救的。只心里虽然惊慌,外面还撑住作没事的样子。

奈周庸佑已往上海,府里各事只由马氏主持,那马氏又只靠管家人做耳目。冯、骆两家即明知事情不了,只那马氏是不知死活的人,所以十分危险的话也不敢说。那日骆子棠早听得有奏准查抄的消息,自忖食其禄者忠其主,这会是不得不说的,即把这风声对马氏说知。马氏听了,暗忖各处大员好友,已打点不来,周庸佑又没些好消息回报,料然有些不妥,把从前自高自大的心事,到此时不免惊慌了。自料三十六计,走为上计,只又不好张扬的。

但当时周庸佑因钻弄官阶,已去了百十万银子,手头上比不得往时,因此已将各房姨太太分住的宅子都分租于人,各姨太太除在香港的,都迁回宝华正中约大宅子一团居住。马氏因此就托称往香港有事,着各姨太太在大屋里看守,并几个儿子,都先打发到港,余外家里细软,预早收拾些。另查点金银珠宝头面,凡自己的,及二姨太太三姨太太已经身故的,那头面都存在自己处,共约八万两银子上下,先把一个箱子贮好,着人付往香港去。余外草草吩咐些事务,立刻离了府门便行。

偏又事有凑巧,才出了门,那查抄家产的官员已到,南令随后又来。家人见了,都惊慌不迭。委员先问周庸佑在哪里? 家人又答道:"在香港。且往上海去了。"又问他的妻儿安在? 家人答道:"是在香港居住。"委员笑道:"他也知机,亦多狡计,早知不妙,就先行脱身。"说了,即将家人答语录做供词。这时家人纷纷思遁,都被差役拦阻。至于雇用的工人佣妇,正要检回自己什物而去,差役不准。各人齐道:"我们是受雇使用,支领工钱的,也不是周家的人。主子所犯何事,与我们都没相关,留我们也是无用。"南令道:"你们不必叫嚷,或有你们经手知道的周家产业,总要带去问明,若没事时,自然把你们释放。"各人听了无话,面面相觑,只不敢行动。委员即令差役把府里上下人等浑身搜过,男的搜男,女的搜女,凡身上查有贵重的,都令留下。忽见一梳佣,身上首饰钏镯之类,所值不赀①,都令脱下。那梳佣道:"我只是雇工之人,这头面是自己置买的,也不是主人的什物,如何连我的也要取去?"那差役道:"你既是在这里雇工试用,月内究得工钱多少,却能买置这些头面?"说了,那梳佣再不能驳说。

正在纷纷查搜,忽搜到一个仆妇身上,还没什么物件,只有一宗奇事,那仆妇却不是女子,只是一个男身。那搜查的女役,见如此怪事,问他怎地要扮女子混将进来,那仆妇道:"我生来是个半男女的,你休大惊小怪。"那女役道:"半男女的不是这样,我却不信。"那仆妇被女役盘问不过,料不能强辩,只得直说道:"因谋食艰难,故扮作女装,执佣妇之役,较易谋工,实无歹意,望你遮瞒罢了。"那女役见他如此说,暗忖此事却不好说出来,只向同事的喁喁②说了一会子,各人听得,都付之一笑了事。

统计上下人等,已通通搜过,有些身上没有物件的,亦有些暗怀贵重

---

① 不赀(zī)——没限量;多;贵重。

② 喁(yóng)喁——低声细语。

珍宝的，更有些下人，因主人有事忙乱，乘机窃些珍宝的，都一概留下。委员即令各人立在一隅，随向人问过什么名字，也一一登记簿里。随计这一间大宅子，自京卿第至荣禄第相连，共十三面，内里厅堂楼阁房子，共约四十余间，内另花园一所，洋楼一座，戏台一座，也详细注明。屋内所用物件，计电灯五百余只，紫檀木雕花大床子十二张，金帐钩十二副，金枕花二十对，至于酸枝台椅，云母石台椅，及地毡帐幕多件，都不必细述。随后再点衣箱皮匣，共百余件。都上锁封固，一一粘了封皮。随传管家上来，问明周庸佑在省的产业生意，初时只推不知，南令即用电话禀告查抄情形，督帅也回复，将上下人等一并带回，另候讯问。南令依令办去。并将大门关锁，粘上封条，即带周氏家属起行，统计家里人，姨太太三位，生女一口，是已经许配姓许的，及丫环、梳佣、仆妇、管家，以至门子、厨子，不下数十人，由差役押着，一起先回南署。

那些姨太太、女儿、丫环，都满面愁容，有的要痛哭流涕，若不胜凄楚，都是首相飞蓬，衣衫不整，还有尚未穿鞋，赤着双足的，一个扶住一个，皆低头不敢仰视，相傍而行。沿途看的，人山人海，便使旁观的生出议论纷纷。有人说道：“周某的身家来历不明，自然受这般结果。”又有人说道：“他自从富贵起来，也忘却少年时的贫困，总是骄奢淫逸，尽情挥霍，自然受这等折数了。”又有人说道：“那姓周的，只是弄功名，及花天酒地，就阔绰得天上有，地下无，不仅国民公益没有干些，便是乐善好施，他也不懂得。看他助南非洲赈济，曾题了五千块洋银，及到天津赈饥，他只助五十块银子，今日抄查家产，就不要替他怜惜了。”又有人说道：“周某还有一点好处，生平不好对旁边说某人过失，即是对他不住的人，他却不言，倒算有些厚道。只他虽有如此好处，只他的继室马氏就不堪提了。看她往时摆个大架子，不论什么人家，有不像她豪富的，就小觑他人，自奉又奢侈得很，所吸洋烟，也要参水熬煮。至于不是她所出长子，还限定不能先娶。这样人差不多像时宪书说的三娘煞星，还幸她只是一个京卿的继室，若是在宫廷里，她还要做起武则天来了！所以这回查抄，就是她的果报呢！”当下你一言，我一语，谈前说后，也不能记得许多。

只旁人虽有如此议论，究有人见他女儿侍妾如此抛头露面，押回官衙里去，自然有些说怜惜的说话。这时就有人答道：“那周某虽然做到京卿，究竟不会替各姨太太打算。昔日城里有家姓潘的，由监务起家，署过两广的盐运使,他遇查抄家产的时候,尚有二十多房姨太太。他知道抄家的风声,却不动声色,大清早起,就坐在头门里,逐个姨太太唤了出来,每一个姨太太给她五百银子,遣她去了。那时各姨太太正是清早起来,头面首饰没有多戴,私已银两又没有携在身上,又不知姓潘的唤自己何事。闻她给五百银子遣去,正要回房里取私已什物,姓潘的却道官差将到了,你们快走吧,因此不准各姨太太再进房子。不消两个时辰,那二十多房姨太太就遣发清楚,一来免她携去私蓄的银物,二来又免她出丑,岂不是两全其美么? 今周某没有见机,累到家属,也押到官衙去了。"旁人听得那一番说话,都道:"人家被押,已这般苦楚,你还有闲心来讲苦吗?"那人道:"他的苦是个兴尽悲来的道理,与我怎么相干?"一头议论,一头又有许多人跟着观看,且行且议,更有跟到南海衙里的,看看什么情景。

只见那南令回衙之后,复过督院,就将周庸佑的家属押在一处。只当时被押的人,有些要问明周家产业的,要追索周庸佑的,这样虽是个犯人家属,究与大犯不同,似不能押在羁所,南令随禀过督院,得了主意。因前任广州协镇李子仪是与周庸佑拜把的,自从逃走之后,还有一间公馆留在城里,因此就把两家家属都押到李姓那公馆里安置,任随督院如何发落。

这时南令所事已毕,那番令自从抄了潘家回来之后,连傅家也查抄停妥。计四家被抄,还是姓傅的产业实居多数。论起那姓傅的家当,原不及周庸佑的,今被抄的数目反在姓周之上,这是何故? 因傅姓离了海关库书的职事,已有二十年了,自料官府纵算计起来,自己虽有不妥,未必与周姓的一概同抄,因此事前也不打点。若姓周的是预知不免的,不免暗中夹带些去了,所以姓傅的被抄物产居多,就是这个缘故。

今把闲话停说。且说南、番两令,会同委员,查抄那四家之后,把情形细复督院,那督院看了,暗忖周庸佑这般豪富,何以银物不及姓傅的多,料其中不是亲朋替他瞒漏收藏,就是家人预早携带私遁无疑了,便令道:"凡有替周庸佑瞒藏贵重物件及替他转名瞒去产业生意的,一概同罪;并知情不举的,也要严办。"去后,又猛忆周庸佑虽去了上海,只素闻他的家事向由继室马氏把持,今查他家属之名,不见有马氏在内,料然预早逃去,总要拿住了她才好。便密令属员缉拿马氏,不在话下。

只是马氏逃到香港,如何拿得住她,因此马氏虽然家里遭些祸患,唯一身究竟无事,且儿子们既已逃出,自己所生女儿已经嫁了的,又没有归宁,不致被押,仍是不幸中的万幸了。当下逃到香港回坚道的大宅子里,虽省城里的大屋子归了官,香港这一间仍过得去。

计点家私齐备,还有一个大大的铁甲万,内里藏着银物不少。转虑督帅或要照会香港政府查抄,实要先行设法转贮别处才好。独是这甲万大得很,实移动不得。便要开了来看,只那锁匙不知遗落哪里,寻来寻去,只是不见。心里正虑那锁匙被人偷了;或是在省逃走时忘却带回,那时心事纷乱,也不能记起。只无论如何,倒要开了那甲万,转放内里什物才好。便令人寻一个开锁的工匠来,那工匠看那大大的甲万非比寻常,又忖她是急要开锁的,便索她二百银子,才肯替她开锁。马氏这时正没可如何,细想这甲万开早一时,自得一时的好处,便依价允他二百银子。那工匠不费半刻工夫,把甲万开了而去,就得了二百银子,好不造化。马氏计点甲万里面,尚有存放洋行的银籍二十万元,立刻取出,转了别个名字。一面把家里被抄,及自己与儿子逃出,与将在港所存银项转名的事,打个电报,一一报与周庸佑知道,并要问明在香港的产业如何安置。

不想几天,还不见周庸佑回电,这时马氏反起了思疑。因恐周庸佑在上海已被人拿去,自己又恐香港靠不住,必要逃出外洋,但不得庸佑消息,究没主张。那管家们又已被押,已没人可以商量,况逃走的事,又不轻易对人说的,一个妇人,正如没爪蟹,且自从遭了这场家祸,往日亲朋,往来的也少,马氏因此上就平时万分气焰,到这会也不免丧气。正是:

　　繁华已往从头散,气焰而今转眼空。

要知后事如何,且听下回分解。

第三十八回

闻示令商界苦诛求　请查封港官驳照会

话说马氏把被抄的情形，及将香港银两安放停妥的事，把个电报通知周庸佑，总不见复电，心里自然委放不下。

这时冯、骆两管家都被扣留，也没人可以商议各事的。还幸当时亲家黄游击①，因与大吏意见不投，逃往香港，有事或向他商酌。奈这时风声不好，天天传粤中大吏要照会香港政府拿人，马氏不知真假，心内好不慌张。又见潘子庆自逃到香港之后，镇日不敢出门，只躲在西么台上大屋子里，天天打算要出外洋，可见事情是紧要的无疑了。但自己不知往哪里才好，又不得周庸佑消息，究竟不敢妄自行动。怎奈当时风声鹤唳，纷传周庸佑已经被拿，收在上海道衙里，马氏又没有见复电，自然半信半疑。原来周庸佑平日最是胆小，且又知租界地方原是靠不住的，故虽然接了马氏之电，唯是自己住址究不欲使人知道，因此并不欲电复马氏，只挥了一函，由邮政局寄港而已。

那一日，马氏正在屋子里纳闷，忽报由上海寄到一函，马氏就知是丈夫周庸佑寄回的，急令呈上，忙拆开一看，只见那函道：

马氏夫人妆鉴：昨接来电，敬悉一切。此次家门不幸，遭此大变，使二十年事业，尽付东流，回首当年，如一场春梦，曷胜②浩叹！差幸港中产业生意，皆署别名，或可保全一二耳。夫人当此变故之际，能及早知机，先逃至港，安顿各事，深谋远虑，儿子亦得相安无事，感佩良多。自以十余年在外经营，每不暇涉及家事，故使骄奢淫逸，相习成风，悔将何及！即各房姬妾，所私积盈余，未尝不各拥五七万，使能一念前情，各相扶持，则门户尚可支撑。但恐时败运衰，各人不免自为之所，不复顾及我耳。此次与十二宅既被查抄，眷属又被拘留，回

---

① 游击——军营将官。

② 曷胜——何胜。反问语气，表示不胜。

望家门,诚不知泪之何自来也! 古云"罪不及妻孥",今则婢仆家人,亦同囚犯;或者皇天庇佑,罪亦无名,未必置之死地耳。愚在此间,亦与针毡无异,前接夫人之电,不敢遽①复者,诚惧行踪为人所侦悉故也。盖当金帅盛怒之时,凡通商各埠,皆可以提解回国,此后栖身,或无约之国如暹罗②者,庶可苟延残喘而已。港中一切事务,统望夫人一力主持,再不必以函电相通。愚之行踪,更宜秘密,待风声稍息,愚当离沪,潜回香港一遭,冀与夫人一面,再商行止。时运通塞,总有天数,夫人切勿以此介意,致伤身体。匆匆草复,诸情未达,容待面叩。敬问

贤助金安　　　　　　　　　　　　　　　　　愚夫周庸佑顿首

　　马氏看罢,自然伤感。惟幸丈夫尚在沪上,并非被拿,又不免把愁眉放下。一面派人回省,打听家属被官吏拘留,如何情景? 因为有一个未出嫁的女儿,通通被留去了,自不免挂心。迨后知得官府留下家属,全为查问香港自己的产业起见,也没见什么受苦,这时反不免悲喜交集。喜的是女儿幸得平安,悲的就怕那些人家,把自己在港的某号产业、某号生意,一概供出,如何是好? 还亏当时官吏,办理这件案实在严得一点,周氏两边家人,都自见无辜被拘,一切周家在香港的产业都不肯供出。

　　在周乃慈的家人,自然想起周乃慈在生时待人有些宽厚,固不肯供出,一来这些人本属无罪,与犯事的不同,也不能用刑逼供,故讯问时都答话不知,官吏也没可如何。至于周庸佑的家人,一起一起的讯问,各姨太太都说家里各事向由马氏主持,庶妾向不能过问的,所以港中有何产业,只推不知,至于管家人,又俱说香港周宅另有管家人等,我们这些在省城的,在香港的委实不知。

　　问官录了供词,只得把各人所供,回复大吏。大吏看了,暗忖这一干人都如此说,料然他不肯供出,不如下一张照会到香港政府去,不怕查封他不得。又看了那管家的供词,道是管理周家在省城的产业,便令他将省城的产业一一录了出来,恐有漏抄的,便凭他管家所供来查究。因此再又出了一张告示,凡有欠周栋臣款项,或有与周栋臣合股生意,抑是租赁周

① 遽(jù)——急;匆忙。
② 暹罗(xiānluó)——泰国的旧称。

栋臣屋子的,都从速报明。一切房舍,都分开号数,次第发出封条。其生意股本及欠周氏银两的,即限时照数缴交善后局。因此省中商场又震动起来。

大约生意场中,银子都是互相往来的,或那一间字号今天借了周栋臣一万,或明天周栋臣一时手紧,尽会向那一间字号借回八千,无论大商富户,转动银两,实所不免,因当时官府出下这张告示,那些欠周栋臣款项的,自然不敢隐匿。便是周家合股做生意的,周家尽会向那字号挪移些银子;若把欠周家的款项,及周家所占的股本,缴交官府,至于周家欠人的,究从哪里讨取? 其中自然有五七家把这个情由禀知官吏,你道官吏见了这等禀词,究怎么样批发呢? 那官吏竟然批道:"你们自然知周庸佑这些家当从哪里来,他只当一个库房,能受薪水若干? 若不靠侵吞库款,哪里得几百万的家财来? 这样,你们就不该与他交易,把银来借与他了,这都是你们自取,还怨谁人? 且这会查抄周家产业,是上台奏准办理的,所抄的数目,都报数入官,那姓周的纵有欠你们款项,也不能扣出,况周庸佑尚有产业在香港的,你们只往香港告他也罢了。"各人看了这等批词,见自己欠周家的,已不能少欠分文,周家欠自己的,竟无从追问,心上实在不甘,惜当时督帅一团烈性,只是敢怒不敢言而已,所以商家哪有不震动起来。

偏是当时衙门人役,又故意推敲,凡是与周家有些戚谊①,与有来往的,不是指他私藏周家银物,便是指他替周庸佑出名,遮瞒家产,就借端鱼肉,也不能尽说。所以那些人等,又吃了一惊,纷纷逃窜,把一座省城里的商家富户,弄成风声鹤唳②。过了数十天,人心方才静些。

一府两县,次第把查抄周、傅、潘四家的产业号数,呈报大吏。那时又对过姓周家属的供词,见周庸佑是落籍南海大坑村,那周庸佑自富贵之后,替村中居民尽数起过屋子。初时周庸佑因见村中兄弟的屋子简陋,故此村中各人,他都赠些银子,使他们各自建过宅舍,好壮村里观瞻,故合村皆拆去旧屋,另行新建。这会官府见他村中屋子都是周庸佑建的,自然算是周庸佑的产业,便一发下令,都一并查抄回来。

————————————

① 戚谊——亲戚。
② 风声鹤唳——形容惊慌疑惧。

这时大坑村中居民眼见屋子要入官去了,岂不是全无立足之地,连屋子也没得居住?这样看来,反不若当初不得周庸佑恩惠较好。这个情景,真是合村同哭,没可如何,便有些到官里求情的。官吏想封了合村屋宇,这一村居民都流离失所,实在不忍,便详请大吏,把此事从宽办理,故此查封大坑村屋宇的事,眼前暂且不提。

只是周庸佑在香港置下的产业,做下的生意,端的不少,断不能令他作海外的富家儿,便逍遥没事,尽筹过善法,一并籍没①他才是,便传洋务局委员尹家瑶到衙商议。□大吏道:"现看那四家抄查的号数,系姓傅的居多,那周庸佑的只不过数十万金。试想那四家之中,自然是算周庸佑最富,不过因傅家产业全在省城,故被抄较多。若周庸佑的产业在省城的这般少,可知在香港的就多得很了。若他在港的家当便不能奈得他何,试想官衙员吏何止万千,若人人吞了公款,便逃到洋人地面做生意,置屋业,互相效尤,这还了得!你道怎么样办法呢?"那尹家瑶听了,低头一想,觉无计可施,原来尹家瑶曾在香港读过英文,且当过英文教习,亦曾到上海,在程少保那里充过翻译员,当金督帅过沪时,程少保见自己幕里人多,就荐他到金督帅那里,还亏他有一种做官手段,故回粤之后,不一二年间,就做到天字一号的人员,充当洋务局总办。他本读英文多年,只法律上并未曾学过,当下听得金督帅的言语,便答道:"香港中周庸佑生意屋业端的很多,最大的便是□□银行,占了几十万的股份,但股票上却不是用他的名字。其次,便算那一间□记字号,比周乃慈的那□□昌字号生意还大呢!只是他用哪一个名字注册,都无从查悉。其余屋业,就是周、潘三家也不少,究竟他们能够侵吞款项,预先在香港置产业,好比狡兔三窟,预为之谋,想契纸上也未必用自己名字了,这样如何是好?"金督帅道:"不如先往香港一查,回来再行打算。"尹家瑶答道:"是。"金督便令草了一张告示,知照港督,说明委员到港,要查姓周的产业来历。尹家瑶一程来到香港,到册房,从头至尾,自生意册与及屋业册,都看过一遍,其中有周、潘名字的很少,纵有一二,又是与人暗借了银款的,这情节料然是假。唯是真是假,究没有凭据,胡混过了两天,即回到省里,据情回复。

金督自经过这一番查过之后,周、潘两家人等,少不免又吃一点虚惊。

___

① 籍没——登记并没收(家产)。

因为中、英两国究有些邻封睦谊,若果能封到自己产业,固是财爻①尽空,且若能封业,便能拘人,想到这里,倍加纳闷,只事到其间,实在难说,唯有再行打听如何罢了。过了数日,金督帅见尹家瑶往香港查察周、潘产业,竟没分毫头绪,毕竟无从下手,便又传尹家瑶到衙商议,问他有什么法子?尹家瑶暗忖金督之意,若不能封得周、潘两家在港产业,断不甘休,但他的性情又不好与他抗辩,便说道:"此事办来只怕不易,除是大帅把一张照会到港督处,说称某项屋业,某家生意,是姓周、姓潘的,料香港政府体念与大帅有了交情,尽可办得好,把他来封了。且知道又是亲往香港查过的,算有些证据,实与撒谎的不同。此计或可使得,未知大帅尊意如何?"金督听了,觉此言也有些道理,便问尹家瑶道:"究竟哪号生意、哪号屋业,是姓周、姓潘的,你可说来。"尹家瑶便不慌不忙的说道:"坚道某大宅子,西么台某大宅子,及周围与合股□□银行,□荣号,□记号,此人人皆知。至于某地段某屋铺,通通是姓周的。又西么台某大宅子,对海油麻地某数号屋铺,以及港中某地段屋,某号生意,通通是姓潘的。"原原本本说来,金督一一录下。

次日即再具一张照会,并列明某是周、潘的产业,请港督尽予抄封。港督看了,即对尹家瑶道:"昨天来的照会,本部堂已知道了,论起两国交情,本该遵办,叵耐敝国是有宪法的国,与贵国政体不同,不能乱封民产,致扰乱商场的。且另有司法衙门,宜先到臬司②衙门控告,看有何证据,指出某某是周、潘两家产业,假托别名,讯实时,本部就照办去便是。"

尹家瑶满想照会一到,即可成功,今听到此语,如一盆冷水,从头顶浇下来,没得可答,只勉强再说两句请念邦交的话。港督又道:"本部堂实无此特权,恕难从命。且未经控告,便封产业,倘使贵部堂说全香港都是周、潘两家产业生意,不过假托别人名字的,难道本部堂都要立刻封了,把全个香港来送与贵国不成? 这却使不得。请往臬衙先控他吧。"尹家瑶见此话确是有理,再无可言,只得告辞而去。正是:

　　　　政体不同难照办,案情无据怎查封?
　　要知后事如何,且听下回分解?

------

①　财爻——财运。
②　臬司——清代指按察使。

第三十九回

情冷暖侍妾别周家　苦羁留马娘怜弱女

话说尹家瑶递照会到香港总督那里,请封周庸佑在港的产业,港督因法律不合,要他先到臬司衙门控告,原是个照律新法。尹家瑶见无可如何,只得跑回省城里,把情由对金督帅禀知一遍。

这时属员人等,都不大懂得法律的,都道香港政府包庇周庸佑产业。更有些捕风捉影之徒,说周庸佑在香港的产业,实有四五百万之多,因此金督见拿不到周庸佑,又拿不到马氏,也十分愤怒。原来周庸佑的家当,平日都不过二百万上下。只为海关库书里每年有十来万银子出息,所以得这一笔生路钱,也摆得一个大架子出来。旁人看的,就疑他有五七百万的家当,谁知他除了省中产业,在香港的生意股票,约值十五六万左右,屋业就是有限。其余马氏手上有三十万上下,及各姨太太也各有体己私积五七万不等,且自省中传出有查抄的风声,她早将各产业转了名字,或按了银两,通通动弹不得。只那些官员哪里得知,只道周庸佑有五七百万身家,在省城仅抄得数十万,就思疑他在港的产业有数百万了。

当下金督帅愤怒不过,便务要拿获周庸佑或马氏,一面打听周庸佑现在哪里。这时周庸佑亦打听金督帅如何举动,是风头火势,仍躲在上海,约过了十数天,觉声势渐渐慢了,正拟潜回香港一遭,然后再商行止,忽见侄子周勉墀已到上海来,直到广祥盛,见了周庸佑,把被抄的情形说了一遍,周庸佑听得,回想前情,不觉凄然下泪。周勉墀安慰一会。庸佑道:"今正要回香港一转,见见贤侄的姊娘,再行打算。"周勉墀道:"上海耳目众多,实不是久居之地,趁此时正好逃走。但不知往哪里才好?"周庸佑道:"我前儿做参赞时,听得私罪人犯实能提解回国的,除是未有通商之地可以栖身,这样看来,唯以走往暹罗为上着。"周勉墀道:"叔父说的很是。叔父若去,小侄陪行便是。"庸佑道:"这倒不必。此间通信不易,我有事欲与马氏细说,以防书信泄漏风声,不如贤侄先回香港,对你的姊娘马氏先说我的行踪。明天就是船期,贤侄当得先行,我从后天的船期回去,贤侄替我约婶娘到船上相会便是。"周勉墀应允,越日就起程回港,按下慢表。

　　且说周庸佑已决然起程,那日就乘轮南下,船中无事可表。不一日已抵香港,也不敢登岸,马氏早得周勉墀所说,就料到庸佑那日必到,即与勉墀到船相会,夫妻之间,见面时不免互相挥泪。勉墀从旁劝了一会,料他两人必有密语相告,只得回避出去。周庸佑劝马氏道:"看人生世上,只如一场春梦,还亏香港产业尚能保全,不至儿孙冷落,都是夫人之功。"马氏道:"今香港地面料难栖身,放着全家数十丁口,不知从哪里安置? 试问你当时置了十多房侍妾,今日要来何用?"周庸佑半晌才答道:"当时十多名丫环,若早些把她们嫁去,岂不省事?"马氏道:"这事我岂不知? 只可惜你家门不好,那些丫环都被人说长说短,出尽多少年庚,且做媒的也引多少人来看,偏是访查过就没人承受。若不然,哪有不把她们来嫁的道理?"周庸佑听罢无语,随又说道:"各房侍妾,尽有积存私己的银两首饰,不如弄个法子,取回她们的也好。"马氏道:"你说得这般容易! 九房自迁到湾仔居住,人人说她行为不端,有姓何的认作契儿,被人言三语四,我又没牙钳,管她不住。七房居住坭街的屋子,镇日只管病,前天正请了十来名尼姑拜神拜鬼,看来不是长命的。她们纵有私积,哪里还肯拿出来? 亏你在梦中,还当各房侍妾是个上货,平日乱把钱财给过她们,今日她们哪里还顾你呢?"周庸佑道:"前事也不必说了,我今要往暹罗,只是香港往暹罗的船只全是经过汕头的,那汕头是广东地方,我断不能从这等船只去,是以从这船先往新加坡,然后转往暹罗去吧。我前程你不必挂虑,待我到暹罗后,或者再寻生意,复见过一个花天锦地,也未可知。但我到暹罗后,即须汇几千银子,交我使用才是。"马氏答允,周庸佑又嘱咐些家事。

　　不多时,香港各亲友也来到船相见的,所有平日交托在香港打点自己生意之人,都令周勉墀寻他到船相会。其中有念庸佑平时优待自己的,自然好言相慰,请他安心放洋,自己愿竭力替他管理商业。其中有怀着歹意的,或因周庸佑有些股票,转了自己名字,恨不得周庸佑早些离港,便说道:"我们知交已久,是万金可托的,只管放心前去,待没事回来,总一一二二把账目清算,交回阁下便是。"周庸佑也当所托得人,倒觉安乐。说罢,各人散去,马氏在船上过了一夜,然后回家。

次日，那船就起程望新加坡而来。周庸佑自回港不敢登岸之后，各房侍妾都料周庸佑是断不能回来，又因马氏平日克待自己，说到周家事务，都是感情有限。

那日，六姨太春桂到澳门游玩，先到中华酒店住下。偏是那酒店里面还有一人，是从前与春桂认识的。春桂随带有六千银子，先交到那酒店里贮妥，即寻一间洁净房子住下。这时有听得是周庸佑的姨太太到了，又知他有六千银子贮柜，人人都到中华酒店观看。更有些风流子弟，当她是一个古井，志在兜结于她，希望淘得钱钞，只是那酒店里春桂既有认识的，哪里还思想兜揽别人。弄得那些脂粉客来来往往，那春桂又故意卖弄，在房子里梳光头髻，穿着时款的衣服。打开房门子，各人看见她首饰插满头上，珍珠钻石，光亮照人，那双手上戴的金镯子，数个不尽。正是面上羞花闭月，手中带玉穿金，有财有色，从流俗眼里看来，自然没有不垂涎的。这时欲结识春桂的人，都到澳门中华酒店居住，弄得那酒店连房子也住满了。

那春桂住了十数天，除日中在房子里吸大烟，就出外到银牌馆里赌摊。那时摊馆中有招待赌客的，见她有这般大交易，都到春桂寓房谈摊路，讲赌情，巴结巴结。那春桂又视钱如粪土的，统计日中或输掷一千八百，或花用些，更挥字到妓馆邀妓女到来，弄洋烟，陪自己谈天说地，不半月上下，那六千银子早已用得干净。还喜港澳相隔不远，立刻回香港，赶再带些银子到澳门再赌，好望赢回那六千银子。不想赌来赌去，总赌那摊馆不住，来往几次，约有一月，已输去一万银子有余。

那日打算回港取银子再赌，不料住在坭街的七姨太因病重了，唤春桂前去。春桂暗忖，七姨太私积尽有五七万，她又没有儿女，这番前去，她若不幸没了，她所积的家当，或者落在自己手上，也未可料。想罢，便到坭街周宅。只见门外摆着纸人纸马，并无数纸扎物件，又有几个尼姑穿起绣衣，在门外敲磬念经，看了料知因七姨太有病，又是拜神拜鬼。只听得旁人看的说道："周某的身家阴消阳散，今日抄不尽的，还做这场功德，名是替七姨太禳解，实则与尼姑分家财罢了。"忽又有一人说道："老哥这话真是少见多怪，姓周的与尼姑分家财，也不是稀奇的，前儿马氏送与容师傅的绣衣，约值万金，就现在这几个尼姑看来，内中一个绣衣上的钮儿，光闪闪的可不是钻石的么？那几颗钻石，也值千金有余，人人都知道是七姨太送她的了。她名唤苏傅,是那七姨太的契妹子呢!"各人听了,都伸出舌头。春桂听得,也不敢作声,即进屋子里,见七姨太睡在床上,已没点人色,春桂即问一声好,七姨太道:"我病了一月有余,料不能再活了,今日还幸见你一面。"春桂道:"吉人自有天相,拜过神后,或得神灵庇佑,你抖抖精神吧。"七姨太道:"自己家门不幸,我早看得,欲削发修行去了。只闻得五姨太桂妹自做了姑子之后,因这场抄家的灾祸,她在省城还住不稳,她有信来,说已逃到南海白沙附近去了。她出家人还要避,可知我们纵然出家,也不能去得省城的,我因此未往。不幸又遇了一场病,便是死了也没得可怨,只身边还有多少钱钞,我若死后,你总打理我的事儿,所有留存的,就让给你去。此后香灯,若得你打点,不枉做一场姊妹,我就泉下铭感了。"春桂听罢,仍安慰一番。

是夜七姨太竟然殁了,春桂承受她所有的私积。凡金银珠宝头面,不下两三万两,都藏在一个箱子内。其余银两,有现存的,自然先自取了,其付贮银号的,都取了单据,并有七姨太嘱书,都先安置停妥,然后把七房丧事报知马氏及各房知道。是时除马氏之外,惟六房、七房、九房在港,后来续娶所谓通西文的姨太太,也随着周庸佑身边,其余都在省城被官府留下了。因七房死后,各人都知道她有私积遗下,纷纷到来视丧,实则觊觎①这一份家当,只已交到春桂手上,却无从索取。

马氏自恨从前太过小觑侍妾,故与各房绝无真正缘分,若不然,七姨太临死时自然要报告自己,这样,她的遗资,自然落在自己手上。当此抄家之后,多得五七万也好,今落在她人手里去,已自悔不及了。想罢,只得回屋,春桂便于七七四十九日,替七房做完丧事,又打过斋醮,统计不过花去一两千就挡了事。事后携自己丫环及七房的丫环,并所有私积,及七房遗下的资财,席卷而去。因自己有这般资财,防马氏不肯放松自己,二来忖周庸佑不知何日方能回来,何苦在家里做个望门生寡,因此去了。自后也不知春桂消息。其后有传她跟了别人的,有传她死了的,都不必细表。

且说周家两家眷属,被官府留住,已经数月,已是秋尽冬来,天时渐渐寒冻,一切被留人等,只随身衣衫,虽曾经官吏给两三件粗布衣裳替换,转眼已是冬来,各人瑟缩情形,不堪名状。在马氏那里,别个也不大留心,只

---

①　觊觎(jì yú)——希望得到(不应得到的)东西。

是自己一个女儿，还同被扣留在那里，倒不免伤心。

　　原来马氏平日最疼爱女儿，所以弄坏女儿的性子。那嫁姓蔡的长女，每夜抽大烟，直到天明才睡，早膳她是不吃的，睡到下午三四点钟时候才起来，即唤裁缝的到房里，裁剪衣裳不等，便用些晚饭，随就抽大烟，所以每天没有空闲的。

　　那嫁姓黄的次女，自随夫到香港居住后，每一次赴省，必带丫环三几名，并体己仆妇，及梳佣与侍役等，不下十人，都坐头等轮船的位，故每赴省一次，单是船费一项，已用至百金。试想姓黄、姓蔡都是殷实人家，哪喜欢这等举动？无奈她的性子早已弄坏，都由马氏过于痛爱。这会想起未嫁的女儿，同被扣留，马氏如何不伤心！又因大吏追求甚严，没一个人敢去问候，因此马氏思念女儿更加痛切，况又当寒冷时候，尽要寻些棉衣才使得。正想着，忽又接得由省送来一函，是三女许给人十两银子，才托他带到的，都是因天冷求设法送衣裳进去之故，函内写得十分悲苦。论起姓周的家属被留，本无什么苦楚，只是平日所处的高堂大厦，所用的文绣膏粱，堂上一呼，堂下百诺，一旦被困在一处，行动不得，想后思前，安得不苦呢？所以函内写得苦楚，就是这个缘故。当下马氏看了那函，不觉下泪，这时越发着急，便使侄子周勉墀回省里，浼①人递一张状子，诉说被留的姓周家属，因天时寒冷，求在被封的衣箱内拣些棉衣御冷。正是：

　　　十年享尽繁华福，一旦偏罹②冻馁③忧。

　　要知后事如何，且听下回分解。

---

　　①　浼（měi）——请托。

　　②　罹（lí）——遭遇；遭受。

　　③　馁（něi）——饥饿。

第 四 十 回

走暹罗重寻安乐窝　惨风潮惊散繁华梦

话说马氏因念及弱女被官府扣留，适值天时寒冻，特着周勉墀回省，浼人递禀，求在被封的衣箱内拣回些棉衣御冷。当时大吏见了那张禀子，暗忖她家人被留，实无罪过，不过擅拿不能擅放，就是任她们寒冷，究竟无用，便批令拣些棉衣，与他家人御寒。这时马氏方觉心安。

转眼已是冬去春来，大吏仍追求周庸佑不已，善后局已将周、潘、傅四家产业分开次第号数开投，其中都不必细表。单说周庸佑自逃到新加坡，在漆木街□□广货店住下。那时周庸佑虽是个罪犯，究竟还是海外一个富翁，从前认识的朋友都纷纷请宴。过了数日，打听得驻新加坡领事已把周庸佑逃到新加坡的事，电报粤省金督去了，自念自己是一个罪犯，当此金督盛怒之下，恐不免把一张照会到来，提解自己回国，这便如何是好？倒不如再走别埠为上。

且初议原欲逃往暹罗的，便赶趁船期，望暹罗滨角埠而来。幸当时有某国银行的办房，是在港时也曾相识的，先投见那人，然后托他租赁一所地方住下。当时寓暹华商如金三思、李敦贤及逃官陈中兴等，也相与日渐款洽。只是周庸佑的情性，向当风月场中，是个安乐窝的，自从被抄以来，受了一场惊吓，花街柳巷，也少涉足，今到暹罗，是个无约之国，料不能提解自己回去，心上已觉稍安，不免寻个地方散闷，故镇日无事，只叫妓女陪侍。

这些妓女，亦见周庸佑是个富家儿，纵然省业被抄，还料他的身家仍有三二百万，哪个不来献勤讨好。就中一名妓女，唤做容妹，虽不至有沉鱼落雁之容，闭月羞花之貌，还有一种风韵，觉得态度婷娉可爱，在滨角埠上，已是数一数二的人物，周庸佑自然喜欢她。她见周庸佑虽有十多房侍妾，只这般富厚，自然巴结巴结，因此与周庸佑也有个不解的交情。周庸佑便用了银子二千匹①，替容妹脱籍，充作自己侍妾，自此逍遥海外，也无忧无虑。每日除到公馆谈坐，或吸烟，或耍赌，尽过得日子。

不觉到了七月时候，朝廷竟降了一张谕旨，把金督帅调往云南去了，周庸佑听得这点消息，心上好不欢喜。因忖与自己作仇的，只金督帅一人，今他调任去了，省中购拿自己的，或可稍松。又听得新任粤督是周文福，也与自己是同宗的，或者较易说话，便拟挥函回港，要问问金督调任的事是否确实，忽接得马氏来了一函。不知赎容妹作妾的事，谁人对马氏说知，马氏那函，就是骂周庸佑在暹罗赎容妹的事，大意谓当此天荆地棘时候，仍不知死活，还要寻花问柳，赎妓为妾，真是死而不悔这等语。周庸佑看了，真是哑口无言，只得回复马氏，都是说酒意消愁，拈花②解闷之意，并又问金督调任，可是真的。

那函去了，几日间，已纷纷接到妻妾及侄子付来的书函，报说金督调任的事，如报喜一般。周庸佑知得金督离任是实，再候两月，已听得金督离任去了，新任姓周的已经到粤，因自忖道：此时若不打点，更待何时？但打点不是易事，想了一会，没有善法。可巧那日寄到香港报纸，打开一看，见周督因粤汉铁路事情，与前任二品大员在籍的大绅李廷庸商议，猛然想起李大绅向与自己有点交情，就托他说个人情也好。若说得来，事后就封他一笔银子，却亦不错。便一面飞函李大绅，托他办这一件事。

那李大绅接周庸佑之信，暗忖周督原与自己知交，说话是不难的，但周庸佑当此时候，尚拥着多金，若没些孝敬，断断不得，便回函周庸佑，托称自己一人不易说得来，必要与督署一二红员会合，方能有效。但衙门里打点，非钱不行，事后须酬报他们才得。周庸佑因此即应允说妥之后，封回五万银子，再说明若督署人员有什么阻挠，就多加一两万也不妨。李廷庸便亲自到省，见周督说道："海关库书周庸佑，前因犯罪，查抄家产，某细想那姓周的，虽然有个侵吞库款的罪名，但查抄已足抵罪，且又经参革，亦足警戒后人。况他的妻小家属，原是无罪的，扣留他亦是无用，不如把他家属释放。自古说，罪不及妻孥，释他们尚不失为宽大。便是周庸佑既经治罪，亦不必再复追拿，好存他向日一个钦差大臣的体面。"周督听了，

---

①　匹——暹币单位，每匹当时约值华银六毛。

②　拈（niān）花——勾引女子，乱搞男女关系。

亦觉得前任此案办得太严，今闻李廷庸之话，亦觉有理，便即应允。一面令属员把姓周的两边家属一并省释，复对李廷庸道："前任督臣已将周庸佑缉拿一事存了案，断不能明白说他无事，但本部堂再不把他追究便是。"

李廷庸听得自然欢喜，立刻挥函，告知周庸佑，时周庸佑亦已接得马氏报告，已知家属已经释放，心上觉得颇安，便函令马氏送交五万银子到李廷庸手里，自己便要打算回港。因从前在港的产业都转了他人的名字，此番回去，便要清理，凡是自己生意，固要收益①，即合股的亦须寻人顶手，好得一笔银子，作过一番世界。主意既定，这时暹罗埠上亦听得周庸佑的案件说妥，将次回港，都来运动他在暹罗做生意。周庸佑亦念自己回港，不过一时之事，断不能长久栖身的，就在暹埠做些生意，固亦不错。便定议做一间大米绞的商业，要七八十万左右资本方足。暗忖港中自己某项生意有若干万，某项屋业有若干万，弄妥尽有百万，或数十万不等，便是马氏手上也有三十万之多，即至各姨太太亦各有私积五七万，苟回港后能把生意屋业弄妥，筹这七八十万，固属不难；纵或不能，便令马氏及各姨太太各帮回三五万，亦容易凑集。想自己从前优待各妻妾，今自己当患难之际，念起前日恩情，亦断没有不帮助自己的，便与各人议定，开办米绞的章程。周庸佑担任筹备资本，打算回港，埠上各友，那些摆酒钱行的，自不消说。

且说周庸佑乘轮回到香港，仍不敢太过张扬，只在湾仔地方，耳目稍静的一间屋子住下。其妻妾子侄，自然着他们到来相见，正是一别经年，那些家人妇子重复相会，不免悲喜交集。喜的自然是得个重逢，悲的就是因被查抄，去了许多家当。周庸佑随问起家内某某人因何不见，始知道家属被释之后，那些丫环都纷纷逃遁。又问起六姨太七姨太住哪里？马氏道："亏你还问她们，六房日前过澳门赌的赌，散的散，已不知去了多少银子，七房又没了，那存下私积家当，都遗嘱交与六房，却被六房席卷逃去了。那九房更弄得声名不好，你前儿不知好歹，就当她们是个心肝，大注钱财把过她们，今日落得她们另寻别人享受。我当初劝谏你多少来，你就当东风吹马耳，反被旁人说我是苛待侍妾的，今日你可省得了！"周庸佑

---

① 收益——店铺清理钱值，关闭歇业。

听了,心内十分难过,暗忖一旦运衰,就弄到如此没架子,听得马氏这话,实在无可答话,只叹道:"诚不料她们这般靠不住,今日也没得可说了。"当下与家中人说了一会,就招平日交托生意的人到来相见,问及生意情形,志在提回三五十万。谁想问到耀记字号的生意,都道连年商情不好,已亏缺了许多,莫说要回提资本,若算将出来,怕还要拿款来填账呢,周庸佑又问及□□银行的生意,意欲将股票转卖,偏又当时商场衰落,银根日紧,分毫移动不得。且银行股票又不是自己名字的,即欲转卖,亦有些棘手。周庸佑看得这个情景,不觉长叹一声,半晌无语。各人亦称有事,辞别而去。

周庸佑回忆当时何等声势,哪人不来巴结自己,今日如此,悔平日招呼他人,竟不料冷暖人情,一至如此!想罢,不觉暗中垂泪,苦了一会,又思此次回来,只为筹资本开办米绞起见,今就这样看来,想是不易筹的,只有各妻妾手上尽有多少。不如从那里筹划,或能如愿。那日便对马氏道:"我此次回来,系筹本开办米绞,因膝下还有几个儿子,好为他们将来起见,但是七八十万方能开办,总要合力帮助,才易成事呢!"马氏道:"我哪里还有许多资财? 你从前的家当都是阴消阳散,你当时说某人有才,就做什么生意,使某人司理,说某人可靠,就认什么股票,注某人名字;今反弄客为主,一概股本分毫却动不得,反说再拿款项填账。你试想想,这样做生意来做什么?"周庸佑道:"你的话原说得是,只因前除办理库书事务之后,就经营做官,也不暇理及生意,故每事托人,是我的托大处,已是弄错了。只今时比不得往日,我今日也是亲力亲为的,你却不必担心。"马氏道:"你也会得说,你当初逃出外洋,第一次汇去四千,第二次汇去六千,第三次汇去一万;有多少时候,你却用了二万金。只道有什么使用,却只是携带妓女。从前带了十多个回来,弄得颠颠倒倒,还不知悔,你哪里是营生的人? 怕不消三五年,那三几十万就要花散完了。我还有儿子,是要顾的,这时还靠谁来呢?"周庸佑道:"你说差了,我哪有四千银子的汇单收过呢?"马氏道:"明明是汇了去了,你如何不认?"周庸佑道:"我确没有收过四千银子的汇单,若有收过,我何苦不认!"说罢,便检查数目,确有支出这笔数,只是自己没有收得,想是当时事情仓促,人多手乱,不知弄到谁人手里。又无证据,此时也没有可查,唯有不复根究而已。

当下周庸佑又对马氏说道:"你有儿子要顾,难道我就不顾儿子不成？当时你若听我说，替长子早早完娶了，到今日各儿子当已次第完了亲事，你却不从。今你手上应有数十万，既属夫妻之情，放着丈夫不顾，还望谁人顾我呢？"马氏道："我哪有如此之多，只还有三二十万罢了。"周庸佑道："还有首饰呢！"马氏道："有一个首饰箱，内里约值八万银子。当时由省赴港，现落在姓□的绅户那里，那绅户很好，他已认收得这个首饰箱，但怎好便把首饰来变？你当日携带娼妓，把残花当珠宝，乱把钱财给她们，今日独不求她们相顾。若一人三万，十人尽有三十万，你却不索她，反来索我，我实不甘。"庸佑道："你我究属夫妻，与她们不同呢！"马氏道："你既知如此，当初着什么来由要把钱财给她们，可是白地乱掷了。"

周庸佑听罢，也没得可答，心中只是纳闷。次日又向各侍妾问索，都称并无私积。其实各妾之意，已打算三十六计走为上计，且马氏还不肯相助，各侍妾哪里肯把银子拿出来，只是周庸佑走投无路，只得又求马氏，马氏道："着实说，我闻人说金督在京，力请与暹罗通商，全为要拿你起见，怕此事若成，将来暹罗还住不稳，还做生意做什么？"说来说去，马氏只是不允。

周庸佑无可奈何，日中坐对妻妾，都如楚囚①相对，惟时或到□存牌馆一坐而已。是时因筹款不得，暗忖昔日当库书时，一二百万都何等容易，今三几十万却筹不得，生意屋业已如财爻落空，便是妻妾也不顾念情义，想到此层，心中甚愤，且在暹罗时应允筹本开米绞，若空手回去，何以见人，便欲控告代理自己生意之人，便立与侄子周勉墀相酌，请了讼师②，预备控案。那日忽见侄子来说道："某人说叔父若控他时，须要预备入狱才好。"周庸佑登时流下泪来，哭着说道："我当初怎样待他？他今日既要我入狱，就由他本心罢了。"说了挥泪不止。各人劝了一会，方才收泪。周庸佑此时，觉无论入狱，便是性命相搏，究竟这注钱财是必要控告的，便天天打算讼案。

不想过了数日，一个电报传到，是因惠潮乱事，金督再任粤督。周庸佑大吃一惊，几乎倒地。各人劝慰了一番。又过半月，讼事因案件重大，还未就绪，已得金督起程消息。想金督与香港政府很有交情的，怕交涉起

---

① 楚囚——比喻处境窘迫的人。
② 讼师——律师。

来,要把自己提解回粤,如何是好,不如放下讼事,快些逃走为妙。只自想从前富贵,未尝做些公益事,使有益同胞,只养成一家的骄奢淫逸,转眼成空,此后即四海为家,亦复谁人怜我?但事到如此,不得不去,便向马氏及儿子嘱咐些家事。此时离别之苦,更不必说。即如存的各房姨妾,纵散的散,走的走,此后亦不必计,且眼前逃走要紧,也不暇相顾。想到儿子长大,更不知何时方回来婚娶,真是半世繁华,只如春梦。那日大哭一场,竟附法国邮船,由新加坡复往暹罗而去,不知所终。诗曰:

北风过后又南风,冷暖时情瞬不同。二十载雄财夸独绝,一条光棍起平空。由来富贵浮云里,已往繁华幻梦中。回首可怜罗绮地,堂前莺燕各西东。

时人又有咏马氏云:

势坿皇妃旧有名,檀床宝镜梦初醒。妒工欲杀偏房宠,兴尽翻怜大厦倾。空有私储遗铁匣,再无公论赞银精。骄奢且足倾人国,况复晨鸡只牝①鸣。

---

① 牝(pìn)——鸟兽的雌性。